杨建江○编著

安·全·生·产
行政处罚指南

化学工业出版社
·北京·

本书是作者结合多年来安全生产行政处罚工作实践而编著的，比较全面和系统地介绍了安全生产行政处罚的概念与特点、基本原则、主体与管辖、种类与设定、程序与实施、处罚委托、处罚证据和处罚执行等内容，并对行政处罚实施过程中各个重要环节进行了分析和阐述。

　　该书结合当前安全生产行政处罚工作实际，突出实用性和操作性，内容深入浅出，文字通俗易懂，是广大安全生产行政执法人员提高行政执法水平，掌握行政处罚知识的必备读本。也可供企业安全生产管理人员参考阅读。

图书在版编目（CIP）数据

安全生产行政处罚指南/杨建江编著. —北京：化学
工业出版社，2008.12
ISBN 978-7-122-03778-7

Ⅰ.安⋯ Ⅱ.杨⋯ Ⅲ.安全生产-行政处罚-中国-
指南 Ⅳ.D922.54-62

中国版本图书馆 CIP 数据核字（2008）第 149843 号

责任编辑：杜进祥　周永红　　　　　装帧设计：关　飞
责任校对：陈　静

出版发行：化学工业出版社（北京市东城区青年湖南街 13 号　邮政编码 100011）
印　　刷：北京永鑫印刷有限责任公司
装　　订：三河市宇新装订厂
720mm×1000mm　1/16　印张 13¾　字数 272 千字　　2009 年 1 月北京第 1 版第 1 次印刷

购书咨询：010-64518888（传真：010-64519686）　　售后服务：010-64518899
网　　址：http://www.cip.com.cn
凡购买本书，如有缺损质量问题，本社销售中心负责调换。

定　　价：38.00 元

序　言

　　安全生产工作关系到国家和人民群众生命财产安全，关系到人民群众的切身利益，关系到经济的健康发展和社会的和谐稳定，关系到党和政府在人民群众中的形象。正确处理好安全与发展、安全与效益的关系，依法加强安全生产监督管理和行政执法工作，切实有效地消除事故隐患，制裁安全生产违法行为，保障广大从业人员的安全和健康，是我们每个安全生产监管人员义不容辞的责任。

　　当前，我国安全生产状况呈现总体稳定并趋于好转的发展态势，但安全生产形势依然严峻，监管任务十分艰巨。全面贯彻实施安全生产法律法规，加大安全生产执法力度，依法制裁安全生产违法行为，维护法律法规的严肃性、权威性，是安全生产监督管理和行政执法工作面临的重要任务和重大课题。

　　安全生产行政处罚既是一门融社会科学、自然科学和法律法规为一体的交叉科学，也是一项专业性、政策性和法律性较强的工作。《安全生产行政处罚指南》一书是作者结合多年来安全生产行政处罚工作实践而编著的，比较全面和系统地介绍了安全生产行政处罚的概念与特点、基本原则、主体与管辖、种类与设定、程序与实施、处罚委托、处罚证据和处罚执行等内容。并对行政处罚实施过程中各个重要环节进行了分析和阐述。该书结合当前安全生产行政处罚工作实际，突出实用性和操作性，内容深入浅出、文字通俗易懂，是广大安全生产行政执法人员提高行政执法水平，掌握行政处罚知识的必备读本。

　　希望广大安全生产行政执法人员通过对《安全生产行政处罚指南》的学习，不断增强安全法律意识，提高安全生产行政执法水平，进一步规范行政执法行为，维护公民、法人和其他组织的合法权益，促进依法行政，推进依法治安，保障广大人民群众的生命财产安全，实现安全生产形势的进一步持续好转。

浙江省安全生产监督管理局副局长

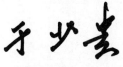

2008 年 9 月

前　言

在安全生产监督管理岗位上工作多年，总有难以割舍的情缘。虽然从事安全生产监督管理工作既辛苦，又危险，且责任重大，但也时有快乐，工作中查处纠正一个违法行为，整改消除一个事故隐患，避免一次人员伤亡事故，保障了员工的生命安全和家人幸福，使每个安全监督管理人员深感欣慰。

安全生产监督管理是一项专业性、政策性和法律性很强的工作，尤其是我国安全生产监督管理部门建立的时间不长，安全生产行政处罚工作尚处初级阶段，为此，萌发了编写《安全生产行政处罚指南》一书的想法，希望能将工作实践中的一些感受和体会写出来，以期为安全生产行政执法工作的不断推进做些理论上的探索，也希望能为当前的安全生产行政执法工作提供一些借鉴和帮助。

编写此书是我有生以来的初次尝试，每当晚上打开电脑敲击键盘之时总有一丝胆怯，幸有妻子和女儿的不断鼓励，增强了信心。在编写中力求结合当前安全生产行政处罚工作的实际，围绕安全生产行政处罚实施过程中各个重要环节，着重对安全生产行政处罚的概念与特点、基本原则、主体与管辖、种类与设定、程序与实施、处罚委托、处罚证据、文书制作和处罚执行等进行了分析和阐述，突出实用性和操作性，并力求内容深入浅出、文字通俗易懂。

在编写过程中，参考了许多行政执法、安全生产行政处罚等方面的论著，同时，浙江省安全生产监督管理局副局长于少贵同志在百忙之中，为本书作序；湖州市安全生产监督管理局局长房石磊，湖州市社会科学院院长朱翔，浙江银湖律师事务所律师马国良，浙江省湖州市安全生产监督管理局领导王后明、孙吴民、杨洪亮、沈金山、姜存仁以及同事任黎明、王定安、李卉子、唐成林、洪亮、陆俊华、黄维进和陈百平，为本书的编写给予了指导和帮助，在此，一并深表感谢！

由于本人水平有限，书中难免有疏漏和不足之处。敬请读者批评指正。

杨建江

2008 年 9 月 10 日

目　录

第一章　安全生产行政处罚概述

第一节　安全生产行政处罚的概念与特征

一、安全生产行政处罚的概念

安全生产行政处罚是我国整个行政处罚活动中的组成部分，因此，要明确安全生产行政处罚的概念，首先应当了解行政处罚的基本概念。

行政处罚是指依法享有行政处罚权的行政机关，对公民、法人或者其他组织违反行政管理法律法规规范尚未构成犯罪的行为，给予人身的、财产的、名誉的及其他形式的法律制裁的行政行为。

安全生产行政处罚是安全生产监督管理部门依法对违反安全生产法律、法规和规章的公民、法人或者其他组织实施的一种行政制裁行为。安全生产领域中的行政处罚活动，是安全生产监督管理工作的重要组成部分，也是促进和保证安全生产的法律、法规、规章和安全标准得以贯彻执行的重要手段。

1996 年第八届全国人民代表大会第四次会议通过和颁布的《中华人民共和国行政处罚法》（以下简称《行政处罚法》）是我国行政机关实施行政处罚所必须遵循的重要法律之一，是规范和保障行政处罚正确实施的法律依据。2002 年 11 月 1 日施行的《中华人民共和国安全生产法》（以下简称《安全生产法》）、2007 年 6 月 1 日施行的《生产安全事故报告和调查处理条例》（国务院第 493 号令）和 2008 年 1 月 1 日施行的《安全生产违法行为行政处罚办法》（国家安全生产监督管理总局第 15 号令）等有关安全生产法律、法规和规章，是实施安全生产行政处罚的重要法律依据。

二、安全生产行政处罚的特征

安全生产行政处罚是安全生产监督管理领域中的一种法律制裁，较之于其他法律制裁，具有以下显著的法律特征。

（1）实施安全生产行政处罚的主体是依法享有行政处罚权的安全生产监督管理部门。根据《行政处罚法》的规定，只有法律、法规明确授予某一行政机关特定的行政处罚权时，这一主体才能享有该项权力。《安全生产法》第五十六条规定："负有安全生产监督管理职责的部门依法对生产经营单位执行有关安全生产的法律、法规和国家标准或者行业标准的情况进行监督检查，……对依法应当给予行政处罚的行为，依照本法和其他有关法律、行政法规的规定作出行政处罚决定"。因此，安全生产监督管理部门必须依据《安全生产法》等有关安全生产法律、行政法规和规章的规定，严格依据法定权限行使处罚权。不具有安全生产监督管理职能的个人、企业事业单位和其他组织，为维护内部安全生产管理秩序，按照组织章程、管理制度所采取的处罚措施，不属于安全生产行政处罚。

（2）安全生产行政处罚只适用于违反安全生产法律规范的违法行为。是安全生产监督管理部门对公民、法人或者其他组织违反安全生产法律、法规和规章但尚未构成犯罪的违法行为的一种制裁。安全生产行政处罚是对违法者的人身自由、财产、名誉或其他权益的限制或剥夺，体现了明显的制裁性和惩戒性。

（3）安全生产行政处罚是安全生产监督管理部门维护生产经营领域安全生产监管秩序的具体行政行为，也是安全生产监督管理部门惩治各类安全生产违法行为的一种法律制度。其目的是为了有效实施安全生产监督管理，及时消除各类事故隐患，惩治各类安全生产违法行为，防止重特大安全事故的发生，保护广大人民群众的生命财产安全，保护公民、法人或其他组织的合法权益，促进社会经济的健康发展。同时，也是对违法者予以惩戒和教育，使其以后不再重犯。

三、安全生产行政处罚相关法律法规

近几年来，我国加大了安全生产立法工作的力度，自从 2002 年 6 月 29 日全国人大常委会通过了《中华人民共和国安全生产法》，并于 2002 年 11 月 1 日起开始施行以来，以《安全生产法》为母法，逐步形成了相配套的比较完善的安全生产法律体系。

首先，出于全国人大立法的大体有十几部。如《中华人民共和国矿山安全法》、《中华人民共和国道路交通法》、《中华人民共和国水上交通法》、《中华人民共和国铁路法》、《中华人民共和国民航法》、《中华人民共和国建筑法》、《中华人民共和国消防法》、《中华人民共和国电力法》等。另外还有相关的法律，如《中华人民共和国宪法》、《中华人民共和国刑法修正案（六）》、《中华人民共和国行政处罚法》、《中华人民共和国劳动法》、《中华人民共和国工会法》、《中华人民共和国行政复议法》等。

其次，国务院这个层面上，制定的各种安全生产条例、规定就有 50 多部，如《国务院关于特大安全事故行政责任追究的规定》（国务院 302 号令）、《危险化学品安全管理条例》（国务院 344 号令）、《安全生产许可证条例》（国务院 397 号令）、《烟花爆竹安全管理条例》（国务院 455 号令）、《建设工程安全生产管理条例》（国务院 393 号令）、《使用有毒物品作业场所劳动保护条例》（国务院 352 号令）、《劳动保障监察条例》（国务院 423 号令）、《生产安全事故报告和调查处理条例》（国务院 493 号令）等。

再次，国务院各部委局也依据有关的法律法规制定的部门规章有 100 多部。如《安全生产违法行为行政处罚办法》（国家安监总局 15 号令）、《劳动防护用品监督管理规定》（国家安监总局 1 号令）、《生产经营单位安全培训规定》（国家安监总局 3 号令）、《烟花爆竹经营许可实施办法》（国家安监总局 7 号令）、《〈生产安全事故报告和调查处理条例〉罚款处罚暂行规定》（国家安监总局 13 号令）、《安全生产行政复议规定》（国家安监总局 14 号令）、《非煤矿矿山企业安全生产许可证实施办法》（原国家安监局 9 号令）、《危险化学品生产企业安全生产许可证实施办法》（原国家安监局 10 号令）、《小型露天采石场安全生产暂行规定》（原国家安监局 19 号令）等。

另外，各省、市也十分重视安全生产法制建设，加快了安全生产地方性法规和政府规章建设步伐。例如浙江省人大、省政府前后出台了《浙江省实施〈矿山安全法〉办法》（省人大常委会［2001］46 号）、《浙江省人民政府关于切实加强安全生产工作的决定》、《浙江省危险化学品安全管理实施办法》（省政府 184 号令）、《浙江省安全生产事故报告和调查处理暂行规定》（省政府于 2004 年 8 月 24 日公布实施）、《浙江省安全生产条例》（2006 年 7 月 28 日浙江省第十届人民代表大会常务委员会第二十六会议通过）等，这些地方性法规和规章的制定出台，使《安全生产法》和有关法律法规，在具体运用时更加具有可操作性。

第二节　安全生产行政处罚的基本原则

安全生产行政处罚的基本原则，是指对安全生产行政处罚的设定、实施和适用具有普遍指导意义的行为准则，是正确实施安全生产行政处罚活动所不能逾越的规矩。根据《行政处罚法》、《安全生产法》和《安全生产违法行为行政处罚办法》的相关规定，我国安全生产行政处罚工作必须遵循如下基本原则。

一、行政处罚法定原则

行政处罚法定原则是行政合法性原则在安全生产行政处罚中的具体体现，规定安全生产行政处罚必须严格依据法律规定进行。《行政处罚法》第三条规定："公民、法人或者其他组织违反行政管理秩序的行为，应当给予行政处罚的，依照本法由法律、法规或者规章规定，并由行政机关依照本法规定的程序实施。没有法定依据或者不遵守法定程序的，行政处罚无效。"这一规定充分体现了行政处罚法定原则。行政处罚法定原则是安全生产行政处罚的基本原则之一，也是安全生产行政处罚的最重要的原则。它主要包括以下三个方面的基本要求。

（1）行政处罚的依据必须是法律、法规或者规章明确规定的。没有法定依据不得实施行政处罚，有些行为尽管违反了有关规定，但法律、法规或者规章没有明确规定应当给予行政处罚的，也不得比照其他法律或者随意实施行政处罚，即"法无明文规定不处罚"。

（2）实施行政处罚的主体及其职责必须是法律、法规或者规定明确规定的。行政处罚的实施必须由具有法定行政处罚权的行政机关、法律法规授权的组织或者由行政机关依法委托的组织实施。只有法律、法规明确规定了何种行政处罚由某个机关实施，这个机关或者组织才可以实施行政处罚，并且该机关或者组织只能在法律、法规所规定的权限范围内实施行政处罚，不得超越法定权限。

（3）行政处罚的程序必须是法律、法规或者规章明确规定的。作出行政处罚行为必须遵守法定程序，如果在实施行政处罚时，不严格履行法定程序，就会损害被处罚人的合法权益，导致行政处罚行为的违法或者无效。

二、行政处罚公正、公开原则

公正、公开原则是"法律面前，人人平等"在安全生产行政处罚活动中的具体体现，即实施安全生产行政处罚必须符合"法律面前，人人平等"的原则。《行政处罚法》第四条规定："行政处罚遵循公正、公开的原则"。《安全生产违法行为行政处罚办法》第三条规定："对安全生产违法行为实施行政处罚，应当遵循公平、公正、公开的原则"。行政处罚公正原则是指行政处罚的设定与实施要公平公正。这是行政处罚法定原则的进一步延伸和补充，行政处罚不仅要合法，而且要公正、公平。行政处罚公正原则体现在实体公正和程序公正两方面。在实施行政处罚过程中，行政处罚主体必须给予被处罚人公正的待遇，充分尊重当事人在程序上所拥有的独立人格与尊严，避免行政处罚权的行使武断专横。在处罚决定上应当公平对待各方当事人，平等、公正地适用法律，同样违法行为同等处罚，做到过罚相当，不因当事人的地位、权势、名望等因素而有所偏私。

行政处罚公开原则，是指行政处罚的设定与事实都要向社会公开。只有公开，将行政处罚的全部活动置于公众的监督之下，才能确保公正的实现，它是公正原则的保障。公开原则有两项基本要求：一是行政处罚依据公开，即有关安全生产行政处罚的法律、法规和规章必须公开，未经公布的规范不能作为行政处罚的依据；二是行政处罚程序公开，安全生产监督管理部门在作出行政处罚决定之前，应当告知当事人作出行政处罚决定的事实、理由、法律依据以及当事人依法享有的权利并充分听取当事人的意见，不能拒绝当事人的陈述与申辩。

三、一事不再罚原则

一事不再罚原则是指行政相对人的同一个违法行为，不能给予两次以上的罚款。它解决的是行政执法实践中多头罚款与重复罚款的问题。《行政处罚法》第二十四条规定："对当事人的同一个违法行为，不得给予两次以上罚款的行政处罚"。《安全生产违法行为行政处罚办法》第五十三条也作出明确规定："对同一生产经营单位及其有关人员的同一安全生产违法行为，不得给予两次以上罚款的行政处罚"。

这两项规定就是一事不再罚原则的具体体现。行政处罚以惩戒为目的，针对一个违法行为实施了处罚，就已达到了惩戒的目的，如果再对其进行处罚，则是重复惩罚，违背了过罚相当，有失公正。具体适用这一原则时，应当注意三种情况，一是同一个违法行为违反了一个法律规范，由一个行政机关实施行政处罚的，不得以同一事实和理由给予两次以上的罚款；二是一个违法行为违反了一个法律规范，可由两个行政机关实施行政处罚的，只能由其中的一个行政机关给予罚款的行政处罚；三是同一个违法行为，违反了两个以上的法律规范，依法可由两个以上行政机关给予罚款的，如果一个行政机关给予了罚款，其他行政机关就不得再次实施罚款。

四、处罚与教育相结合的原则

处罚与教育相结合原则是指安全生产监督管理部门在实施行政处罚时，要注意说服教育，及时纠正违法行为，实现制裁与教育双重功能。《行政处罚法》第五条规定："实施行政处罚，纠正违法行为，应当坚持处罚与教育相结合，教育公民、法人或者其他组织自觉守法"。这就是处罚与教育相结合原则的具体体现。坚持处罚与教育相结合的原则，安全生产监督管理部门在实施行政处罚活动中，不仅要严肃查处生产经营单位的违法行为，按照法律法规的规定给予必要的处罚，同时还要立足于教育，使其真正认识到自己行为的违法性、危害性，从而自觉守法，防止违法行为的再次发生。只有这样才能把处罚和教育、处罚与防范、治标与治本有机地结合起来，达到通过行政处罚，教育公民、法人或者其他组织自觉守法的目的。

处罚与教育相结合原则有两个方面含义：一是对违法行为在事实清楚、证据确凿的基础上必须严肃处理，该处罚的要坚决处罚；二是通过必要的处罚，教育违法者认识违法行为，促使其及时纠正违法，同时也要通过典型案例，开展安全生产法律法规宣传教育，使广大生产经营单位经营者和从业人员从中受到警示，增强法制观念，强化安全意识，提高依法履行安全生产管理职责的自觉性。

处罚与教育相结合原则是行政执法中的基本方法，二者在行政执法中发挥着互相不可替代的作用。处罚与教育互为前提，互为条件，是相辅相成的统一体。一方面，教育是基础，处罚是手段，二者结合，才能取到更大更好的实效；另一方面，处罚本身也是一种教育，而且是很有效的教育手段。把违法行为调查的过程当作既是查清事实又是教育违法者的过程，寓教育于调查取证过程中。对违法者进行法律法规的宣传教育，使其正确认识违法事实、性质以及危害性等，吸取教训，自觉守法。

五、保障权利原则

保障权利原则是指在行政处罚中要充分保障行政相对人的合法权益。《行政处罚法》第六条规定："公民、法人或者其他组织对行政机关所给予的行政处罚，享有陈述权、申辩权；对行政处罚不服的，有权依法申请行政复议或者提起行政诉讼。公民、法人或者其他组织因行政机关违法给予行政处罚受到损害的，有权依法提出赔偿要求"。这就是保障权利原则的法律体现，法律主要赋予行政相对人在行政处罚过程中享有的权利主要包括：第一，有权知道安全生产监督管理部门给予行政处罚的违法事实、理由、法律依据的知情权；第二，陈述和包括要求组织听证在内的申辩权；第三，对行政处罚不服申请行政复议或提起行政诉讼的救济权；第四，认为行政处罚违法损害自己合法权益而提出行政赔偿请求权。这些权利对于实施行政处罚的行政机关是一种义务，在实施行政处罚的过程中，行政机关应当积极地为相对人行使这些权利提供便利，不能随意加于剥夺或限制。

六、行政处罚与违法行为相适应原则

行政处罚与违法行为相适应原则是《中华人民共和国刑法》（以下简称《刑法》）中罪刑相适应原则在行政处罚中的应用。《行政处罚法》第四条规定："设定和实施行政处罚必须以事实为依据，与违法行为的事实、性质、情节以及社会危害程度相当"。《安全生产违法行为行政处罚办法》第三条规定："安全生产监督管理部门或者煤矿安全监察机构及其行政执法人员实施行政处罚，必须以事实为依据。行政处罚应与安全生产违法行为的事实、性质、情节以及社会危害程度相当"。这些法律规定就是该原则的具体体现。实施这一原则的目的，是为了解决行政处罚畸轻畸重的问题。处罚过轻，就不能起到处罚的作用；而处罚过重，则会损害公民、法人或者其他组织的合法权益，达不到制裁和教育的目的，反而会激化矛盾。因此，针对不同违法行为的性质、情节及其所造成的不同的危害结果，给予相应适当的行政处罚，才能达到制裁与教育的双重效果。

七、行政处罚不得以罚代刑原则

行政处罚和刑事责任，是法律上的两种责任追究形式，虽有相同之处，但两者是两种不同类型的法律责任，因此，应严格区分两者的适用范围。《行政处罚法》第七条第2款规定："违法行为构成犯罪的，应当依法追究刑事责任，不得以行政处罚代替刑事处罚"。这是由刑事优先原则决定的，实行行政处罚不得以罚代刑原则。若本应追究刑事责任的行为仅给予行政处罚，会使犯罪行为得不到应有的惩罚，不利于维护社会秩序，保护公民的人身自由和生命财产安全。

八、行政处罚不免除民事责任原则

《行政处罚法》第七条规定："公民、法人或者其他组织因违法受到行政处罚，其违法行为对他人造成损害的，应当依法承担民事责任"。确立这项原则，意义十分重大，当事人的违法行为造成严重危害后，需要承担行政处罚与民事责任的双重责任，只有这样，既保护社会公共利益和行政管理秩序，同时也保护公民、法人和其他组织的合法权益，不能因为对国家承担了行政法律责任，而免除其对其他人应

当承担的民事责任。

第三节　安全生产行政处罚的意义

安全生产工作关系到国家和广大人民群众的生命财产安全，关系到人民群众的切身利益，也关系到社会主义现代化建设、经济发展、社会稳定和和谐社会建设的大局，因此，安全生产行政处罚对于促进我国依法行政和安全生产监督管理工作具有十分重要的意义。

一、有利于维护公共利益和社会秩序

安全生产监督管理部门的基本职责就是对安全生产实施行政管理，维护安全生产秩序和社会公共利益。在众多的行政管理方式中，安全生产行政处罚具有独特的作用，它通过安全生产监督管理部门对违法者实施行政处罚，保证和促进安全生产法律规范的实施和安全生产法律义务的实现，维护公共利益和社会秩序。实施安全生产行政处罚，贯彻执行《行政处罚法》、《安全生产法》和《安全生产违法行为行政处罚办法》等有关安全生产法律、法规，既可以保证和监督安全生产监督管理部门有效实施行政管理，保证依法行使职权，也可以维护生产经营活动的正常秩序和公共利益。

二、有利于制裁安全生产违法行为

目前，对安全生产违法行为打击不力，也是导致生产安全事故多发的重要原因之一，因此，要针对生产经营活动中，无视安全生产法律、法规的规定，非法从事生产经营活动和作业，就必须给予安全生产行政处罚，坚持有法必依、违法必究、执法必严的法制原则，秉公执法，严肃查处各类安全生产违法行为，以保证安全生产监督管理工作的正常进行。所以，实施安全生产行政处罚，有利于制裁安全生产违法行为，逐步形成安全生产法制氛围，推进依法治安，促进安全生产形势的平稳好转。

三、有利于保护广大人民群众的合法权益

目前，我国正处于经济体制转轨和经济发展形态转型的初创时期，在生产经营过程中，特别是矿山、危险化学品、建筑施工等高危行业中，存在着众多的安全隐患和不安全因素，生产安全事故屡有发生，给国家和广大人民群众的生命财产造成重大损失。实施安全生产行政处罚，有力惩治各类安全生产违法行为，及时消除安全隐患，真正把"安全第一、预防为主、综合治理"的安全生产方针落实到安全生产的各个环节，有效防止和减少生产安全事故的发生，最大限度地保障国家和广大人民群众的生命财产安全，保护广大人民群众的合法权益。

四、有利于树立安全生产监督管理部门的法律权威

各级安全生产监督管理部门和有关部门是具体依法实施安全生产监督管理工作的职能部门。为了树立安全生产监督管理部门的法律权威，《安全生产法》明确规定了各级安全生产监督管理部门依照本法对安全生产工作实施综合监督管理，其他有关部门依照本法和有关法律、行政法规规定的职责范围，对有关安全生产工作实施监督管理。这就依法界定了综合管理与专项监管的关系，有利于综合监督管理部门与专项监管部门依法各司其职，相互协作，共同做好安全生产监督管理工作。实施安全生产行政处罚，查处和制裁各类安全生产违法行为，必将促进广大人民群众更加理解和支持安全生产监督管理工作，同时，通过严厉的安全生产行政处罚，给安全生产违法行为予以强大的法律震撼和法律威慑，有利于树立安全生产监督管理部门的法律权威。

五、有利于提高全社会的安全法律意识

关注安全，关爱生命，人人有责。实现安全生产，必须通过安全生产法律法规的宣传教育、培训、监管和行政处罚等活动，不断增强全体公民的安全法律意识。在实施安全生产行政处罚中，要切实保障从业人员在安全生产方面的参与权、知情权、避险权、检控权、赔偿权和诉讼权。同时，不仅要严肃查处安全生产管理工作中的违法行为，更要立足于教育，把查处与防范、惩处和教育、治标与治本有机地结合起来，把安全生产法律法规的宣传教育寓于行政处罚之中，以案说法，增强广大人民群众的法制观念，提高全社会的安全法律意识，推进依法治安。

第四节 安全生产行政处罚的基本要求

一、事实清楚

事实清楚，是指安全生产行政处罚案件的违法事实认定必须具体、准确，符合客观事实。处罚案件的事实材料，必须把违法事实发生的时间、地点、情节、后果及违法单位和个人应负的责任，以及产生违法行为的主客观原因等尽可能调查清楚，不能前后矛盾、牵强附会、含糊不清，更不能把一些道听途说，甚至无中生有、颠倒是非，随意夸大或缩小的材料作为处罚所依据的事实。

二、证据确凿

证据确凿，是指安全生产行政处罚案件认定的违法事实所依据的证据都符合客观真实情况，准确无误，所取得的证据足以把处罚案件所认定的事实证明清楚。

（1）据以定案处罚的每一个证据都是查证属实的；

（2）据以定案处罚的证据与认定的事实之间有着客观联系，不牵强附会；

（3）证据之间、证据与认定违法事实之间的矛盾得到排除，案件的证据构成一个完整的体系，使得出的结论确实无疑，足以排除其他的可能性；

（4）认定的每一个违法事实有相应的一定量的证据予以证明，该收集的证据均已收集在案。

没有证据或证据不充分、不确凿，不能认定。证据充分、确凿，即使违法者拒不承认，也可以认定。要做到证据确凿，安全生产行政执法人员收集证据时，要及时、客观、准确、全面，切忌任何倾向性、主观随意性和片面性。

三、定性准确

定性准确，是指在事实清楚、证据确凿的基础上，对公民、法人或者其他组织的违法事实性质认定准确无疑。要做到定性准确，必须依据《安全生产法》等有关安全生产法律、法规和规章的规定，在违法事实性质的认定上，必须以事实为依据，以法律为准绳，准确地适用法律法规，正确地依法加以判断和定性。

四、处罚恰当

处罚恰当，就是要严格遵循行政处罚与违法行为相适应原则，对公民、法人或者其他组织的违法事实、性质、情节、所造成的后果、对违法行为的认识和态度，依据安全生产法律法规的有关规定作出合适恰当、轻重适度的行政处罚。要做到处罚恰当，必须注意以下几点。

（1）对公民、法人或者其他组织的违法事实为依据，处罚宽严要适当；

（2）处罚要体现"法律面前，人人平等"的原则，避免孰重孰轻；

（3）处罚既要维护法律的严肃性，又要达到教育违法者和其他人员，起到法律的警示作用；

（4）执法人员必须坚持原则，秉公处罚。

五、程序合法

程序合法，是指安全生产行政处罚案件必须按照有关法律法规的规定程序办理，使行政处罚案件从立案、调查、审理、处罚等各环节都必须符合法定的规定程序。只有程序合法，才能保证安全生产行政执法人员正确履行职责，保障处罚对象的合法权益，提高行政处罚的办案质量和工作效率。

第二章 安全生产行政处罚的主体与管辖

第一节 安全生产行政处罚的主体

一、安全生产行政处罚主体的概念与特征

安全生产行政处罚的实施主体是指依法享有安全生产行政处罚权，能够独立对安全生产违法行为实施行政处罚，并承担相应法律后果的行政机关和其他组织。行政处罚权是一项重要的行政权能，由谁来行使这项权利，不仅关系到公共利益和社会利益，而且关系到公民、法人和其他组织的合法权益。行政处罚权只能由行政主体行使。《行政处罚法》第十五条规定："行政处罚由具有行政处罚权的行政机关在法定职权范围内实施。"行政主体是否享有行政处罚权以及享有何种行政处罚权、在多大范围内享有行政处罚权，还必须基于行政法律规范的规定而定。行政主体必须严格依据法定权限行使行政处罚权，超越法定权限的处罚无效。

行政处罚主体，具有如下特征：

第一，有独立的主体资格。

任何一个行政机关或者其他社会组织要成为行政处罚主体，必须具有独立的主体资格，也就是指能够以自己的名义独立地行使行政处罚。不具有独立的主体资格的行政机关或者其他社会组织，不能成为行政处罚主体。

第二，依法享有行政处罚权。

行政处罚主体，必须依照法律、法规的规定享有行政处罚权。不享有行政处罚权的行政机关或者其他社会组织，不能成为行政处罚主体。即使是享有行政管理权但不享有行政处罚权的行政管理机关，也不能成为行政处罚主体。

第三，能够独立承担行政处罚的法律后果。

行政处罚主体必须能够独立承担行政处罚的法律后果，也即能够以自己的名义独立承担行政处罚过错或者违法所产生的法律后果。不能独立承担行政处罚法律后果的行政机关或者其他社会组织，不能成为行政处罚主体。

二、安全生产行政处罚的主体

根据《行政处罚法》和《安全生产法》的规定，安全生产行政处罚的实施主体原则上是各级政府的安全生产行政管理机关，但部分行政处罚权也可以由法定授权

组织或者行政处罚委托的组织来实施。

（一）安全生产行政管理机关及其权限

实施安全生产行政处罚一般由享有行政处罚权的安全生产行政管理机关进行，根据《安全生产法》第九十四条的规定，安全生产违法行为的行政处罚分别由不同的行政机关实施，具体分工如下。

（1）安全生产行政处罚，由负责安全生产监督管理的部门决定。《安全生产法》规定的行政处罚包括责令停产停业整顿、没收违法所得、罚款等。这些行政处罚将由负责安全生产监督管理的部门决定。比如《安全生产法》第七十九条、第八十条、第八十一条、第八十二条、第八十三条等所规定的行政处罚。又如《安全生产违法行为行政处罚办法》第六条规定："县级以上安全监管监察部门应当按照本章的规定，在各自的职责范围内对安全生产违法行为行政处罚行使管辖权"。

（2）予以关闭的行政处罚，由负责安全生产监督管理的部门报请县级以上人民政府按照国务院规定的权限决定。关闭的行政处罚，是指行政机关对违反行政管理秩序的企业、事业单位或者其他组织，依法剥夺其从事某项生产经营活动的权利的一种行政处罚。由于关闭这种处罚对于生产经营单位来说，是一种比较严厉的行政处罚，对其影响很大，在实施时应当慎重。因此，法律规定由负责安全生产监督管理的部门报请县级以上人民政府按照国务院规定的权限决定。

（3）给予拘留的行政处罚，由县级以上安全生产监督管理部门建议公安机关依照《治安管理处罚条例》规定的决定。这里所说的拘留，是一种行政拘留，是法定行政机关依法对违反行政法律规范的人，在短期内限制其人身自由的一种处罚。行政拘留是行政处罚中最严厉的一种处罚。实施行政拘留的机关，一般仅限于公安机关。按照《中华人民共和国治安管理处罚条例》（以下简称《治安管理处罚条例》）的规定，只有县级以上的公安机关才享有行政拘留的裁决权，其他任何行政机关都没有决定行政拘留的权力。

（4）暂扣、吊销有关许可证和暂停、撤销有关执业资格、岗位证书的行政处罚，由发证机关决定。暂扣、吊销和撤销有关许可证和证照的行政处罚，这是行政机关依法剥夺违法者原有的资质或资格的处罚。暂扣或者吊销其有关证照，是对其从事某种活动权利、资格的限制或剥夺，属于比较严厉的行政处罚。

（5）有关法规、行政法规对行政处罚的决定机关另有规定的，依照其规定。这是一个"兜底"性的规定。除《安全生产法》外，我国还有一系列有关安全生产的法律、法规。例如，《中华人民共和国矿山安全法》（以下简称《矿山安全法》）、《中华人民共和国煤炭法》（以下简称《煤炭法》）、《中华人民共和国消防法》（以下简称《消防法》）、《中华人民共和国建筑法》（以下简称《建筑法》）、《中华人民共和国海上交通安全法》（以下简称《海上交通安全法》）、《安全生产许可证条例》、《危险化学品安全管理条例》、《烟花爆竹安全管理条例》等。这些法律、法规对行政处罚的决定机关一般都作了规定。例如，按照《危险化学品安全管理条例》的规定，仅危险化学品的行政处罚机关就分别规定有工商行政管理部门、质量技术监督部门、负责危险化学品监督管理综合工作的部门、公安部门、交通部门等。《安全生产法》是安全生产的基本法，与其他有关安全生产的法律、法规之间是相互协调、相互衔接的关系，没有必要也没有可能取而代之。因此，《安全生产法》第九十四条规定："有关法律、行政法规对行政处罚的决定机关另有规定的，依照其规定"。

（二）法律、法规授权的组织

《行政处罚法》第十七条规定："法律、法规授权的具有管理公共事务职能的组织可以在法定授权范围内实施行政处罚。"这里所指的授权，是指法律、法规将某些行政处罚权授予非行政机关的组织行使，使该组织能够以自己的名义行使行政处罚权并承担相应的法律后果。也就是说，被授权的组织行使的行政处罚权是来之法律、法规的授权规定。此项规定具有三层含义：一是只有全国人大及其常委会制定的法律或者国务院制定的行政法规和省、自治区、直辖市人大及其常委会制定的地方性法规可以授权行政处罚；二是只有具有管理公共事务的组织，才可以成为实施行政处罚的被授权组织；三是授权组织必须在法定授权范围内行施行政处罚权。

（三）行政机关委托的组织

《行政处罚法》第十八条规定："行政机关依照法律、法规或者规章的规定，可以在其法定权限内委托符合本法第19条规定条件的组织实施行政处罚。行政机关不得委托其他组织或者个人实施行政处罚。"委托实施行政处罚是指有权实施行政处罚的行政机关依法将自己享有的行政处罚权全部或部分委托给符合法定条件的组织实施，受委托的组织在委托权限范围内，以委托的行政机关的名义实施行政处罚。详见第七章内容，在此不再赘述。

第二节　安全生产行政处罚的管辖

一、行政处罚管辖的概念

行政处罚的管辖，是指有权实施行政处罚的行政机关或者法律、法规授权的组织，在对具体违法行为实施行政处罚时的权限和分工。这是明确有权实施行政处罚的不同行政机关或组织之间职权范围的法律制度。安全生产行政处罚的管辖就是划分各级安全生产监督管理部门受理和查处违法行为的职权范围，明确它们之间的具体权限和分工。

二、行政处罚管辖的意义

（1）有利于及时受理和查处各类安全生产违法行为

安全生产行政处罚的管辖制度，明确了各级安全生产监督管理部门实施行政处罚的职责范围和权限，避免了安全生产监督管理部门系统内部在行政执法中出现重复、空当或相互推诿的现象，有利于防止实施行政处罚的机关或组织争夺处罚权，对有些违法行为越权处罚或重复处罚；有利于各级安全生产监督管理部门各司其职，各负其责，及时有效地对安全生产违法行为实施处罚，以达到维护公共利益和社会秩序的目的。

(2) 有利于广大人民群众正确行使检举、控告的权利

明确安全生产行政处罚的管辖制度，可以使广大人民群众直接到有管辖权的安全生产监督管理部门进行检举和控告。这样，既有利于检举、控告人行使民主权利，同时也可以减少检举、控告信件的纵横转递，避免贻误违法行为查处的时机。

(3) 有利于保护被处罚者的合法权益。严格执行安全生产行政处罚管辖制度，依法及时地对违法行为进行查处，防止行政处罚工作的随意性，有利于正确遵守法律，保护被处罚者的合法权益。

三、行政处罚的管辖

(一) 地域管辖

地域管辖，是指不同地域的同级行政机关在实施行政处罚时的权限和分工，主要解决行政处罚应由哪一个地方的行政机关来管辖的问题。《行政处罚法》第二十条规定："行政处罚由违法行为发生地的县级以上地方人民政府具有行政处罚权的行政机关管辖"。《安全生产违法行为行政处罚办法》第六条规定："安全生产违法行为的行政处罚，由安全生产违法行为发生地的县级以上安全监管监察部门管辖。"由此可见，《行政处罚法》和《安全生产违法行为行政处罚办法》都规定了"违法行为发生地"的行政机关管辖行政处罚案件。如果安全生产违法行为发生地与结果地不在同一地域，或者违法行为的发生地与发现地不在同一个地域，或者违法行为的发生地与行为人的住所地不在同一个地域，都应当由违法行为发生地的县级以上安全生产监督管理部门管辖。

行政处罚实行地域管辖，充分体现了"行政效率"原则的要求，一是由违法行为发生地的行政机关管辖，有利于处罚机关调查取证，及时准确地弄清楚违法事实，同时还可以降低行政成本；二是可以及时追究违法行为，制止或防止危害结果的发生和扩大。

(二) 级别管辖

级别管辖，是指同类职能但不同级别的行政机关之间实施行政处罚的权限和分工。如果说地域管辖是行政处罚权在行政主体之间的横向划分，级别管辖是行政处罚权在行政主体之间的纵向划分。它主要解决在整个行政机关系统内部行政处罚应该由哪一个级别的行政机关来管辖的问题。《行政处罚法》第二十条规定："行政处罚由违法行为发生地的县级以上地方人民政府具有行政处罚权的行政机关管辖。法律、行政法规另有规定的除外"。《安全生产违法行为行政处罚办法》第六条规定：

"安全生产违法行为的行政处罚，由安全生产违法行为发生地的县级以上安全监管监察部门管辖。中央企业及其属企业、有关人员的安全生产违法行为的行政处罚，由安全生产违法行为发生地的设区的市级以上安全监管监察部门管辖"。由此可见，行政处罚在级别管辖上由"县级以上地方人民政府的行政机关管辖"，《安全生产违法行为行政处罚办法》规定了中央企业的安全生产违法行为的行政处罚由发生地的市级以上安全生产监督管理部门管辖。县级以下人民政府即乡（镇）人民政府，原则上没有行政处罚的管辖权，除非由法律、行政法规的特别规定。

（三）职权管辖

职权管辖，是指同一区域内不同职能但同级的行政机关之间实施行政处罚时的权限划分。它主要解决行政处罚应该由哪一个行政机关来管辖的问题。行政处罚的职权管辖是对特定事项拥有处罚权的行政机关管辖规定，这一规定具有两层含义：一是实施行政处罚的行政机关必须有行政处罚权；二是即使有行政处罚权，也必须在职权范围内行使，不能超越职权范围管辖。《安全生产法》第九十四条规定："本法规定的行政处罚，由负责安全生产监督管理的部门决定；予以关闭的行政处罚由负责安全生产监督管理的部门报请县级以上人民政府按照国务院规定的权限决定；给予拘留的行政处罚由公安机关依照治安管理处罚条例的规定决定。有关法律、行政法规对行政处罚的决定机关另有规定的，依照其规定。"

（四）指定管辖

指定管辖，是指上级行政机关以决定的方式指定下级行政机关对某一行政处罚案件行使管辖权。行政处罚的指定管辖通常发生在对行政处罚管辖发生争议或因特殊情况无法行使管辖的情况下。《行政处罚法》第二十一条规定："对管辖发生争议的，报请共同的上一级行政机关指定管辖"。《安全生产违法行为行政处罚办法》第七条规定："两个以上安全监管监察部门因行政处罚管辖权发生争议的，由其共同的上一级安全监管监察部门指定管辖"。

管辖权争议主要包括对管辖权相互推诿或相互争夺，产生管辖权争议的原因是多方面的，可能是职权管辖争议，也可能是地域管辖发生争议等。例如：A县的安全生产监督管理部门和某一经济技术开发区的安全生产监督管理部门对发生在交界处的违法行为的管辖争议。

此外，因特殊原因而使管辖权不明的情况，也适用指定管辖。如有管辖权的安全生产行政处罚实施主体因行政管辖区域调整被撤销或机构改革被合并，承受其权利义务的安全生产行政处罚实施主体尚未明确的；有管辖权的安全生产行政处罚实施主体的全部执法人员与当事人有利害关系而被决定回避的；因发生重大突发性事件，致使有管辖权的安全生产行政处罚实施主体不能行使行政处罚权的；由于出现某种情况复杂的违法行为导致无法确定由哪个行政处罚实施主体管辖的等。

发生管辖权争议，可以由双方共同协商解决，协商不成的应该报请共同的上一级行政机关指定管辖。共同上一级行政机关，因发生管辖争议的各方行政机关的不同而有所不同。如果争议的双方是同一人民政府所属的安全生产监督管理部门与工商行政管理，依据《行政处罚法》的规定，报请共同上一级行政机关即为该级人民政府指定管辖；如果争议的双方是两个不同地域的同级安全生产监督管理部门，应当依据《安全生产违法行为行政处罚办法》的规定，报请共同的上一级人民政府安全生产监督管理部门指定管辖。

上一级行政机关指定下一级行政机关对某一行政处罚行使管辖权，一般应以书面形式作出，制作指定管辖决定书，这样便于明确指定者与被指定者的责任，也为被指定者行使管辖权时提供法定依据。

（五）移送管辖

移送管辖，是指行政主体相互之间行政处罚案件的移送和管辖权的转移。案件移送是指没有管辖权的行政主体将其已经掌握的违法行为相关材料移送给有管辖权的行政主体承办。管辖权转移是指上下级行政主体相互之间行政处罚案件管理权的互相转移。移送管辖是行政处罚的合法原则在行政处罚管辖中的具体体现，其根本目的在于确保行政处罚主体的合法性。《行政处罚法》第二十二条规定："违法行为构成犯罪的，行政机关必须将案件移送司法机关，依法追究刑事责任"。《安全生产违法行为行政处罚办法》第八条、第九条规定："对报告或者举报的安全生产违法行为，安全监管监察部门应当受理；发现不属于自己管辖区的，应当及时移送有管辖权的部门"。"安全生产违法行为构成犯罪的，安全监管监察部门应当将案件移送司法机关，依法追究刑事责任"。在实际安全生产行政执法中，要准确理解和区分违法行为和犯罪行为，第一，犯罪行为是违反刑事法律规范应受刑罚制裁的行为，是一种严重危害社会行为。而违反行政法律规范应受行政处罚的行为，一般性质和情节不太严重，对社会的危害程度也较轻。但是，有的违法行为与犯罪之间往往并不十分清晰，因此，安全生产监督管理部门在实施行政处罚时发现有些违法行为涉嫌犯罪的，应当及时将案件移送司法机关，依法追究刑事责任。

为了更好地贯彻这一规定，国务院在 2001 年制定了《行政执法机关移送涉嫌犯罪案件的规定》，对案件移送的程序等作了具体详细的规定。例如：该规定第五条规定："行政执法机关对应当向公安机关移送的涉嫌犯罪案件，应当立即指定 2 名或者 2 名以上行政执法人员组成专案组专门负责，核实情况后提出移送涉嫌犯罪案件的书面报告，报经本机关正职负责人或者主持工作的负责人审批。行政执法机关正职负责人或者主持工作的负责人应当自接到报告之日起 3 日内作出批准移送或者不批准移送的决定。决定批准的，应当在 24 小时内向同级公安机关移送；决定不批准的，应当将不予批准的理由记录在案"。

安全生产行政处罚案件的管辖，依据《行政处罚法》、《安全生产违法行为行政处罚办法》等法律法规的规定，主要有上述几种管辖，但是，安全生产行政执法工作是十分复杂的，有时不能完全解决实践中出现的问题。因此，在确定行政处罚管辖权的问题上，应当按照原则性和灵活性相结合的要求，依据"法律、行政法规另有规定的除外"，优先适用例外规定。例如：《安全生产违法行为行政处罚办法》第十条规定："上级安全监管监察部门可以直接查处下级安全监管监察部门管辖的案件，也可以将自己管辖的案件交由下级安全监管监察部门管辖。下级安全监管监察部门可以将重大、疑难案件报请上级安全监管监察部门管辖。"

第三章　安全生产行政处罚的种类与设定

第一节　安全生产行政处罚的种类

《行政处罚法》将行政处罚的种类划分为六类，而《安全生产违法行为行政处罚办法》依据安全生产违法行为的复杂性和多样性，将安全生产行政处罚种类划分为九种，具体主要有如下几类。

一、警告

我国法律制度中有两种警告，即作为行政处罚种类之一的警告和作为行政处分种类之一的警告。行政处罚中的警告主要针对违反行政法律规范的公民、法人或者其他组织；而行政处分中的警告主要针对违反纪律的行政机关内部工作人员。

作为行政处罚的警告是行政机关对实施违法行为，不履行法定职责或义务的公民、法人或者其他组织给予的一种警示和告诫。主要是通过对违法行为的公民、法人或者其他组织予以谴责和告诫，防止其继续或重新违法。是一种具教育和处罚双重性质的处罚形式，一般适用于违法情节轻微或者未造成实际危害后果的违法行为。违法事实清楚并有法定依据的，执法人员可以适用简易程序当场做出警告的行政处罚。

警告一般应以书面形式作出，并向当事人宣布及送达。

二、罚款

罚款是指行政机关对于实施违法行为，不履行法定义务的行为人责令其在一定期限内交纳一定数额的金钱的处罚形式。罚款通过使违法行为人损失一定经济利益的方法达到其经济制裁目的。简便易行，既不限制当事人的活动能力又有一定的效果，因此，是安全生产行政处罚中最普遍适用的行政处罚种类之一。罚款通常由法律、法规或行政规章规定一定的数额或者幅度，安全生产监督管理部门在适用罚款处罚时，可以在法定幅度内自由裁量，但不能显失公正，更不能超过法定幅度。

在适用罚款这种行政处罚时，应注意区分罚款与罚金。罚金是人民法院依据《刑法》的规定对犯罪人实施的一种附加刑。罚款是行政处罚主体依据行政法律法规对违法行为人实施的一种行政处罚。

三、没收违法所得和非法财物

没收违法所得及没收非法财物是指行政主体依法将公民、法人或者其他组织的违法所得和非法财物强制性无偿收归国有的一种处罚措施。没收的对象是违法所得和非法财物。违法所得是违法行为人实施违法行为所得的收益,非法财物是违法违禁物品或与违法行为人实施的违法行为相关的财物。没收违法所得是一种较为严厉的财产罚,其适用领域具有一定程度的限定性,只有对那些为谋取非法收入而违反法律、法规有公民、法人或者其他组织才可以实行这种财产罚。

没收违法所得,是安全生产行政罚中比较常见的种类。安全生产违法行为的违法所得,可以分为生产性违法所得和经营性违法所得。在实施没收违法所得的行政处罚时,违法所得的数额计算应当按照《安全生产违法行为行政处罚办法》第五十七条的规定计算。

四、责令限期改正、责令停产停业整顿、责令停产停业、责令停止建设

责令限期改正、责令停产停业整顿、责令停产停业、责令停止建设等是行政机关依法要求从事生产经营活动的公民、法人或者其他组织在一定期限内停止生产、经营、建设等活动的一种行为处罚。这种处罚形式在一定期限内全面限制违法行为人的生产经营活动,是一种对违法行为人权利影响较大的处罚形式。

这种行政处罚形式一方面是为了制裁违法行为人的违法行为,另一方面是为了促使违法行为人及时消除隐患,限期改正违法行为,防止发生生产安全事故,保护公共财产和人民群众生命安全。这种行政处罚是相当严厉的,涉及生产经营单位的生产经营权和生存权。因此,安全生产监督管理部门实施这种行政处罚时必须充分、慎重地考虑生产经营单位违法行为的性质、危害程度以及社会影响等因素。

五、暂扣或者吊销有关证照

暂扣或者吊销有关证照是行政机关依法限制或者剥夺违法的公民、法人或者其他组织原有的资质或者资格的一种处罚。通过依法暂扣或者吊销其有关证照,剥夺其从事某项生产、经营活动或其他活动的资格和权利。这是一种比较严厉的能力处罚,尤其是吊销生产经营单位营业执照,使其丧失了"生存"资格。对此,《行政处罚法》明确规定吊销营业执照只能由法律、行政法规设定。《安全生产违法行为行政处罚办法》第六条规定:"暂扣、吊销有关许可证和暂停、撤销有关执业资格、岗位证书的行政处罚,由发证机关决定。"

六、行政拘留

行政拘留是对违法行为人,在短期内限制其人身自由的一种行政处罚。这种行政处罚较为严厉,涉及公民的人身权,而人身权是公民受宪法保护的基本权利,因

此，行政拘留的设定和实施都有严格的规定，限制人身自由的行政处罚只能由法律规定，限制人身自由的行政处罚权只能由公安机关实施。因此，《安全生产违法行为行政处罚办法》第六条规定："给予行政拘留的行政处罚，由县级以上安全监管监察部门建议公安机关依照治安管理处罚法的规定决定。"

七、关闭

关闭的行政处罚，是指行政机关对违反行政管理秩序的企业、事业单位或者其他组织，依法剥夺其从事某项生产经营活动资格的一种行政处罚。也是一种对生产经营单位最严厉的处罚。它不仅关系生产经营单位的生死存亡，也涉及职工群众的工作乃至社会稳定，影响重大，因此。实施关闭的行政处罚必须十分慎重。根据《安全生产法》第九十四条和《安全生产违法行为行政处罚办法》第六条的规定，需要给予关闭的行政处罚，由县级以上安全生产监督管理部门报请县级以上人民政府按照国务院规定的权限决定。

八、安全生产法律、行政法规规定的其他行政处罚

这是一个"兜底"性规定，《安全生产违法行为行政处罚办法》不可能穷尽列举所有的处罚种类，只能就最基本的处罚种类作出规定。上述几种行政处罚是比较重要和经常适用的处罚形式。但不是全部。为了弥补这一不足，《安全生产违法行为行政处罚办法》作出了这一规定，适应以后安全生产行政处罚中出现的新情况。即全国人大及其常委会和国务院在特殊情况下可以以法律、行政法规形式要上述处罚种类之外，规定其他种类的行政处罚。但除法律和行政法规外，其他层级的规范（如地方性法规和政府规章）都不能突破上述处罚种类的规定。

第二节　安全生产行政处罚的设定

一、行政处罚设定的概念

行政处罚的设定，是指国家机关依据法定权限和法定程序创设行政处罚的活动。实质上就是行政处罚设定的权限划分。行政处罚的设定一般可分为创制性设定与执行性设定。《行政处罚法》所规定的行政处罚种类实际上是创制性的设定，而《安全生产违法行为行政处罚办法》所规定的行政处罚种类则是执行性的设定。规定行政处罚的设定权可以有效地防止滥设处罚，从源头上解决处罚滥的现象。

二、行政处罚设定权限

根据《行政处罚法》的规定，行政处罚的设定权具体可以分为以下四个层次。

（一）法律的设定权

全国人大及其常委会制定的法律可以设定各种行政处罚，并且对于限制人身自

由的行政处罚的设定拥有专属权。因为人身自由权是公民的一项基本的权利，限制人身自由是最严厉的处罚，只能由法律进行创设，其他任何形式的规范性文件都不得加以设定。《行政处罚法》第九条规定："法律可以设定各种行政处罚，限制人身自由的行政处罚，只能由法律设定。"即法律具有完整的行政处罚设定权，可以设定各种类别的行政处罚，也就是说《行政处罚法》授权法律可以在已明确规定的6种行政处罚之外创设新种类的行政处罚。

（二）行政法规的设定权

国务院制定的行政法规，可以设定除人身自由以外的各种行政处罚。法律对违法行为已经作出行政处罚规定，行政法规需要作出具体规定的，必须在法律规定的给予行政处罚的行为、种类和幅度的范围内规定。《行政处罚法》第十条规定："行政法规可能设定除限制人身自由以外的行政处罚。"这不仅肯定了行政法规有行政处罚设定权，而且还赋予其具体的行政处罚设定权。行政法规设定权的范围：第一，行政法规有权设定除限制人身自由以外的行政处罚，即可以设定警告、罚款、没收违法所得和非法财物、责令停产停业、暂扣或者吊销营业执照的行政处罚；第二，行政法规的设定权要受到法律的限制，即当法律在某一领域已经行使了设定权，则行政法规如果需要作出规定的，只能在法律规定的行为、种类和幅度的范围内作出具体规定。比如说，法律已经规定某种违法行为应给予罚款的处罚，行政法规就不得规定对该种违法行为给予关闭的行政处罚，而只能对罚款幅度加以细化的具体规定。

（三）地方性法规的设定权

地方性法规可以设定除限制人身自由、吊销企业营业执照以外的行政处罚。地方性法规是地方行政机关执法的重要依据，因此，允许地方性法规对于带有地方特点的行政管理中违法行为设定行政处罚对于管理地方事务以及执行法律法规是十分必要的。但地方性法规设定行政处罚应有一定的限制，对于法律、行政法规已经作出行政处罚的，地方性法规只能在法律、行政法规规定的行为、种类、幅度的范围内作出具体规定。

（四）行政规章的设定权

行政规章包括部门规章和地方政府规章。部门规章即国务院各部委及直属机构根据法律和行政法规在权限范围内制定的规范性文件；地方政府规章即省、自治区、直辖市人民政府，省、自治区人民政府所在地的市人民政府及国务院批准的较大的市人民政府根据法律、行政法规、地方性法规制定的规范性文件。行政规章属于效力等级较低的法律规范，其设定权极其有限。《行政处罚法》第十二条、第十三条对行政规章的设定权作了具体规定：第一，行政规章只限于设定警告和一定数额的罚款的行政处罚，而不得设定其他种类的行政处罚。第二，国务院部委的规章设定的罚款数额由国务院规定，地方政府规章设定的罚款数额由省级人大常委会规定。1996年4月15日国务院《关于贯彻实施〈中华人民共和国行政处罚法〉的通知》中规定："国务院各部门制定的规章对非法经营活动中违法行为设定罚款不得超过 1000 元，对经营活动中的违法行为，有违法所得的，设定罚款不得超过违法所得的 3 倍，但是最高不得超过 3 万元，没有违法所得的，设定罚款不得超过 1 万元；超过上述限额的，应当报国务院批准。"第三，部门规章要受到法律、行政法规的限制，法律、行政法规已经行使了设定权的，只能作具体化规定；地方政府规章要受到法律、行政法规及地方性法规的限制，如果这些规范性文件对行政处罚已经行使了设定权，则只能作具体化的规定。

除上述法律、法规、规章以外的其他规范性文件都不得对行政处罚加以创设。

第四章　安全生产行政处罚的实施

第一节　安全生产行政处罚案件的立案

一、行政处罚案件立案的概念和意义

《安全生产违法行为行政处罚办法》第二十二条规定："除依照简易程序当场作出的行政处罚外，安全监管监察部门发现生产经营单位及其有关人员应当给予行政处罚的行为的，应当予以立案，填写立案审批表，并全面、客观、公正地进行调查，收集有关证据。对确需立即查处的安全生产违法行为，可以先行调查取证，并在5日内补办立案手续。"

所谓立案，是指安全生产监督管理部门按照其管辖权限，对于公民、法人或者其他组织的举报或者有关部门移送的、本机关在执法检查中发现的安全生产违法行为，经过初步审查，依法应当给予行政处罚的，依据法律规定予以受理立案，并进行深入调查的活动。这一概念包括如下四个方面的含义。

（1）立案的范围是安全生产行政执法对象中的违法者及其违法行为。安全生产监督管理职责范围以外的违法行为等问题不属于安全生产监督管理部门的立案对象。

（2）立案的条件是确有违法事实，确需给予行政处罚的。确有违法事实和确需给予行政处罚，是立案的标准和尺度。只有同时具备了这两个条件，才能决定立案。

（3）立案的目的是对违法者及其违法行为进行深入调查，以查清违法行为真实情况，对违法者给予应有的行政处罚。并不是一立案就了结，相反，它标志着案件的成立和调查处理的开始。

（4）立案必须办理批准手续。立案是安全生产行政处罚的规定程序，必须按照有关规定，办理立案报批手续。否则，没有批准手续的立案是无效的。没有批准权的机关或个人"批准"的立案，同样也是无效的。

立案是安全生产行政处罚中的一个重要环节，标志着案件调查将深入展开，只有经过立案，才能进入调查阶段，因而是安全生产行政处罚活动的必经程序。具有如下意义。

（1）立案是安全生产监督管理部门实施行政处罚的前提、必经程序和重要环

节。不经过立案就不能对安全生产违法行为进行调查，对违法行为的处罚也就难于实施。也就是说，没有经过立案，任何安全生产违法行为都不会成为其案件，没有立案也就不会有安全生产行政处罚案件的整个过程。安全生产监督管理部门只有对违法行为立案后，就可以对违法行为进行调查，采取措施，收集证据，查清违法事实，作出准确处罚。由此可见，立案在整个安全生产行政处罚过程中起着举足轻重的作用。

（2）立案为安全生产监督管理部门行政执法人员开展调查提供了合法依据。安全生产法律法规赋予安全生产监督管理部门的调查权，特别是一些带有约束力和制约作用的调查措施，如查封扣押、封存非法财物、责令停产停业等，关系到被调查的生产经营单位或公民的财产权益和民主权利，安全生产违法行为已经安全生产监督管理部门立案，将有利于行政执法人员依法开展调查，采取必要的措施。因此，规定立案程序，可以保证行政执法人员依法调查，防止滥用职权和侵犯生产经营单位和公民合法权益现象的发生。

（3）规定立案程序，可以防止大事化小，小事化了现象的发生。由于经过立案这一规定程序，就增强了安全生产行政执法人员的责任心。对经过立案的案件不能久拖不结，更不能立而不查，不了了之。因此，对于批准立案的安全生产违法行为行政处罚案件，安全生产监督管理部门必须在规定的期限内结案。凡经过立案的案件不能随意撤销，如果撤销案件，必须要有充分的事实和理由，并报批准立案的机关负责人核准。《浙江省安全生产监督管理行政处罚实施办法》第十六条规定："已经批准立案的案件，不得随意终止、撤销。确实需要终止或撤销的，应写出书面报告，由批准立案的单位负责人审批。"这一规定，有力地维护了安全生产行政执法工作的严肃性，防止了行政处罚中的随意性。

二、安全生产行政处罚案件立案的条件和要求

（一）立案的条件

立案的条件也称立案的依据，或者叫立案的理由，是指安全生产监督管理部门对安全生产违法行为予以立案所必须具备的条件。主要有如下几个方面。

1. 确有违法事实

公民、法人或者其他组织的安全生产违法事实，是安全生产监督管理部门立案的前提条件。没有违法事实，立案也就无从谈起。违法事实是不以人们的主观意志为转移的客观事实，是以一定形态表现出来的违法行为。如果违法事实确实存在，立案的前提条件就具备了。立案所需要的违法事实是指初步确认的主要违法事实，不是也没有必要把全部案件事实都一一查清楚。立案前提条件所指的违法事实或者违法行为，一般包括已经发生和正在发生的违法行为。无论违法行为处于何种形态，只要确实发生或存在，那么构成立案的确有违法事实这一要件便宣告成立。

2. 应当依法给予行政处罚

应当依法给予违法者实施行政处罚，是安全生产监督管理部门对安全生产违法行为进行立案的又一个条件。这一条件要求符合安全生产法律法规、规章关于实施行政处罚的法律规范，所以可以认为是立案的规范条件或叫法规条件。也就是说，不是所有的违法行为都必须立案查处，而是要对照安全生产法律法规的有关规定，应当依法给予行政处罚时，又不适用于简易程序时，才能决定予以立案。

3. 该安全生产违法行为属于本机关管辖。

立案的以上三个条件是同等重要、缺一不可的。在实施安全生产行政处罚中，一定要严格掌握立案的这三个条件，以保证立案的准确性。

《浙江省安全生产监督管理行政处罚实施办法》第十四条规定如下：安全生产监督管理局在履行安全生产监督管理职责中，发现有以下情形之一的，应当立案调查：

（1）发生安全生产事故造成重伤或死亡的；

（2）未按规定经安全生产监督管理部门审批、发证等，取得相应资质、资格而非法从事相关经营活动的；

（3）已取得安全生产有关事项的批准、认证，但已不再具备相应条件的；

（4）存在重大事故隐患的；

（5）群众举报、投诉，有证据证实存在严重安全生产违法行为的；

（6）在行政执法检查中已认定生产经营单位、有关人员有严重违法行为的；

（7）有伪造、涂改、非法转让和出租安全生产有关证照行为的；

（8）安全生产中介服务机构在安全生产服务工作中弄虚作假，超资质服务，或出具虚假证明的；

（9）发现有关单位及其人员在申报安全审批等有关事项中弄虚作假，或有欺诈行为的；

（10）发生事故隐瞒不报、虚报或故意拖延不报的；

（11）根据有关安全生产法律、法规规定，安全生产监督管理局有权立案查处的其他案件。

（二）立案的要求

1. 准确及时

立案是实施安全生产行政处罚的关键环节，是对违法者进行行政处罚的开始，这就要求安全生产监督管理部门及其行政执法人员一定要把好立案关，做到准确及时地立案。

所谓准确，就是要正确地掌握立案的两个条件。如果应该立案的没有立案，在客观上就会放纵违法行为，留下安全隐患，甚至给国家和广大人民群众生命财产带来危害；如果把不该立案的立了案，就会给安全生产监督管理部门带来被动，可能造成错案。因此，必须强调正确掌握立案条件，以保证立案的准确性。

所谓及时，就是说凡发现有违法事实，符合立案条件的，要及时立案。特别是受理的检举、举报材料，凡经初步核实认为符合立案条件的，就应当及时立案。否则，势必影响及时开展调查取证，给案件查处带来困难。所以，立案必须做到及时，不失时机，为进一步深入调查争取主动。

2. 一案一立

应当一案一立，防止重复立案。遇涉及两个以上辖区的案件，由违法行为发生地的安全生产监督管理部门立案，如发生管辖争议时，报请共同上一级安全生产监督管理部门裁定。

3. 手续完备

安全生产监督管理部门行政处罚案件的立案，必须严格履行立案报批手续，安全生产行政执法人员认为确需对违法行为进行立案查处时，应填写《立案审批表》，并附相关材料，报经安全生产监督管理局负责人审核批准后，方为立案。《浙江省安全生产监督管理行政处罚实施办法》第十五条规定："对拟立案查处的案件，监督检查人员应填写《立案审批表》，并附上相关的资料，报安全生产监督管理局负责人审批。经批准之日为立案时间。"

安全生产监督管理部门负责人对呈报的安全生产违法行为立案材料，应当进行认真审核，在考虑是否进行立案时，应当对以下要素作出初步判断：第一，是否确实存在行政违法行为；第二，是否应当依法给予行政处罚；第三，是否已超过处罚时效；第四，是否属于本部门管辖；第五，是否适用于一般程序。经审核符合立案条件的，应当予以批准。

（三）案件来源

在安全生产行政执法实践中，行政处罚案件的来源主要包括以下几种：

（1）依法在日常安全生产监督检查或抽查中发现；

（2）发生生产安全伤亡事故；

（3）群众举报；

（4）有关部门移送；

（5）受害人申诉；

（6）上级交办；

（7）其他。

第二节　安全生产行政处罚案件的调查取证

一、调查取证的概念和意义

（一）调查取证的概念

调查取证，是指安全生产行政执法人员对违法行为进行事实调查、收集和调取证据的具体工作程序。调查取证是立案程序的延伸，是安全生产行政处罚一般程序中的必经程序，任何适用一般程序的行政处罚案件，都必须进行调查取证。《安全生产违法行为行政处罚办法》第二十二条规定："全面、客观、公正地进行调查，收集有关证据。"因此，安全生产行政处罚案件的调查取证具有如下四个方面的含义：

（1）调查取证的主体是安全生产监督管理部门及行政执法人员；

（2）调查取证的对象主要是已立案的安全生产违法行为案件所涉及的当事人、有关证人和相关人员；

（3）调查取证的目的是收集证据，查清违法事实；

（4）调查取证必须按照法律、法规有关规定进行。

（二）调查取证的意义

调查取证是实施安全生产行政处罚的中心环节，对于收集证据，查清违法事实具有决定性的意义。

1. 调查取证是收集证据的重要途径

行政执法人员只有通过深入细致的调查取证工作，才能够收集到确凿的证据，以证实违法者的违法事实，从而追究违法者的责任，实施行政处罚。调查取证是实施安全生产行政处罚的中心环节，也是一项十分严肃的工作。行政处罚案件的整体质量，与调查取证环节中的工作及其质量有着密切的联系。因为证实违法行为主要从调查取证开始，调查取证是收集证据的重要途径。

2. 调查取证是查清违法事实的重要手段

已立案件是已经发生过的违法事实。一般情况下，行政执法人员对案件发生的过程既没有参与也没有亲眼看见，不可能预先了解案件的真实情况，为此，查清违法事实，行政执法人员不能从主观想象出发，凭猜想推断所能完成的，而只有通过一系列的调查取证工作才能实现。调查取证是查清违法事实的重要手段。

3. 调查取证是正确实施行政处罚的基础

调查取证的目的，在于查清违法事实，查清违法事实的目的，在于正确实施行政处罚。事实不清，证据不足，就不能对违法行为作出准确的处罚。调查取证工作质量的优劣，直接影响到案件的定性与处罚能否做到准确、恰当。调查取证是决定整个行政处罚案件质量和效率的基础。

二、调查取证的实施

（一）需要查明的案件事实

安全生产行政处罚案件立案后，案件承办人员应当及时进行调查，收集证据。需要查明的案件事实主要包括以下几方面：

（1）当事人的身份；

（2）立案调查的违法行为是否存在；

（3）立案调查的违法行为是否为当事人实施；

　（4）实施违法行为的手段、后果以及其他情节；

　（5）当事人的责任；

　（6）当事人有无法定"情节严重"，或者从轻、减轻处罚及免除处罚的情节；

　（7）其他与案件有关的事实。

　（二）调查取证的法律规定

　《行政处罚法》第三十六条规定："除本法第三十三条规定的可以当场作出的行政处罚外，行政机关发现公民、法人或者其他组织有依法应当给予行政处罚的行为的，必须全面、客观、公正地调查，收集有关证据；必要时，依照法律、法规的规定，可以进行检查。"《安全生产违法行为行政处罚办法》第二十三条规定："对已经立案的案件，由立案审批人指定两名或者两名以上安全生产行政执法人员进行调查。"依据上述规定，安全生产行政执法人员在开展调查取证工作中，应当遵循下列法律规定。

　1. 应当遵循全面、客观、公正的原则

　全面是指安全生产行政执法人员应当调查与本案有关的所有的事实和证据，既调查和收集对当事人不利的事实和证据，也调查和收集对当事人有利的事实和证据。只有全面调查和收集能够反映案件真实情况的一切证据材料，才能查清查明违法行为的全部事实。客观是指行政执法人员应当不带任何个人成见而客观地进行调查和收集证据，避免先入为主和主观臆断。如果一个证据本来不够确实还有待进一步寻求旁证，但调查人员硬是认为已经确实，无需进一步调查核实，这就违反了客观原则。公正是指行政执法人员在调查和收集证据时，必须公开、公正，不能有所偏袒，公正地进行调查和收集有关证据。

　2. 在调查或检查时，执法人员不得少于两人，并且应当出示证件

　当事人接受调查或者检查时，享有辨认行政执法人员身份的权利，即当事人可以确认对自己进行行政处罚的人员是否具备法定资格。因此，行政执法人员在开展调查和收集安全生产违法行为有关证据中，既要认真贯彻执行实体法，又要严格遵守程序法的规定，两者具有同等重要性，不可有丝毫的偏差。必须按照《安全生产法》、《行政处罚法》和《安全生产违法行为行政处罚办法》的规定，开展调查和收集证据，行政执法人员不得少于两人，并在实施调查取证前，应当向当事人出示《安全生产监管执法证》或《行政执法证》，表明身份。只有严格地按照法定程序进行调查和收集证据，才能取到既合法又具证明力的证据。

　3. 执法人员与当事人有利害关系的应当回避

　《行政处罚法》第三十七条规定："执法人员与当事人有直接利害关系的，应当回避。"《安全生产违法行为行政处罚办法》第二十三条规定："是本案的当事人或者当事人的近亲属的；或者其近亲属与本案有利害关系的；有其他利害关系，可能影响案件的公正处理的。"三种情形之一的安全生产行政执法人员应当回避。在安全生产行政处罚中规定回避制度，可以解除当事人的顾虑，提高安全生产监督管理

部门作出的行政处罚决定的权威性，实现行政处罚形式上的公正性；同时，也有利于使案件得到客观公正的调查和处理，防止执法人员徇私舞弊，有利于实现行政处罚实质上的公正性。

（三）调查取证的主要方法

1. 询问当事人和有关证人

询问当事人和有关证人，对于查清违法行为的时间、地点、人员、行为的具体过程等案件事实，判断其行为是否违反安全生产法律规范以及是否应当给予行政处罚都有重要意义。同时，询问当事人和有关证人时所作的笔录对于审查核实其他证据是否真实也具有重要的作用，是安全生产监督管理部门作出行政处罚决定的重要证据之一，也是行政处罚案件在行政复议和行政诉讼中的重要证据。

案件承办人员在询问当事人和证人时应当个别进行。询问前应当告知其如实陈述事实、提供证据。询问应当制作笔录。询问结束后，应当交被询问人校阅笔录，如有差错或者遗漏，应当允许被询问人更正或者修改，并在修改处应由被询问人一一押印，予以确认。经校阅无误后，被询问人应当在笔录末尾（紧接正文的最后一行）书写"以上笔录与我说的一致"，并签名押印，注明日期，同时，被询问人还应当逐页在笔录上签名押印。询问人和记录人也应当在询问笔录上分别签名。

2. 现场检查和勘验物证

案件承办人员在调查中，可以进行现场检查和勘验物证。在现场检查和勘验物证时，应当通知当事人到场，当事人拒不到场的，可邀请在场的其他人员 1~2 人见证。现场检查和勘验物证时，可以对现场和有关物证进行测量、拍照、录像、抽取样品、询问在场人。现场检查和勘验物证，应当制作笔录，载明检查和勘验的时间、地点、对象、内容和结果。现场检查和勘验笔录，应当经当事人（或见证人）阅核后签名或者盖章，并注明日期。同时，案件承办人员也应当签名。

3. 收集和调取证据

案件承办人员在询问或者现场检查和勘验的基础上，还应当收集和调取与案件有关的其他证据。案件承办人员可以要求当事人及证人提供证明材料。当事人及证人提供证明材料的，应当在证明材料上签名或者盖章，并注明提供日期。案件承办人员应当收集、调取与案件有关的原始证据作为书证。调取原始凭证有困难的，可以复制。复制件应当标明"经核对与原件无误"，并由出具书证原件的人和案件承办人员在复制件上签名或者盖章，注明日期。

案件承办人员对安全生产违法案件中涉及专业性问题认为需要鉴定的，应当报请安全生产监督管理部门负责人批准交由具备鉴定资格部门进行鉴定。鉴定部门或者鉴定人经鉴定后应当出具书面鉴定结论，并在鉴定书上签名或者盖章。

第三节　安全生产行政处罚案件的审理

一、案件审理的概念与意义

案件审理，是指安全生产监督管理部门对拟于作出的安全生产行政处罚决定的案件材料，交由本部门的案件审理委员会进行审核的工作程序。

为严格规范安全生产行政处罚工作，安全生产监督管理部门对行政处罚案件内部实行调查、审理相分离的工作制度。这项工作制度可以以刑事案件的办理作一个简单的类比：安全生产违法行为的立案调查类似于公安、检察机关负责的查证工作，调取证据，证明当事人实施了违法行为，并提出违法定性的意见，移交给案件审理委员会审理并作出处理；安全生产行政处罚案件的审理类似于法院负责的审查处理，对调查环节所搜集的证据进行全面审查，根据审查认可的证据来认定违法事实，并在事实清楚的基础上依照《安全生产法》、《安全生产违法行为行政处罚办法》等有关法律、行政法规、规章对违法行为提出行政处罚的意见。安全生产监督管理局局长根据案件审理委员会集体讨论的意见，依法批准行政处罚决定。

安全生产行政处罚案件实行调查和审理相分离的工作制度，对于安全生产监督管理部门正确实施行政处罚具有十分重要的意义，首先，由于调查人员就是办案人员，难免存在"先入为主的偏见"，往往比较关注认定当事人违法行为成立的证据，比较关注加重、从重情节，忽视反面的证据，忽视有利于当事人的证据。而审理人员由于不直接参与调查和办案，也一般不直接接触当事人，没有事先的"成见"，更容易克服这种"先入为主的偏见"，可以比较客观公正地审查案件中的各类材料，合理注意各种证据的有效性和真实性，大大有利于提高安全生产行政处罚案件的质量，避免和减少因行政处罚不当而引起的行政复议和行政诉讼案件。其次，调查、审理的分离，其实是调查和审查权力的分离，两者之间形成有效的相互制约关系，可以防止权力集中容易出现的执法腐败问题，更有利于防止个别行政执法人员徇私舞弊，滥用职权，侵害当事人的合法权益，损害安全生产监督管理部门的形象。

二、案件审理机构

根据《浙江省安全生产监督管理行政处罚实施办法》第二十七条规定："各级安全生产监督管理局应设立案件审理委员会（以下简称案审委），负责对本单位立案查处的案件进行集体审议。"第二十八条规定："案审委设 3～9 名委员，其中主任委员 1 名、副主任委员若干名。主任委员、副主任委员由安全生产监督管理局有关负责人担任，委员由安全生产监督管理局的有关部门负责人和法律审查人员担任。案审委成员必须取得有效的行政执法证件。"

安全生产监督管理部门的案件审理委员会，一般由安全生产监督管理局局长任主任委员，副局长任副主任委员，由相关处室的负责人任委员。案审委应当设立案审委办公室，负责行政处罚案件的初审工作。案件审理委员会由主任委员负责召集，主任委员和委员对案件享有平等的讨论和表决权。案件审理委员会在作出案件处理决定时，实行少数服从多数的原则。

三、案件材料的审理

安全生产行政处罚案件承办机构对立案调查的案件，认为已经查清违法事实，需要给予行政处罚，将涉及的所有案件材料移交审理机构，并提出对案件违法事实认定、适用法律和处罚意见。所有调查程序完结后，相应地就进入了审理程序。审理人员的回避要求与调查人员的回避相同。

案件审理的主要内容包括：所办案件是否具有管辖权；受处罚当事人的基本情况是否清楚；违法事实是否清楚，证据是否充分；定性是否准确；适用法律、法规、规章是否准确；处罚是否适当；程序是否合法。但最核心环节主要是完成证据审查、事实认定的工作。

（一）证据审查

对于调查人员提供的证据材料，审理人员应当从证据的合法性、真实性、关联性来全面审查各种证据。

证据的合法性审查，主要审查调查人员的取证是否合法，将非法取得的材料排除于证据之外。一是审查证据的取得是否符合法律规定的要求，《安全生产法》、《行政处罚法》和《安全生产违法行为行政处罚办法》等法律法规规定了安全生产监督管理部门行使的调查权力，必须在合法行使权力的前提下取得证据，否则，所取得的证据不合法，丧失证据资格。如采取威胁、利诱、欺骗以及其他非法手段取得的证据，应当作为无效证据。二是调取证据的程序是否合法，手续是否完备。例如现场检查和勘验物证必须两人以上等。三是证据的形式是否规范，是否符合证据的规范要求，物证的固定要求、鉴定结论分析等。

证据的真实性审查，主要审查证据是否伪造，证据所反映的情况是否客观真实。证据之间是否可以相互印证，是否存在相互矛盾等问题。证据真实性的审查既审查单个证据真实性，但更注重的是整体证据的真实性，就是说注重证据之间的环环相扣。

证据的关联性审查，主要是审查证据与所要证明的违法事实之间是否存在证明与被证明的关系，以及这种证明关系的大小和强弱。证据的真实性和关联性审查往往是不可分割的。

经审查不符合要求的材料一般还可以进行补充、完善，如果无法补充、完善的就要被排除在证据之外。只有审查通过的材料，才能作为最后用以认定事实的证据。

（二）事实认定

审理人员在确定证据的基础上，再进行事实认定。首先，一般会进行基本事实的认定，也就是法律、行政法规、规章等规定违法行为成立的最基本的要件。一般要确认违法的主体、违法的行为、违法的时间和地点、实施违法行为的手段和方式以及造成的危害后果等。基本事实不清楚的案件，就属于违法事实不清、证据不足，审理人员不能认定违法行为成立，需要退回作补充调查。

也有的情况是审理人员认定的事实，虽然不能与调查人员确认的违法行为相一致，但却满足了法律法规规定的其他违法行为的要求。这时，审理人员如认为没有必要再补充调查，就会按照新的违法行为性质来重新审核认定的事实，在审理环节中改变违法行为的定性。

在完成基本事实认定的基础上，审理人员应当进一步认定违法行为中存在的加重、减轻、从重、从轻处罚情节。审理人员既要关注加重、从重处罚的情节，也要同等地关注减轻、从轻处罚的情节。这些情节同样需要证据证明，对于这些情节不清楚的，也应当要求调查人员进行补充，同时，当事人也应当积极提供证据，供审理人员确认事实。否则，客观地从轻情节就无法转化为法律认可的从轻情节，不能起到减轻、从轻处罚的作用。

（三）提出审理意见

审理人员经过对全部案件材料的审理，根据不同情况，应当及时提出处理意见。

（1）对事实清楚、证据充分、定性准确、处罚适当、程序合法、手续完备的案件，同意调查人员的处罚意见，提交案件审理委员会进行集体审议。

（2）对定性不准、适用法律不当、处罚不当的案件，建议案件承办人员进行修改。

（3）对事实不清、证据不足的案件，一般退回并建议案件承办人员补充调查。

（4）对程序不合法的案件，建议案件承办人员依法定程序纠正。

（5）对超出管辖权的案件，建议案件承办人员按有关规定移送。如涉及犯罪嫌疑的，不能"以罚代刑"，应当及时移送司法机关查处。

第四节　安全生产行政处罚决定的作出

安全生产行政处罚案件经过审理人员审理后，还不能直接作出行政处罚决定。根据《行政处罚法》和《安全生产违法行为行政处罚办法》的规定，安全生产监督管理部门在作出行政处罚决定之前，应当告知当事人对其作出行政处罚的事实根据和法律依据。还应当告知当事人依法享有申辩、陈述或者要求听证的权利。有关申辩、陈述、听证等将在下一章中作具体阐述。

经过上述程序后，案件承办机构或者案件承办人员制作《行政处罚决定审批表》和所有案件材料呈报案件审理委员会集体审议，按照行政机关首长负责制的原则，安全生产监督管理部门主要负责人根据案件审理委员会多数成员的意见，最终批准行政处罚决定。

案件承办人员根据行政处罚决定批准书，应当制作《行政处罚决定书》。根据《行政处罚法》和《安全生产违法行为行政处罚办法》的规定，行政处罚决定书应当载明下列事项：

(1) 当事人的姓名或者名称、地址或者住址；

(2) 违法事实和证据；

(3) 行政处罚的种类和依据；

(4) 行政处罚的履行方式和期限；

(5) 不服行政处罚决定，申请行政复议或者提起行政诉讼的途径和期限；

(6) 作出行政处罚决定的安全生产监督管理部门的名称和作出决定的日期。

行政处罚决定书必须盖有作出行政处罚决定的安全生产监督管理部门的印章。

"行政处罚决定书"送达当事人后发生法律效力。

第五章 安全生产行政处罚的决定程序

第一节 安全生产行政处罚决定
程序的基本原则

安全生产行政处罚的决定程序，是指安全生产行政主体实施行政处罚时应当遵循的方式、步骤、时间和顺序，即安全生产行政主体及相对人实施和参与行政处罚的空间与时间表示形式。它是安全生产行政法律关系主体进行行政处罚时应遵守的一定程序，是确保安全生产行政执法行为合法、正确、公正地运行，提高行政效率，保障行政相对人合法权益的一项制度。因此，安全生产行政处罚不仅要遵守法定程序，还应当遵循下列原则。

一、行政处罚决定必须以违法事实为基础原则

安全生产行政处罚决定必须以充分、确凿的违法事实为根据和基础，这是实施安全生产行政处罚程序的基本要求。"先有违法事实，后有处罚决定"，这是保证安全生产监督管理部门实施的行政处罚决定合法、合理的基本前提。《行政处罚法》和《安全生产违法行为行政处罚办法》有关条款中对这一原则都有体现，例如，适用简易程序的基本条件之一就是"违法事实确凿并有法定依据"；在一般程序中，安全生产监督管理部门必须进行调查取证，并在此基础上作出行政处罚决定；在听证程序中，安全生产监督管理部门的执法人员要与当事人进行质证。此外，在《行政复议法》和《行政诉讼法》中，对行政机关在实施行政处罚时应当有充分确凿的违法事实根据问题作了非常具体的规定：

（1）在行政复议和行政诉讼中，行政机关对行政处罚决定负有提供事实根据和法律依据的举证责任；

（2）行政机关及其代理人在行政处罚决定作出以后，不得自行向申请人或者原告及证人收集证据；

（3）作出行政处罚决定的行政机关在法院审理过程中，如果不能举证或者不能充分举证，法院一律撤销行政处罚决定。

因此，安全生产监督管理部门无论是根据哪一种程序作出行政处罚决定，都必须有事实根据。

二、行政处罚决定以履行告知程序为成立要件原则

《行政处罚法》第三十一条和《安全生产违法行为行政处罚办法》第十七条规定，在作出行政处罚决定之前，应当告知当事人作出行政处罚决定的事实、理由、依据。因此，安全生产监督管理部门在正式作出行政处罚决定之前，应当告知当事人作出行政处罚决定的事实、理由、依据。在行政处罚决定前履行告知程序，这是我国行政程序法要求行政机关所必须遵循的一项基本义务。也是公民、法人和其他组织享有的一项法定权利。因此，安全生产监督管理部门在遵循这一规定时，应当注意以下几点。

（1）在作出正式行政处罚决定之前，必须履行告知程序。这是为了保障当事人的知情权，行政处罚决定的内容就是要求当事人履行处罚决定。这些内容都有可能对当事人的合法权益构成侵害，因此，在作出正式行政处罚决定之前，当事人有权了解对其作出行政处罚决定的事实、理由和依据。

（2）在不同处罚程序中，履行告知的方式有所不同。在简易程序中，安全生产监督管理部门行政执法人员可以口头方式告知当事人将要作出的行政处罚决定的事实、理由和依据；在一般程序中，安全生产监督管理部门必须以书面方式告知当事人将要作出的行政处罚决定的事实、理由和依据。

（3）不履行告知义务的行政处罚不能成立。根据《行政处罚法》和《安全生产违法行为行政处罚办法》的规定，要求安全生产监督管理部门在作出行政处罚前履行告知义务，这是行政处罚的必经程序，也是法定义务。《行政处罚法》第四十一条规定，行政机关如果没有履行告知义务，则行政处罚决定不能成立。行政处罚决定不能成立的原因就是违反法定程序，构成程序违法。

三、行政处罚决定以听取当事人陈述和申辩为成立要件原则

安全生产监督管理部门在作出正式行政处罚决定之前，听取当事人的陈述和申辩，能够全面了解情况和事实，这既是保障当事人合法权益的必要措施，也是保证安全生产监督管理部门的行政处罚决定合法合理，避免行政处罚错误的重要手段。遵循这一原则，应当注意以下几点。

（1）行政处罚决定作出之前必须告知当事人享有陈述和申辩的权利。根据《行政处罚法》和《安全生产违法行为行政处罚办法》的规定，当事人对安全生产监督管理部门给予的行政处罚，享有陈述权、申辩权，安全生产监督管理部门行政执法人员有听取当事人陈述、申辩的义务。因此，在行政处罚决定作出之前，认真听取当事人的陈述和申辩。《行政处罚法》第四十一条规定，如果行政机关在作出行政处罚时，没有听取当事人的陈述和申辩，则行政处罚决定不能成立。

（2）对当事人的陈述和申辩，应当作出处理。安全生产监督管理部门行政执法人员对当事人提出的陈述和申辩，不能一听了事，而应当作出处理。首先应该对当

事人提出的事实、理由和依据进行复核，查明当事人提出的事实、理由和证据是否真实，如果当事人提出的事实、理由和依据成立的，应当以予采纳。

（3）不得因当事人的申辩而加重处罚。当事人的陈述和申辩，有助于安全生产监督管理部门查清事实真相，作出正确的行政处罚决定，而不会影响已经发生的违法行为存在，而当事人应受的行政处罚应该是以已经存在的违法事实为基础的。因此，不管当事人的陈述和申辩是否正确，安全生产监督管理部门行政执法人员都应当听取当事人的意见，而不得任意加重处罚。《行政处罚法》第三十二条规定："行政机关不得因当事人申辩而加重处罚。"

第二节 安全生产行政处罚的简易程序

一、简易程序的概念

简易程序，也称当场处罚程序，是指对事实清楚、确凿，情节简单、轻微的违法行为依法给予较轻的行政处罚并当场作出处罚决定时适用的处罚程序。

简易程序是一种简单易行的行政处罚程序。主要适用于事实清楚、情节简单、后果轻微的违法行为。这种程序手续简单，效率较高，但也正因为如此，执法人员具有较大的裁量权，因此，也不能随意适用，必须符合法律的规定。

二、简易程序的适用条件

根据《行政处罚法》第三十三条和《安全生产违法行为行政处罚办法》第二十条的规定，适用简易程序必须符合法律规定的条件。

（1）违法事实确凿。是指案情简单、事实清楚，证据确凿，不需要进一步调查取证。违法事实显而易见，当事人无可否认，达到了毫无疑义的确凿程度。如果案情虽然简单，但当事人与执法人员对违法事实的认定存在严重分歧，则应适用一般程序，而不应适用简易程序。

（2）有法定依据。在违法事实确凿的前提下，对于该违法行为的处罚，法律、法规和规章作出了明文规定，行政执法人员可适用简易程度当场作出行政处罚。

（3）符合法定的处罚种类和幅度。根据《行政处罚法》和《安全生产违法行为行政处罚办法》规定，违法事实确凿并有法定依据，对个人处以五十元以下罚款、对生产经营单位处以一千元以下罚款或者警告的行政处罚的，安全生产行政执法人员可以当场作出行政处罚决定。

三、简易程序的步骤与要求

（1）出示证件，表明身份。安全生产监督管理部门行政执法人员当场作出行政处罚决定的，应当向当事人出示《行政执法证》或者国家安全生产监督管理总局统一制作的《安全生产监察员证》的身份证件，表明身份，以证明自己有权对当事人做出行政处罚。

（2）告知当事人相关事项及权利。安全生产监督管理部门行政执法人员在当场作出行政处罚决定之前，应当告知当事人作出行政处罚决定的事实、理由及依据，并告知当事人依法享有陈述与申辩的权利。对当事人的陈述和申辩，安全生产监督管理部门行政执法人员必须充分听取，对当事人提出的事实、理由及依据，行政执法人员应当进行复核。

（3）制作行政处罚决定书。安全生产监督管理部门行政执法人员当场作出行政处罚决定的，应当填写预定格式、编有号码的行政处罚决定书。行政处罚决定书应当载明法定事项并由执法人员签名或者盖章，应当当场交付当事人。

（4）应当制作现场笔录。根据《行政复议法》和《行政诉讼法》的规定，当事人对当场作出的行政处罚决定不服，可以提出行政复议或者行政诉讼；同时，在行政复议或者行政诉讼中，安全生产监督管理部门负有举证责任。当事人向行政复议机关申请复议或者向人民法院起诉后，安全生产监督管理部门应当有证据证明当事人有违法行为及自己所作出的行政处罚决定是合法的。因此，行政执法人员在当场作出行政处罚决定时，应当制作现场笔录。

（5）备案与罚款收缴。安全生产行政执法人员当场作出行政处罚决定的，事后应当及时报告，最迟在 5 日内报所属安全生产监督管理部门备案。当场收缴罚款的，应当出具财政部门统一制发的罚款收据。当场收缴的罚款，执法人员应当自收缴罚款之日起两日内，交至其所属安全生产监督管理部门，安全生产监督管理部门应当在两日内将罚款缴至指定的银行。

第三节　安全生产行政处罚的一般程序

一、一般程序的概念与特征

行政处罚的一般程序，又称为行政处罚的普通程序，是指对于事实较为复杂、情节较为严重的违法行为依法给予行政处罚时所适用的行政处罚程序。一般来说，除了符合适用简易程序的案件之外，其他行政处罚案件都应适用一般程序。所以说，一般程序是对违法案件实施行政处罚的基本程序，具有以下特征。

（1）适用范围广。除法律有特别规定的以外，一律适用一般程序。所谓法律有特别规定的情形，主要是指《行政处罚法》和《安全生产违法行为行政处罚办法》规定的应当适用简易程序和听证程序的两种情形。

（2）较简易程序严格、复杂。为了防止行政执法人员的主观臆断或滥用职权，必须建立健全公正、民主、科学的行政处罚程序。而公正、民主、科学的行政处罚程序要求在时间顺序、证据取舍、当事人参与权利以及对公众公开等方面更为严格。《安全生产违法行为行政处罚办法》第二十二条～第三十一条对安全生产违法行为行政处罚的一般程序作出了具体规定。

（3）一般程序是听证程序的前提程序。听证程序适用于案情复杂、争议较大，可能实施较重行政处罚的案件，但适用听证程序的案件在举行听证之前，一般必须首先经过一般程序的有关步骤，如立案、调查取证、向当事人告知行政处罚决定的事实、理由和依据，听取当事人的陈述、申辩等。所以，一般程序可以认为是听证程序的前提程序，听证程序可以认为是一般程序的特别程序。

二、一般程序的基本步骤

1. 立案

安全生产监督管理部门对于发现或受理的违法行为进行初步审查，认为该违法行为属于本部门管辖、并且应当给予行政处罚的，应当予以立案（详见"安全生产行政处罚案件的立案"一节）。

2. 调查取证

安全生产监督管理部门对受理的违法行为进行立案后，应当对案件进行全面的调查取证，对主要事实、情节和证据进行查对核实，取得必要证据，并查证有关应依据的安全生产法律规范。先取证，后处罚，是行政处罚程序最基本的准则。没有调查就不可能取得充分的证据，没有充分的证据就不可能作出正确的行政处罚决定。因此，在没有取得足以证明应予处罚的违法事实存在的确凿证据以前，不能实施行政处罚（详见"安全生产行政处罚案件的调查取证"一节）。

3. 案件审理

安全生产行政处罚案件承办机构对立案调查的案件，认为已经查清违法事实，需要给予行政处罚，将涉及的所有案件材料移交审理机构，并提出对案件违法事实认定、适用法律和处罚意见。所有调查程序完结后，相应地就进入了案件审理程序（详见"安全生产行政处罚案件的审理"一节）。

4. 告知当事人

安全生产行政处罚案件经审理和安全生产监督管理部门负责人审核后，认为给予行政处罚的事实清楚、证据确凿、程序合法、适用法律准确、对当事人所作的行政处罚适当，即由行政执法人员将行政处罚决定意见书送达当事人，并向当事人告知给予行政处罚的事实、理由、依据和依法享有陈述、申辩的权利。

5. 正式行政处罚决定的作出

安全生产监督管理部门只有在经过了告知程序和听取当事人陈述和申辩程序之后，经案件审理委员会集体讨论、安全生产监督管理部门主要负责人批准，才能作出正式的行政处罚决定。

6. 送达行政处罚决定书

安全生产行政执法人员依照法定的程序和方式，将行政处罚决定书送达当事人。行政处罚决定书一经送达，便产生法律效力。

三、一般程序与简易程序的主要不同点

一般程序与简易程序相比，除适用范围上的不同外，还有以下主要不同点。

（1）在一般程序中，告知程序和听取当事人陈述和申辩程序是行政处罚决定成立的要件；而在简易程序中，这两个程序仅仅是作为在作出行政处罚决定时的一般要求。

（2）在一般程序中，存在两个行政处罚决定，一个是初步行政处罚决定意见，另一个是正式行政处罚决定；而在简易程序中只存在一个行政处罚决定。

（3）在一般程序中，调查取证与作出行政处罚决定是两种分离的权力，前者由行政执法人员行使，后者由行政机关负责人行使；而在简易程序中，这两个权力都必须由行政执法人员行使。

（4）在一般程序中，需要通过某种方式将《行政处罚决定书》送达当事人；而在简易程序中，行政执法人员是将《当场处罚决定书》当场交付当事人。

（5）根据一般程序作出的罚款决定，通常由当事人到代收机构去缴纳（除边远、交通不便地区当事人主动提出要求当场缴纳外）；而根据简易程序作出的罚款决定，对其中的一部分行政执法人员可以当场收缴，一部分由当事人到代收机构缴纳。

第四节　安全生产行政处罚的听证程序

一、听证程序的概念与特征

听证程序，是指行政机关在作出行政处罚决定之前，行政机关应当指派专人主持听取案件调查人员和当事人关于案件事实、处罚理由以及适用依据的陈述、质证和辩论的法定程序。

听证作为一种程序性制度，属于行政处罚的一部分，《行政处罚法》和《安全生产违法行为行政处罚办法》都规定了听证程序，可以看出我国的听证程序具有四个特征。

1. 阶段性

听证只是行政处罚过程中的一个阶段，而不是行政处罚的全部过程。尽管听证主持人有权提出案件的处理建议，但是不能代替行政处罚决定。

2. 局部性

听证并不适用于所有的行政处罚程序，而是仅限于对当事人的权益产生较大影响的责令停产停业整顿、责令停产停业、吊销有关许可证、撤销有关执业资格、岗位证书或者较大数额罚款的案件。行政拘留不适用听证程序。

3. 选择性

听证程序的主动权掌握在当事人手中，即使属于听证程序的适用范围，如果当事人不提出听证要求的，听证程序就不能启动。

4. 准司法性

听证程序既有司法的特点，也有非司法的内容。从司法角度看，听证主持人的地位比较超脱，相当于第三方来听取行政争议的双方当事人的陈述和争辩，并由听证主持人对案件的事实和处理提出自己的意见；而且听证的程序比较正规，听证的适用范围、管辖权属、主体资格以及方法步骤等都有严格的规定。从非司法角度看，听证是事前监督，即在作出行政处罚决定之前实施听证，这样做既可监督与防止行政行为对当事人合法权益的侵犯，也有利于保证行政处罚的合法与公正。这与行政诉讼的事后监督相区别。而且听证的程序总体上比司法程序简便。

二、听证程序的基本原则

根据《行政处罚法》和《安全生产违法行为行政处罚办法》的规定，举行听证程序应当遵循以下原则。

1. 保障当事人陈述权和申辩权原则

当事人在听证程序中行使陈述权和申辩权，与在一般程序中行使陈述权和申辩权的不同点在于，听证程序中：

(1) 听取当事人的陈述和申辩，是在双方即执法人员和当事人同时在场的情况下进行；

(2)《行政处罚法》明确规定必须以听证会的形式听取当事人的陈述和申辩；

(3) 听取当事人陈述和申辩，是在行政执法人员与当事人之间进行对质、辩论过程中进行的。

2. 公开原则

根据《行政处罚法》和《安全生产违法行为行政处罚办法》规定，除涉及国家秘密、商业秘密或者个人隐私外，听证应当公开举行。因此，原则上听证会应当公开举行，只是特殊情况下，听证会才不公开举行。听证会公开举行的要求是，听证会组织机关在举行之前，以公告的方式向社会公布将要举行的听证会的事由、当事人的姓名或者名称、举行的时间、地点、拟作出的行政处罚决定、行政处罚机关等；在举行听证会过程中，允许社会成员旁听，允许采访和新闻报道。

3. 双方地位平等原则

在安全生产监督管理过程中，行政执法人员与当事人的法律地位处于不平等的状态，行政执法人员一方具有各种行政管理权，当事人负有服从管理并受其监督的义务。即使当事人对行政执法人员的行为不服，也必须服从行政执法人员的管理和监督。听证程序是《行政处罚法》和《安全生产违法行为行政处罚办法》为使当事人能够充分陈述自己的不同意见而设置的法律机制。因此，在听证程序中行政执法人员与当事人应当处于平等的法律地位。保证双方地位平等，应当做到以下方面：

（1）在听证会的外在形式上，行政执法人员与当事人应当平等的。所谓外在形式，包括听证主持人对待双方的态度、双方在听证会上的座位；

（2）在听证会上，应当允许双方进行质证，即就双方有争议的事实证据，允许双方进行对质；

（3）在听证会上，双方都对自己提出的看法和主张负有举证责任，不允许一方将自己的意见强加给另一方；

（4）在听证会上，允许双方就所争论的事实、证据、法律适用等进行辩论；

（5）在听证会上，听证会主持人应当给双方均等的机会阐述自己的意见和看法；

（6）听证会主持人在向安全生产监督管理部门负责人报告听证会的情况时，应当全面地汇报听证会过程中双方各自的看法及相应的证据。在听证过程中，听证组织机关和听证主持人不得抱着敷衍的态度而歧视当事人一方。

4. 简便效率原则

听证程序是在安全生产监督管理部门作出正式行政处罚决定之前，为了保证行政处罚决定的合法性和合理性，而采用的一种听取当事人陈述和申辩的方法和途径。行政复议和行政诉讼是在当事人对行政机关已经作出的行政处罚决定不服时，法律为其提供的行政救济或者司法救济方法。因此，听证程序既要保证当事人的陈述权和申辩权，又要能够及时迅速地进行，从而稳定社会关系及保证行政效率。

三、听证程序的适用条件

听证程序适用的条件主要有两个。

1. 符合法定的行政处罚种类的案件

《安全生产违法行为行政处罚办法》第三十二条根据《行政处罚法》规范的听证适用范围，具体界定了安全生产行政处罚听证程序的适用范围，即作出责令停产停业整顿、责令停产停业、吊销有关许可证、撤销有关执业资格、岗位证书或者较大数额罚款的行政处罚决定之前，应当告知当事人有要求举行听证的权利；当事人要求听证的，安全生产监督管理部门应当组织听证。

2. 必须有当事人要求举行听证的申请

安全生产监督管理部门在正式作出上述几类行政处罚决定之前，告知当事人有要求举行听证的权利，如果在法定期限内，当事人没有提出举行听证的要求，即视为当事人放弃要求举行听证的权利。当事人提出举行听证的要求必须是书面形式。举行听证，是一项比较严肃和慎重的法律程序，当事人只能以明确的方式提出，即书面形式提出。而不能以默示的方式，不能认为当事人没有明确提出放弃，即认为当事人就是要求举行听证。

四、听证的组织机关和听证人员

（一）听证的组织机关

听证的组织机关即具体组织听证的国家行政机关。也就是说，听证的组织机关应当是作出行政处罚决定的行政机关。由此可见，安全生产监督管理部门是安全生产行政处罚中组织听证的机关。如果安全生产监督管理部门委托的机构实施行政处罚，需要组织听证的，应当由委托的安全生产监督管理部门组织听证。

（二）听证的组织机构

听证的组织机构即在听证组织机关（安全生产监督管理部门）中具体负责组织实施听证工作的机构。根据《行政处罚法》和《安全生产违法行为行政处罚办法》的规定，听证程序的基本出发点是为了保证当事人能够充分行使陈述权和申辩权，为此，在安全生产监督管理部门内，听证的组织机构与执法机关在机构上应当分离，一般情况下，可以由法制机构（法规或法制处室）组织听证；没有法制机构的，可以由与执法机关具有相对独立地位的另一机构或由非本案调查人员来组织听证。

听证组织机构在听证程序中的主要职责是：第一，提出听证主持人，报请安全生产监督管理部门负责人审定；第二，决定听证参加人员；第三，听证资料的管理；第四，其他有关听证组织工作。

（三）听证人员

举行听证的安全生产监督管理部门参与听证的人员主要有以下三种人员。

1. 听证主持人

听证主持人是指受安全生产监督管理部门负责人在本机关内部工作人员中指定负责具体组织和主持听证工作的人员，其职权仅仅是具体组织和主持听证过程，而无权作出行政处罚决定。

根据《行政处罚法》的规定，对听证主持人的资格作了两个排除性限制：一是本案的调查人员不得担任；二是与本案有利害关系的人不得担任，应当回避。听证主持人与调查人员分离，可以更公平地保护当事人的利益，是行政处罚法职能分离原则的体现。

听证主持人在组织和主持听证过程中，主要具有以下职责：

（1）拟定听证的时间、地点以及是否公开举行的意见报安全生产监督管理部门负责人决定；

（2）通知听证当事人、案件调查人员、鉴定人、翻译人员等参加听证；

（3）核实听证参加人的身份及代理人的身份、代理权限；

（4）就本案有关的事实或者法律问题向听证参加人进行询问，并要求举证或者补充证据；

（5）依法主持听证，维护听证秩序，对违反听证纪律的行为予以制止或者作出相应的处理；

（6）将听证过程中的法律文书送达听证参加人；

（7）决定听证的中止、终结或者延期举行听证；

（8）决定听证员、书记员是否回避；

（9）决定证人是否当场作证。

2. 听证员

听证员是指行政机关在本机关内部指定的协助听证主持人工作的人员。听证组织机关根据案件的复杂程度，可以指定1～2名听证员协助听证主持人进行工作。担任听证员的资格、听证员的回避事由等与听证主持人完全相同。当然，如果案情比较简单，行政机关可以不需要指定听证员，而由听证主持人1人主持听证。听证员在听证过程中的工作，应当由听证主持人安排。

3. 书记员

《行政处罚法》没有规定书记员的设置，但明确规定，听证应当制作笔录。因此，安全生产监督管理部门在举行听证时，应当有专人负责听证记录。书记员是指负责听证笔录的制作、协助听证主持人办理听证过程中一些具体事宜的工作人员。由于书记员在听证过程中，仅仅是做一些具体工作，因此，书记员可以由听证主持人确定。书记员的资格、回避事由等与听证主持人也是完全相同的。

五、听证参加人

（一）案件调查人员

案件调查人员即安全生产监督管理部门承办该行政违法案件调查取证工作的人员。在听证过程中，案件调查人员有权提出当事人违法的事实、证据、应当适用的法律法规及行政规章和应当适用的行政处罚建议，并与当事人进行质证和辩论。

（二）当事人

当事人即被告知将受到适用听证程序的行政处罚的公民、法人或者其他组织。能够充当听证程序中的当事人，需要具备两个条件：一是拟受到适用于听证程序行政处罚，即属于听证程序的适用范围；二是向安全生产监督管理部门明确提出了举行听证的要求并为听证组织机关所接受。当事人在听证过程中享有的权利有：第一，申请听证主持人、听证员、书记员及翻译人员依法回避；第二，委托1～2名代理人；第三，进行申辩和质证；第四，听证结束前作最后的陈述。

（三）第三人

听证程序中的第三人是指与听证的行政处罚有法律上的利害关系的当事人以外的其他公民、法人或者其他组织。第三人参加听证会，可以有两种途径：一是第三人认为自己与将要作出的行政处罚有利害关系，向听证组织机关申请参加；二是听证主持人、案件调查人员认为第三人与该项行政处罚有利害关系，而通知其参加。第三人的范围包括以下几种。

（1）两个或者两个以上的当事人因同一违法行为将受到责令停产停业整顿、责令停产停业、吊销有关证照、较大数额罚款的行政处罚，其中的部分当事人申请听证，部分没有提出听证申请，没有提出听证申请的当事人即可以第三人的身份参加听证。

（2）两个或者两个以上的当事人因同一违法行为，安全生产监督管理部门拟对其中的一个当事人实施责令停产停业整顿、责令停产停业、吊销有关证照、较大数额罚款的行政处罚，被将受到行政处罚的当事人申请听证，其他当事人与该行政处罚有一定的利害关系，可以作为第三人参加听证。

（3）导致安全生产监督管理部门作出责令停产停业整顿、责令停产停业、吊销有关证照、较大数额罚款的行政处罚的违法行为的受害人，可以第三人身份参加听证。

（四）代理人

根据《行政处罚法》的规定，当事人可以委托1～2名代理人。代理人包括法定代理人和委托代理人。当事人和第三人都可能有法定代理人或者委托代理人。法定代理人是指在已满14周岁不满18周岁的公民实施违法行为而受到责令停产停业整顿、责令停产停业、吊销有关证照、较大数额罚款的行政处罚时，因其属于未成年人不具有行为能力，而应当由其监护人参加听证程序。当事人与代理人之间应当签订委托书，委托书是听证组织机关认定代理人的代理资格及代理权限的依据。

六、听证的告知、提出和受理

（一）听证的告知

安全生产监督管理部门在根据一般程序中调查取证以后，认为应当对违法行为的当事人作出责令停产停业整顿、责令停产停业、吊销有关证照、较大数额罚款的行政处罚决定之前，应当制作初步的行政处罚决定意见书，并告知当事人有申请听证的权利；或者将初步行政处罚决定意见书与告知相结合，制作听证告知书。在告知当事人的违法行为、行政处罚的理由、事实依据和法律依据的同时，应当告知当事人有申请听证的权利、期限及呈交的机关。

行政处罚决定意见书或听证告知书，安全生产监督管理部门应当送达给当事人。在送达时，当事人应当在"送达回证"上签名，以作为安全生产监督管理部门履行法定程序的证明。

（二）听证的提出

提出听证要求是当事人的一项特有权利。因此，只有当事人才有权向安全生产监督管理部门提出举行听证的要求。根据《行政处罚法》和《安全生产违法行为行政处罚办法》的规定，应当符合以下两个条件：

（1）当事人必须在接到听证告知后3日内提出申请，逾期视为放弃要求听证的权利；

（2）当事人必须以书面方式向安全生产监督管理部门提出举行听证的申请，而不得以口头方式提出听证要求。

当事人提出举行听证的申请，可以采取面交的方式，也可以采用邮寄的方式，如果以邮寄的方式提出，以寄出时的邮戳上的日期为准，而不能以听证组织机关收到邮件的日期为准。

（三）听证的受理

安全生产监督管理部门收到当事人要求举行听证的申请后，应当根据《行政处罚法》和《安全生产违法行为行政处罚办法》规定的举行听证的条件，进行认真审查。审查的主要内容如下。

（1）提出听证申请的是否是当事人；

（2）当事人是否针对责令停产停业整顿、责令停产停业、吊销有关证照、较大数额罚款的行政处罚决定意见提出听证要求；

（3）当事人是否在法定期限内提出听证申请。

当事人提出的要求举行听证的申请符合法律法规规定的，安全生产监督管理部门应当受理。如果当事人提出的要求举行听证的申请不符合规定的，安全生产监督管理部门应当不予受理。如果不予受理，应当自收到听证申请之日起 3 日内以书面方式通知当事人，并告知当事人不予受理的理由。如果当事人不服时，应当允许当事人提出复议。

七、听证的举行

（一）听证的通知

安全生产监督管理部门决定受理当事人提出的要求举行听证的申请，应当在举行听证的 7 日前通知听证参加人，包括当事人、第三人、本案调查人员、代理人以及证人、翻译人员、鉴定人员。

《听证通知书》应当载明下列事项：

（1）当事人的姓名或者名称；

（2）举行听证的时间、地点及方式；

（3）听证人员的姓名；

（4）告知当事人有权申请回避；

（5）告知当事人、第三人及本案调查人员准备证据、通知证人等。

《听证通知书》必须盖有安全生产监督管理部门的公章。送达给当事人、第三人及本案调查人员时，应当要求以上人员在"送达回证"上签名，作为安全生产监督管理部门已经送达的证明。

（二）听证的预备阶段

听证开始后而在进入事实调查之前，听证主持人应当做好必要的准备工作：

（1）宣布听证主持人、听证员、书证员名单；

（2）查明当事人、第三人、本案调查人员、法定代理人或者委托代理人、证人等是否已经到场；

（3）告知当事人、第三人、代理人、本案调查人员在听证过程中的权利和义务，特别询问当事人和第三人对听证人员是否提出回避申请；

（4）由书记员宣传听证纪律，主要有：听证参加人应当服从听证主持人的指挥，未经听证主持人允许，不得发言、提问；未经听证主持人允许，不得录音、录像或者摄影；未经听证主持人允许，听证参加人不得退场，当事人未经允许退场的，视为放弃听证，听证终结；听证参加人有妨碍听证秩序行为的，听证主持人有权提出警告，当事人情节严重的，视为放弃听证，听证终结；

（5）宣布案由。

（三）听证的调查阶段

听证开始以后，首先由本案件调查人员提出当事人违法的事实、证据和适用行政处罚建议的法律依据；然后由当事人就案件调查人员提出的违法行为进行陈述、并提出证据材料证明自己的陈述；如果有第三人的，再由第三人提出自己的意见。在案件调查阶段，各方都可以陈述事实，但应当举证证明自己陈述。

（四）听证的辩论阶段

听证的事实调查阶段结束后，即进入听证的辩论阶段。辩论阶段所要解决的核心问题有两个。

1. 事实定性

在违法行为事实已经基本查明以后，就需要确定该违法行为的事实定性。该违法行为是否属于违法行为、如果属于违法行为则是什么性质的违法行为、又属于什么程度的违法行为、在实施该违法行为过程中当事人有什么过错、应当承担多大的法律责任？各方在已查明的事实基础上，就上述问题展开辩论。

2. 法律适用

即对当事人所实施的违法行为应当适用什么法律，是适用一般法还是适用特别法，是否适用从轻、减轻、不予处罚条款，是否适用从重条款，是适用地方性行政法规还是适用行政规章等。

（五）当事人作最后陈述

听证会结束之前，为了充分保障当事人的陈述权和申辩权，听证主持人应当安排时间，让当事人作最后的陈述和申辩。但听证主持人可以根据案情，限定当事人作最后陈述和申辩的时间。

（六）听证笔录

听证笔录是指对听证会过程的记录。听证笔录既是安全生产监督管理部门举行听证的证据，也是安全生产监督管理部门负责人作出正式行政处罚决定的根据。《行政处罚法》规定，听证应当制作笔录。听证笔录应当载明以下内容：

（1）案由；

（2）听证参加人姓名或者名称、地址；

（3）听证主持人、听证员及书记员姓名；

（4）举行听证的时间、地点和方式；

（5）案件调查人员提出的事实、证据、行政处罚建议及法律依据；

（6）当事人的陈述、申辩和质证的内容；

（7）第三人的陈述、申辩和质证的内容；

（8）当事人的最后陈述和申辩；

（9）需要载明的其他事项。

听证笔录实际上是对整个听证过程的记录，应当真实地反映听证的实际情况。听证笔录应当交案件调查人员、当事人、第三人及有关人员审核或者向他们宣读，被认为准确无误后，应当在听证笔录上签名或者盖章。如果认为有遗漏或者差错的，可以补充或者改正。拒绝签名或者盖章的，由听证主持人和书记员注明情况。涉及证人证言的，由证人审核，并签名或者盖章。

听证会全部结束前，听证主持人、听证员、书记员应当对听证笔录进行审核，并签名或者盖章，封卷上交听证组织机关负责人审阅。

听证程序结束以后，听证主持人应当尽快向安全生产监督管理部门负责人提交听证报告。听证报告的主要内容是：

（1）听证会的基本概况；

（2）违法事实认定上各方的共同点与分歧，特别是与拟作出的行政处罚决定所认定的违法事实的差异；

（3）证据上各方的共同点与分歧，特别是与拟作出行政处罚决定所依据的证据上的差异，是否需要重新进行调查取证；

（4）各方对违法事实定性上的共同点与分歧；

（5）案件的处理建议；

（6）法律、法规、行政规章上相应的依据，法律、法规、行政规章是否存在冲突，特别是行政规章之间是否存在冲突。

听证报告应当重点突出经过在听证会上各方的质证、当事人的申辩，拟作出的行政处罚决定在事实、理由及依据上的疑点，拟作出的行政处罚决定是否合法、合理，能否成立，作出正式的行政处罚决定时应当注意的问题。听证报告由听证主持人和听证员签名或盖章，连同听证笔录一起提交安全生产监督管理部门负责人。

八、听证过程中特殊情况的处理

（一）听证的延期

听证延期是指出现其他特殊情况使在预先决定的时间无法进行或者无法继续进行听证而需要另行确定举行听证的时间。听证延期举行的特点是，听证虽然延期，导致听证延期的原因是可以克服的；听证延期过程中，听证主持人或者其他听证参加人仍然可能在继续进行有关的活动。

导致听证延期的原因是多方面的。例如，听证主持人、听证员、书记员及听证参加人因正当理由不能按时参加听证会；在听证过程中，当事人或者第三人提出对听证主持人的回避申请，需要由安全生产监督管理部门负责人决定是否回避；在听证过程中，需要证人出席听证会，而证人当时没有到场的；在听证过程中，涉及某个证据，需要进一步调查取证进行核实的等。

（二）撤回申请听证和推定弃权

在听证过程中，当事人有权撤回要求举行听证的申请。如果当事人撤回听证申请，不得再次向安全生产监督管理部门提出要求举行听证的申请。同时，当事人撤回听证申请的行为将导致听证程序终结。

安全生产监督管理部门发现如下三种情况，可以将当事人的行为视为放弃听证：

（1）当事人未事先向听证主持人提出延期申请，又没有按时到场参加听证会的；

（2）在听证过程中，未经听证主持人允许而中途擅自退场的；

（3）在听证过程中，违反听证纪律，情节严重的。

安全生产监督管理部门将当事人的行为推定为放弃听证时，导致听证程序终结。

（三）听证的中止

听证中止是指在听证过程中遇到特殊情况，使听证会不得不完全处于停止状态。在听证过程中，遇有如下情形之一时，听证会应当中止：

（1）当事人是公民的，在听证过程中突然死亡，需要等待其近亲属继续进行听证的；

（2）当事人是法人或者其他组织的，在听证过程中发生终止，需要等待承受其权利义务的法人或者其他组织继续进行听证的；

（3）当事人在听证过程中，由于出现不可抗力或者其他特殊原因，在较长时间内，无法参加听证的而又没有委托代理人的；

（4）其他需要中止听证的情形。

在导致听证中止的特殊情况消除后，应当恢复听证。由于导致听证中止与听证延期的原因不同，决定了听证中止与听证延期在以下方面的不同：在听证中止过程中，听证程序处于停止状态，而在听证延期的情况下，听证活动并没有完全处于停止状态。

（四）听证的终结

听证终结是指在听证过程中由于出现了某种特殊情况，使听证活动继续进行已经毫无意义而结束听证程序。在听证过程中，遇有下列情形之一时，应当终结听证：

（1）当事人是公民的，在听证过程中死亡，而三个月后其近亲属没有要求继续进行听证的；

（2）当事人是法人或者其他组织的，在听证过程中发生终止，而三个月后承受其权利义务的法人或者其他组织没有要求继续进行听证的；

（3）当事人主动撤回听证申请的；

（4）将当事人的行为推定为放弃听证权的；

（5）拟作出的行政处罚决定的内容发生变化，已经不属于《行政处罚法》和《安全生产违法行为行政处罚办法》规定的听证程序的范围；

（6）其他需要终结听证的情形。

除上述听证过程中可能出现的特殊情况外，本案的调查人员如果拒不到场或者未经听证主持人允许中途退场的，或者在听证过程中违反听证纪律情节严重而被听证主持人勒令退场的，可以在本案调查人员不在场的情况下，由听证主持人听取当事人的陈述和申辩。

九、行政处罚决定及其送达

依据听证程序作出的行政处罚决定都是比较重大和严厉的行政处罚，安全生产监督管理部门应当经案件审理委员会集体讨论，分别不同情况，作出正式的行政处罚决定。依据听证程序作出的行政处罚决定，在行政处罚决定书的格式上，与依据一般程序作出的行政处罚决定完全相同。行政处罚决定作出以后，应当依据民事诉讼法关于送达方式的规定在 7 日内将行政处罚决定书送达当事人。如果构成犯罪的，应当及时移送司法机关。

十、听证费用

安全生产监督管理部门组织听证，目的在于充分听取当事人的陈述和申辩，全面、客观、公正地调查取证，从而保障行政处罚权的正确行使。依据《安全生产违法行为行政处罚办法》第三十二条规定："不得向当事人收取听证费用"。因此，当事人不承担安全生产监督管理部门组织听证的费用。

第六章　安全生产行政处罚的适用

第一节　安全生产行政处罚依据的种类和效力

安全生产行政处罚的依据是指安全生产监督管理部门实施行政处罚时所遵循执行的法律依据。它是检验安全生产监督管理部门实施的行政处罚案件是否合法、有效、适当的尺度。安全生产行政处罚依据的法律规范，溶合于我国的整个法律体系之中，因此，安全生产行政处罚依据主要有宪法、法律、行政法规、地方性法规、自治条例和单行条例、规章。

一、宪法

在行政执法依据中，宪法居于至高无上的地位，具有绝对的不可违反性。我国《宪法》第五条规定，一切国家机关和武装力量、各政党和各社会团体、各企事业单位、公民个人都必须遵守宪法和法律，一切违反宪法和法律的行为都必须予以追究。宪法是国家机关立法和执法的依据，任何立法和执法活动都必须在宪法允许的范围内进行，不得与宪法规定的具体精神和具体原则相抵触。

二、法律

法律又分基本法律和普通法律。基本法律，由全国人民代表大会制定和修改，它规定和调整国家和社会生活中带有基本性、全面性的社会关系，如《刑法》、《民法通则》、《婚姻法》、《行政处罚法》等。根据《宪法》和《立法法》规定，在全国人民代表大会闭会期间，全国人大常委会有权对基本法律作部分修改和补充，但不得同该法律的基本原则相抵触。普通法律由全国人大常委会制定和修改，与基本法律相比较而言，是指应当由全国人民代表大会制定的法律以外的其他法律，其调整对象相对较窄，内容较具体，如《安全生产法》、《矿山安全法》、《消防法》、《道路交通安全法》等。此外，全国人民代表大会和全国人大常委会通过的有关法律问题的决议和决定，也属于法律的范畴。

法律都渊源于宪法，其效力低于宪法，高于全国人民代表大会及其常委会以外的其他国家机关制定的法律规范，是行政执法和安全生产行政处罚的基本依据。

三、行政法规

行政法规是国务院在职权范围内或者根据全国人大及其常委会授权制定发布的有关国家行政管理活动的法律规范，一般采用条例、办法、规定、细则等名称，如《生产安全事故报告和调查处理条例》、《危险化学品安全管理条例》、《安全生产许可证条例》、《建设工程安全生产管理条例》、《国务院关于特大安全事故行政责任追究的规定》等。行政法规根据宪法和法律制定，目前主要采用国务院令和决定的形式发布，其效力仅低于宪法和法律，也是行政执法和安全生产行政处罚的重要依据，在全国范围内普遍适用。

四、地方性法规

地方性法规是省、自治区、直辖市和较大的市的人民代表大会及其常委会制定的法律规范。根据《宪法》和《地方组织法》的规定，省、自治区、直辖市的人民代表大会及其常委会在不同宪法、法律、行政法规相抵触的前提下，可以根据实际需要制定和发布适用于本地区的地方性法规，并报全国人大常委会和国务院备案。如《浙江省安全生产条例》等。较大的市的人民代表大会及其常委会在不同宪法、法律、行政法规和省级地方性法规相抵触的前提下，可以根据需要制定在本市适用的地方性法规，报省、自治区的人大常委会批准后施行，并由省人大常委会报全国人大常委会和国务院备案。

地方性法规具有一定行政区域内统一遵守的效力，但其效力低于宪法、法律和行政法规。

五、自治条例和单行条例

自治条例和单行条例是根据《宪法》、《地方组织法》、《立法法》和《民族区域自治法》的规定，由民族自治地方的人民代表大会及其常委会依照当地民族的政治、经济和文化特点制定的民族自治地方法规。它是行使民族自治权的集中体现。自治区的自治条例和单行条例，报全国人大常委会批准后生效；自治州、自治县的自治条例和单行条例，报省或自治区的人大常委会批准后生效。自治条例如1995年4月29日浙江省第八次人大常委会第十八次会议批准的《浙江省景宁畲族自治县自治条例》。单行条例则是民族自治地方为了解决某些具体事项的法规，如我国《婚姻法》规定，民族自治地方人民代表大会及其常委会，可以依据本法原则，结合当地民族婚姻家庭的具体情况，制定某些变通和补充的规定。按此规定制定的法规，就是民族自治地方关于婚姻方面的单行条例。

自治条例和单行条例，可以依照当地民族的特点，对法律、行政法规的规定作出变通规定，在本民族自治地方区域内有效，但其内容必须符合宪法、法律或者行政法规的基本原则，不得对宪法和民族区域自治法的规定以及其他有关法律、行政法规就民族自治地方所作的规定作出变通规定，不得与国务院制定的关于民族区域自治的行政法规相抵触。

六、规章

规章又可分为部门规章和政府规章。部门规章由国务院各部、委员会以及经授权的国务院直属机构依据法律、行政法规的规定，结合本部门行政管理的实际情况制定。如国家安全生产监督管理总局制定的《安全生产违法行为行政处罚办法》、《小型露天采石场安全生产暂行规定》、《烟花爆竹生产企业安全生产许可证实施办法》等。政府规章是由省、自治区、直辖市和省、自治区所在地的市以及经国务院批准的较大的市的人民政府，依照有关法律、行政法规或者本省地方性法规的规定，结合实际情况制定。如《浙江省安全生产事故报告和调查处理暂行规定》、《浙江省危险化学品安全管理实施办法》等。

规章以国务院部委（局）令或政府令的形式发布，其效力低于宪法、法律、行政法规和地方性法规，是在管辖区域内或规定区域内普遍适用的行政执法依据和安全生产行政处罚依据。

第二节　安全生产行政处罚的适用原则

目前，在我国安全生产法律体系中，法律规范形式各不相同，效力层次高低不一，因此，在实施安全生产行政处罚时，经常会遇到法律规范不一而发生冲突，这就需要我们正确遵循行政处罚依据的适用原则。

一、有法必依、执法必严原则

有法必依、执法必严是安全生产行政处罚依据适用的首要原则，也是依法行政、依法治安的基本要求。无论作为依据的法律法规是以何种形式表现出来，只要是安全生产行政处罚的依据，就必须予以执行。法律、行政法规、地方性法规、规章等虽然表现形式不同，效力不同，只要某一条款有所规定，且与高层次的法律的规定不相抵触，就可以作为行政处罚依据执行，而不能借口效力层次的高低或表现形式不同而不予处罚。贯彻有法必依、执法必严原则，是保证安全生产行政处罚真正做到合法、公正、程序合法、高效便民、诚实守信、权责统一的关键。

二、实体法与程序法并重原则

《行政处罚法》第三条第二款规定："没有法定依据或者不遵守法定程序的，行政处罚无效。"程序法是实体法得以正确贯彻实施的根本保证，在实体上，法无明文规定不予处罚，在程序上必须遵守法定的程序，这是安全生产监督管理部门实施行政处罚所必须遵守的原则性规定。

在实施行政处罚过程中，既要认真贯彻执行实体法，履行法定职责，又要严格遵守程序法，保证行政处罚行为在程序上合法。从法律意义上讲，程序法与实体法有着相同的法律地位，两者具有同等重要性，违反程序法也是一种违法，而且会导致实体上处罚无效。当前，安全生产监督管理部门在实施行政处罚中重实体、轻程序的现象比较普遍，有的往往因程序违法而败诉。贯彻实体法与程序法并重原则，关键是要认识程序在行政处罚过程中的重要意义，树立按照合法程序履行职责的执法意识。《行政处罚法》、《安全生产违法行为行政处罚办法》等法律法规，对安全生产行政处罚行为的程序都作了具体规定，安全生产监督管理部门在实施行政处罚中必须自觉遵守执行。

三、上位法优于下位法原则

上位法优于下位法原则是指当不同效力层次的处罚依据对同一个违法行为的处罚规定不一致时，安全生产监督管理部门和行政执法人员在实施行政处罚中应当执行效力层次较高的处罚依据，而不能按照效力层次较低的依据处罚。对于不同效力等级的法律规范之间发生冲突时，下位法应当服从上位法。《立法法》规定：宪法的效力高于一切法律、法规和规章；法律的效力高于行政法规、地方性法规、规章；行政法规的效力高于地方性法规、规章；地方性法规的效力高于本级和下级地方政府规章。例如，《安全生产法》是全国人大常委会制定的法律，《安全生产许可证条例》、《烟花爆竹安全管理条例》是国务院制定的行政法规。前者为上位法，后者为下位法，两者在对同一违法行为所作出的处罚规定不一致时，优先适用前者。原国家安监局11号令《烟花爆竹制生产企业安全生产许可证实施办法》属于行政规章，系第三层次的下位法。

四、特别法优于一般法原则

一般法是关于某一领域或某一方面的法律规范，或者说是对相对人普遍适用的法律规范。特别法是关于某类某种事项或行为的单行法律规范，或者说是对部分相对人适用的法律规范，比一般法所规定的适用范围窄，一般法与特别法是相对而言的。对于同时有效和相同效力层次的一般法与特别法之间规定不一致时，优先适用特别规定。如《烟花爆竹安全管理条例》与《安全生产许可证条例》相比即是特别法与一般法的关系。又如烟花爆竹安全管理问题，《烟花爆竹安全管理条例》与《无照经营查处取缔办法》相比而言，前者是特别法规，而后者是一般法规，实施行政处罚中，应首先适用特别法、特别规定和特别条款。对于特别法没有规定的则适用一般规定。《烟花爆竹安全管理条例》明确规定对未经许可生产、经营烟花爆竹制品的行为，由安全生产监督管理部门查处，但对于烟花爆竹批发企业、零售经营者持有烟花爆竹经营许可证，而未到工商行政管理部门办理登记手续，或者擅自从事经营的无照经营行为等，特别法规没有作明确规定，这就要适用《无照经营查处取缔办法》的一般规定，由工商行政管理部门依法予以查处。

五、新法优于旧法原则

新法优于后法原则是指同一机关就同一问题制定的两个或两个以上执法依据，如果有矛盾，就应该执行颁布时间在后的新依据。当前，由于我国政治体制改革和职能调整，反映在立法中，就是相关的法律、法规、规章前后之间往往出现不一致的地方。如果新法在颁布的同时，明文废止了旧法中的不同规定，当然不会引起执法争议，如果新法中没有提及旧法的规定，而且旧法本身的效力没有完全丧失，这就应当以新法优于旧法原则来处理这一问题。如国务院就烟花爆竹安全管理问题曾在 1984 年 1 月 6 日颁布过《民用爆炸物品管理条例》，而 2006 年 1 月 25 日又公布施行了《烟花爆竹安全管理条例》，虽然新条例未明文废止前条例中有关烟花爆竹安全管理的不同规定，但按照新法优于旧法原则，有关烟花爆竹安全管理方面的行政处罚应按新条例执行。

在适用新法优于旧法原则时，应当注意的是，新法优于旧法是有条件的，即新法与旧法必须是同一立法机关制定并颁布的。如果新法的制定机关在立法权能上低于旧法的制定机关，则不能适用这一原则。

六、不溯及既往原则

法律溯及力是指新的法律颁布后，对它生效前发生的行为是否适用的问题。如果适用，就有溯及力；反之，就没有溯及力。目前，世界各国一般都采用不溯及既往原则，我国也不例外。随着社会经济发展形势和实际情况的变化，法律、法规、规章需要不断进行修订，对发生在修订前的违法行为，安全生产监督管理部门需要对其实施行政处罚时，是适用修订前的处罚依据，还是适用修订后的处罚依据？对于这种情况，一般适用不溯及既往原则。但是，《行政处罚法》第二十九条第二款规定："违法行为有连续或者继续状态的，从行为终了之日起计算。"另外，为了更好地保护公民、法人和其他组织的合法权益，修订后的新的法律规范有特别规定的除外。

七、呈请有权机关决定原则

在行政执法中，经常会遇到一些执法依据的规定不一致，而又很难区分制定机关级别高低的执法依据效力层次的情况，这就要适用呈请有权机关决定原则，即行政执法主体按照《立法法》规定的程序，将该问题呈请有决定权的机关决定，然后按其决定执行。如国务院部门规章之间或者国务院部门规章与地方政府规章之间就同一问题规定不一致时，单纯从规章本身，同属于一个效力层次，不能简单地选择某一规定适用，而需要将相互冲突或规定不一致的规章呈请国务院作出适用的决定。又如，地方性法规与部门规章之间对同一事项的规定不一致时，由国务院提出意见，国务院认为应当适用地方性法规的，作出决定在该地方适用地方性法规；国务院认为应当适用部门规章的，提请全国人大常委会裁决。

第三节　安全生产行政处罚的适用

一、安全生产行政处罚的适用要件

安全生产行政处罚要件，是指行政主体确定行政相对人应负行政处罚责任而对其实施行政处罚所应具备的基本条件。也就是说安全生产行政处罚适用必须具备的基本条件，具体的构成要件如下。

（一）行政违法行为

行政违法行为，是指行政相对人所实施的违反安全生产法律规范而依法应当追究行政法律责任的行为。包括两个要素：一是违法行为是客观存在的，即公民、法人或者其他组织已经实施了或正在实施违法行为，违法事实已经客观存在。不能将行为人的主观想法或者计划设想当作违法行为。二是行为人所实施的行为违反了法律、法规或者规章的规定。

安全生产违法行为是生产经营单位及其有关人员在生产经营活动中违反有关安全生产的法律、行政法规、部门规章、国家标准、行业标准的行为，包括故意和过失。无论行为人为法律、法规和规章所禁止的行为，还是不履行法律、法规和规章设定的义务，都是违法行为。它的范围比较宽泛，明确界定安全生产违法行为对保证安全生产监督管理部门正确地实施监督管理和行政处罚具有十分重要的意义。

（二）行政责任能力

行政责任能力，从行政处罚的范畴而言，是指行政相对人对其行政违法行为承担行政处罚责任的资格。一是作为行政相对人的社会组织实施违法行为的，行政机关决定依法实施行政处罚时，应当审查其是否具有法律规定的责任能力，也就是说该组织在特定的行政法律关系中是否为承担法律责任的主体。一般来说，具有法人资格的单位是责任主体，可以独立承担行政法律责任；单位的内设机构不具有独立的法律主体资格，因而也就不具有责任能力，不能对其实施行政处罚。二是公民的行政责任能力，公民作为一个自然生命体，其行政责任能力的确定，有着两项判别标准，必须达到行政责任年龄和具备意识能力，才能对其实施行政处罚。

对于安全生产行政处罚的适用对象来说，安全生产违法行为人可能是生产经营单位或其他组织，也可能是生产经营单位或其他组织的有关人员。生产经营单位是从事生产经营活动的单位，无论其经济性质如何、规模大小，只要其违反安全生产法律、法规和规章，都可以成为安全生产行政处罚的相对人。

（三）行政处罚实施主体

安全生产行政处罚的实施主体，是指安全生产法律法规规定的享有安全生产监督管理权和行政处罚权的行政主体。行政相对人有违法行为存在，但因有些违法行为可能尚未达到受行政处罚的程度，或者因法律有特别规定而不应给予行政处罚的，行政机关不能对其实施行政处罚，只有法律明文规定应受处罚的违法行为，才能适用行政处罚。

（四）行政处罚追究时效

追究时效，是指对违法行为人应当在法定时效内追究责任，给予行政处罚的有效期限。在法定期限内未发现违法行为，或者超过法定期限后发现违法行为的，则不再实施行政处罚。《行政处罚法》第二十九条规定："违法行为在二年内未被发现的，不再给予行政处罚。"由此可见，违法行为的行政处罚追究时效为 2 年，安全生产违法行为发生后 2 年内，未被安全生产监督管理部门发现，在 2 年后，无论何时发现这一违法行为，都不能给予行政处罚。追究时效的期限，从违法行为发生之日起计算，如果违法行为有连续或者继续状态的，从行为终了之日起计算，即发生最后违法行为之日。

应当注意的是，违法行为 2 年之后不得进行行政处罚的前提是安全生产监督管理部门没有"发现"，如果违法行为发生后，安全生产监督管理部门已经发现，由于当事人逃逸或者其他原因，在 2 年内没有进行行政处罚，这种情况不在追究时效的规定之列。即使在多年之后，安全生产监督管理部门仍然可以进行追究，实施行政处罚。

二、安全生产行政处罚的适用

安全生产行政处罚的适用，是指安全生产监督管理部门依法认定违法行为，并决定是否给予违法者行政处罚和如何进行处罚的活动。行政处罚在具体适用过程中，除了遵循法定的基本原则、符合行政处罚适用要件之外，还应遵循下列规定。

（一）责令违法者改正违法行为

行政处罚虽然是一种制裁手段，但其最终目的是要制止和纠正违法行为，教育违法行为的实施者，使其知道违法危害，不再重犯。因此，安全生产监督管理部门在实施行政处罚时，应当责令违法者改正或者限期改正违法行为，使其对国家和人民群众的危害减少到最低程度。《行政处罚法》第二十三条规定："行政机关实施行政处罚时，应当责令当事人改正或者限期改正违法行为。"

（二）对同一个违法行为，不得给予两次以上罚款

罚款是行政处罚中被广泛适用的一种处罚形式，同一违法行为可能同时触犯两个以上的行政法律规范且均适用罚款处罚时，就存在对违法者进行重复罚款的可能性，因此，为了防止重复罚款，《行政处罚法》第二十四条规定："对当事人的同一个违法行为，不得给予两次以上罚款的行政处罚。"《安全生产违法行为行政处罚办法》第五十三条也作出了同样的规定："对同一生产经营单位及其有关人员的同一安全生产违法行为，不得给予两次以上罚款的行政处罚。"

根据上述规定，在适用"一事不再罚原则"时，应当注意以下三种情况：一是

一个违法行为违反了一个法律规范，由一个行政机关实施处罚的，不得以同一事实和理由给予两次以上的罚款；二是一个违法行为违反了一个法律规范，可由两个行政机关实施行政处罚的，如果一个行政机关（如县级安全生产监督管理部门）已经作出了罚款，那么，另一个行政机关（如地市级安全生产监督管理部门）就不得再次作出罚款；三是同一个违法行为，违反了两个以上的法律规范，依法可由两个以上行政机关给予罚款的，如果一个行政机关给予了罚款，其他行政机关就不得再给予罚款。

（三）行政处罚折抵刑罚

在安全生产行政执法活动中，一些生产经营单位的违法行为同时违反安全生产行政法律规范和刑事法律的现象较为普遍，针对这种情形，《行政处罚法》第二十三条规定："违法行为构成犯罪的，行政机关必须将案件移送司法机关，依法追究刑事责任。"《安全生产法》也作了相应的规定，安全生产违法行为"造成严重后果，构成犯罪的，依照刑法有关规定追究刑事责任。"《安全生产违法行为行政处罚办法》第九条规定："安全生产违法行为构成犯罪的，安全监管监察部门应当将案件移送司法机关，依法追究刑事责任。"但在某些特定情形下，可能会出现对同一违法犯罪行为，同时给予行政处罚和刑事处罚的情况，如某一违法行为同时触犯了安全生产行政法律规范和刑事法律规范，根据这两种法律规范都应受到处罚。安全生产监督管理部门首先发现了这种违法行为，但是由于违法和犯罪的界限模糊或实施行政处罚时的证据不足以认定其行为构成犯罪等原因，安全生产监督管理部门认为这一行为只违反安全生产行政法律规范而并不构成犯罪，因此，只是给予了行政处罚。但是，后来安全生产监督管理部门或司法机关又发现其行为已经构成犯罪，并应受到刑事处罚。

同一违法行为同时受到行政处罚和刑事处罚，不是必然存在折抵问题。只有同一性质的行政处罚和刑罚才能互相折抵。具体说来有两种情况：第一，违法行为构成犯罪，人民法院判处拘役或者有期徒刑时，行政机关已给予当事人行政拘留的，应当依法折抵相应刑期；第二，违法行为构成犯罪，人民法院判处罚金时，安全生产监督管理部门已经给予当事人罚款的，应当折抵罚金。

安全生产监督管理部门在查处安全生产违法行为时，应当认真对违法行为进行分析，以便能够准确判断违法行为是否构成犯罪，对可能构成犯罪的行为应当及时移送司法机关查处，避免先适用行政处罚然后又适用刑事处罚的情况发生。

第四节　安全生产行政处罚裁量

一、行政处罚裁量的概念和规则

（一）行政处罚裁量概念

行政处罚裁量，通俗而言就是行政处罚的确定，是指行政主体确定行政管理相对人的违法行为是否给予行政处罚以及何种形式、何种程度的行政处罚。

行政处罚的裁量，直接关系到行政管理相对人的合法权益。正确实施安全生产行政处罚裁量，便能及时有效地制裁安全生产违法行为，维护正常的安全生产监督管理秩序，避免公民、法人或其他组织的合法权益不受侵害。如果任意裁量行政处罚，不仅不利于对违法行为的有效制裁和安全生产监督管理秩序的正常维护，而且会侵害公民、法人或其他组织的合法权益。因此，只有正确地裁量行政处罚，真正做到行政处罚的不偏不倚和错罚相当，从而保障行政处罚的公正公平。

（二）行政处罚裁量规则

行政处罚裁量规则，是指行政主体确定对行政相对人的行政处罚的具体行为准则。它派生于行政处罚的基本原则，但又不同于行政处罚的基本原则。行政处罚原则乃是贯穿于行政处罚立法和执法过程中的宏观性的核心的行为准则，而行政处罚裁量规则则是适用于行政处罚执法过程中具体确定对行政相对人的行政处罚时的微观性、阶段性的具体行为准则。

1. 综合裁量规则

综合裁量规则，是指行政主体确定对行政相对人的行政处罚，必须综合考虑到行政相对人实施行政违法行为时的各种主客观因素。

根据行政处罚立法精神和行政处罚实践，行政处罚相对人行政违法的主客观因素的不同，所受的行政处罚也各不相同。因此，综合裁量规则，是行政处罚裁量中的一项基础性的基本规则。

根据综合裁量规则，安全生产监督管理部门在对公民、法人或其他组织裁量行政处罚时，应当综合考虑下列因素。

（1）违法事实。即违法行为的时间、地点、起因、过程及其危害后果大小。

（2）违法性质。即违法行为所触犯的安全生产法律规范及其本质属性。

（3）过错程度。即实施违法行为的主观过错情形及其恶性程度。

（4）法定情节。即受处罚的当事人是否具有依法可以免除、从轻或从重处罚的情形。

（5）认错与整改表现。即受处罚的当事人对自己实施的违法行为的认错态度及其整改表现。

2. 依法裁量规则

依法裁量规则，是指行政主体确定对违法行为人的行政处罚，必须依照法律法规的有关规定。

依法裁量规则，则是行政处罚合法原则在行政处罚裁量中的具体体现。依法裁量规则的主要包括下列内容。

（1）依照法定程序裁量。即安全生产监督管理部门确定对公民、法人或其他组织实施行政处罚时，必须依照法律、法规和规章所规定的正当程序。

（2）依照法定情节裁量。即安全生产监督管理部门确定对公民、法人或其他组织实施行政处罚时，必须依照法律、法规和规章所规定的情节：具有免罚情节的，予以免除处罚；具有从轻情节的，予以从轻处罚；具有从重情节，则予以从重处罚。

（3）依照法定形式裁量。即安全生产监督管理部门确定对公民、法人或其他组织实施行政处罚时，必须适用法律、法规和规章所规定的行政处罚种类，不得采用法律、法规和规章规定以外的其他处罚形式。

（4）依照法定幅度裁量。即安全生产监督管理部门确定对公民、法人或其他组织实施罚款的行政处罚时，必须符合法律、法规和规章所规定的处罚幅度。

3. 自主裁量规则

自主裁量规则，是指行政主体确定对违法行为人的行政处罚，有权在法律、法规和规章规定范围内自主确定行政处罚的种类及其幅度。

自主裁量规则的具体体现就是行政处罚的自由裁量权。行政处罚自由裁量权给安全生产行政执法带来一定的灵活性，便于安全生产监督管理部门依法应对纷繁复杂、不断发展变化的安全生产状况。如果不正确地行使自由裁量权，往往会造成行政处罚显失公正，损害公民、法人或其他组织的合法权益，因此，行使行政处罚自由裁量权应当注意以下几个方面。

（1）必须在法律、法规和规章规定的行政处罚自由裁量权限范围内进行。

（2）应当平等地对待违法行为的当事人，不偏私、不歧视。对事实、性质情节、社会危害后果相同的违法行为应给予相同的行政处罚。

（3）行政处罚必须与违法行为当事人的过错大小相一致，并根据对违法行为的性质、情节、后果及违法行为当事人对处罚的实际承受能力等相关因素的综合权衡进行裁定。

二、安全生产行政处罚裁量情节

情节本身虽然不是受行政处罚的构成要件，但对行政处罚的裁量产生重要影响，根据不同的情节，分别作出不同的行政处罚裁量。如不予处罚、从轻处罚、减轻处罚。

（一）不予处罚情节

不予处罚情节，是指据以对行政相对人的违法行为免于行政处罚的特定情形。它是一种有利于行政相对人的行政处罚裁量情节。根据《行政处罚法》规定，有下列情形的不予处罚。

（1）未达到法定行政责任年龄。我国行政法律规定，公民法定行政责任年龄为14周岁。一般来讲，不满14周岁的未成年人尚不具备辨别和控制自己行为的能力，因此不给予行政处罚。但不处罚不等于对其行为放任不管。根据《行政处罚法》惩罚与教育相结合的原则，应对其加强法制教育，使其认识到行为的违法性，避免以后再犯。因此，应当责令监护人加以管教。

（2）精神失常。精神病人在不能辨认或者不能控制自己行为时有违法行为的，不予处罚。精神病人在不能辨认或者不能控制自己行为时，无责任能力，不能认识自己行为的性质、意义和后果，不能控制自己的行为，也不能对自己行为的后果负责，因此，不应给予行政处罚。精神病人在不能辨认或者不能控制自己行为时实施违法行为，虽然不应受到行政处罚，但是仍然会造成一定的危害后果，因此，应当责令监护人严加看管和治疗。

（3）超过追究时效。违法行为在法律规定的追究期限内未被发现的，已超过追究时效的行政违法行为，不予处罚。

（4）违法行为轻微并及时纠正，没有造成危害后果的。《安全生产违法行为行政处罚办法》第五十五条规定："安全生产违法行为轻微并及时纠正，没有造成危害后果的，不予行政处罚。"在适用这一规定时，必须同时具备违法行为轻微、及时纠正、没有造成危害后果三个条件，缺一不可。

（二）从轻处罚情节

从轻处罚情节，是指据以对违法行为人从轻处罚的具体情形。它是一种有利于违法行为人的行政处罚裁量情节。

从轻处罚是指在法定的处罚种类和幅度内，适用较轻的处罚种类或者处罚幅度的下限给予处罚，但不能低于法定处罚幅度的最低限度。从轻处罚并不是指要适用最轻的处罚种类和选择最低的处罚幅度，而是指要综合考虑违法行为的性质、情节和后果等具体案件情节酌情选择。

根据《行政处罚法》和《安全生产违法行为行政处罚办法》的规定，违法行为当事人有下列情形之一的，应当依法从轻处罚。

（1）已满14周岁不满18周岁的人有违法行为的。我国《未成年人保护法》第二条规定："未成年人是指未满十八周岁的公民。"已满14周岁不满18周岁的人，已经具备一定的辨别和控制自己行为的能力，因此，对自己的行为应当负一定的法律责任，但其毕竟是未成年人，尚不能完全辨识和控制自己的行为，因此，应当从轻行政处罚。依据惩罚与教育相结合原则，在对未成年人从轻行政处罚的同时，应当对其进行法制教育，以免其重犯。

（2）主动消除或者减轻安全生产违法行为危害后果的。主动消除或者减轻安全生产违法行为危害后果是指违法当事人在安全生产监督管理部门发现违法行为和实施行政处罚之前，积极主动地采取措施，消除或减轻违法行为的危害后果。适用本条规定，关键在于违法当事人消除或减轻违法行为危害后果的行为是否是主动采取的，若是在安全生产监督管理部门责令下被迫采取的，就不能对违法当事人从轻行政处罚。

主动消除或者减轻违法行为的危害后果，减少了违法行为的社会危害而且表明当事人清楚地认识到自己行为的性质和危害后果，并且已经"改过自新"。因此，安全生产监督管理部门应根据处罚与教育相结合原则，结合违法行为的性质、情节和后果对违法行为人从轻行政处罚。

（3）受他人胁迫实施安全生产违法行为的。受他人胁迫实施安全生产违法行为是指违法行为人不愿意或不完全愿意实施违法行为，但因精神上或人身上受到一定的威逼或强制，失去一定程度的意志自由，而被迫参与违法行为。受他人胁迫而实施的违法行为，被胁迫人并非主动地实施违法行为，而是在意志相对不自由的情况下，被动地违法，因而，在实施违法行为的过程中，被胁迫人一般处于被动和从属的地位，起作用较小，社会危害性较轻。因此，应该对其从轻行政处罚。

应当注意的是，这里的"受他人胁迫"指的是虽然受到一定的威逼和强制，但胁迫尚未达到被胁迫人完全无法抗拒的地步，行为人未完全丧失意志自由，违法行为在一定程度上仍受其意志的支配，因此，不能完全免除其行政处罚。如果行为人完全被他人控制，并彻底失去了意志自由，这个时候行为人其实只是他人违法的一个工具，其行为应作为他人违法行为的一部分，此时就不是从轻或减轻行政处罚，而是根本就不应该受到行政处罚。

（4）配合安全生产监督管理部门查处安全生产违法行为有立功表现的。配合安全生产监督管理部门查处安全生产违法行为有立功表现是指违法行为人为补救违法行为所造成的危害后果，以实际行动积极配合安全生产监督管理部门查处违法行为，并有立功表现。如揭发检举违法行为，向安全生产监督管理部门主动提供案件材料和案件线索等。违法行为人积极配合安全生产监督管理部门查处违法行为并有立功表现的，一方面有利于帮助安全生产监督管理部门尽快查明案情，尽早消除危害；另一方面也反映了其对违法行为的性质和危害后果等有所认识，并愿意改过自新。对配合安全生产监督管理部门查处安全生产违法行为有立功表现的违法行为人从轻行政处罚，体现了处罚与教育相结合这一原则的要求。

（5）其他依法应予从轻行政处罚的。以上几种情形只概括一些典型的常见的应当依法从轻行政处罚的情形，但并不能概括所有情况。除此之外，还有其他可以依法从轻或减轻行政处罚的情形。如其他一些单行法律、法规也有相应的规定。

（三）从轻处罚情节

从轻处罚情节，是指据以对违法行为人减轻处罚的具体情形。它也是一种有利于违法行为人的行政处罚裁量情节。

减轻处罚是指在法定处罚幅度的最低限度以下给予处罚。应当注意的是，减轻处罚也不是无限制的，应当在法定最低限与免除处罚之间选择处罚，并且应当体现过罚相当原则。减轻处罚在减轻的程度上，不得减轻处罚达到免除处罚的程度，而应介于免除处罚之间，不能逾越这一法定范围。《行政处罚法》和《安全生产违法行为行政处罚办法》对减轻处罚的适用情形与从轻处罚的几乎相同，此处不再赘述。

（四）从重处罚情节

从重处罚情节，是指据以对违法行为人从重处罚的具体情形。它是一种不利于违法行为人的行政处罚裁量情节。

从重处罚是指在法定的处罚种类和幅度内，适用较重的处罚种类或者处罚幅度的上限给予处罚，但不能高于法定处罚幅度的最高限度。从重处罚并不是指要适用最重的处罚种类和选择最高的处罚幅度，而是指要根据违法行为的性质、情节和后果等具体案件情节酌情从重处罚。根据《安全生产违法行为行政处罚办法》的规定，安全生产违法行为人有下列情形之一的，应当依法从重行政处罚：

（1）危及公共安全或者其他生产经营单位安全的，经责令限期改正，逾期未改正的；

（2）一年内因同一违法行为受到两次以上行政处罚的；

（3）拒不整改或者整改不力，其违法行为呈持续状态的；

（4）拒绝、阻碍或者以暴力威胁行政执法人员的。

第七章 安全生产行政处罚的委托

第一节 行政处罚委托概述

一、行政处罚委托的定位

在行政法上，行政职权可以转移。行政职权转移有行政授权和行政委托两种形式。行政授权，是指行政法律法规授权行政机关和行政职能机关（包括行政派出机构）以外的其他社会组织行使某些行政职权。行政委托，是指行政机关和行政职能机关委托其他行政机关、行政职能机关以及有关事业组织代为行使某些行政管理职权。行政职权的转移以行政处罚权为主要内容，就表现为行政处罚权的转移。行政处罚权的转移通常表现为行政处罚授权和行政处罚委托两种形式。

行政处罚委托，是指拥有行政处罚权的行政主体依法将自己的行政处罚权委托给符合法定条件的组织实施，受委托的组织必须以委托的行政主体的名义实施行政处罚的行为。

行政处罚委托尽管与行政处罚授权同属行政职权转移的范畴，但行政处罚委托明显不同于行政处罚授权，主要表现在如下几个方面。

（一）职权转移主体不同

在行政处罚授权中，授权主体既可以是权力机关（包括全国人大及其常委会和省级人大及其常委会），也可以是行政机关（包括国务院和省级人民政府）和行政职能机关；被授权主体只能是行政机关和行政职能机关以及其他管理公共事务的组织。而在行政处罚委托中，委托主体只能是行政机关和行政职能机关；受委托主体既可以是行政机关和行政职能机关，也可以是其他管理公共事务的组织。如《行政处罚法》第十八条规定："行政机关依照法律、法规或者规章的规定，可以在其法定权限内委托符合本法第十九条规定条件的组织实施行政处罚。行政机关不得委托其他组织或者个人实施行政处罚。"

（二）职权转移依据不同

行政处罚授权由行政法律和法规予以规定，被授权主体的行政处罚来源于行政法律和法规的规定，并在行政法律和法规授权的权限范围内行使行政处罚权。而行政处罚委托则由行政机关和行政职能机关决定，受委托主体的行政处罚权来源于行政机关和行政职能机关的决定，并在行政机关和行政职能机关确定的权限范围内行使行政处罚权。例如《浙江省安全生产条例》第五十七条规定："县级以上安全生产监督管理部门可以委托符合《中华人民共和国行政处罚法》第十九条规定条件的安全生产监督管理机构实施行政处罚。"

（三）职权转移主体地位不同

在行政处罚授权中，被授权主体以自己的名义独立行使行政处罚权。而在行政处罚委托中，受委托主体不能以自己的名义行使行政处罚权，而必须以委托主体的名义行使行政处罚权。如《安全生产违法行为行政处罚办法》第十二条规定："安全监管监察部门根据需要，可以在其法定职权范围内委托符合行政处罚法第十九条规定条件的组织或者乡镇人民政府、城市街道办事处设立的安全生产监督管理机构实施行政处罚。受委托的单位在委托范围内，以委托的安全生产监督监察部门名义实施行政处罚。"

安全生产行政处罚委托，是指享有安全生产行政处罚权的安全生产监督管理部门依法将自己享有的行政处罚职权全部或部分委托给符合法定条件的组织实施，受委托的组织在委托权限范围内，以委托的安全生产监督管理部门的名义实施安全生产行政处罚。

我国各级安全生产监督管理部门，是近几年来新组建的政府职能部门或者政府直属工作机构，但目前普遍存在着编制紧、人员少、任务重和执法力量薄弱的情况。特别是处于安全生产监督管理第一线的乡镇人民政府和街道办事处，根据《安全生产法》和现行有关安全生产法律法规的规定，乡镇人民政府和街道办事处只有安全生产管理责任，没有安全生产行政处罚权限。因此，要实现安全生产监督管理工作关口前移、重心下移，进一步加强基层安全生产行政执法工作，就必须赋予乡镇人民政府和街道办事处一定的安全生产行政处罚权限。为此，委托乡镇人民政府和街道办事处部分安全生产行政处罚权限，既是当前基层乡镇和街道安全生产监督管理现状的客观要求，也是进一步强化基层安全生产监督管理工作的重要举措。

二、安全生产行政处罚委托的要求

安全生产行政处罚委托是一项十分严肃的工作，为了防止乱委托情况的发生，应当根据《行政处罚法》、《安全生产违法行为行政处罚办法》及有关法律法规的规定，县级以上安全生产监督管理部门在实施安全生产行政处罚委托时，应当注意把握好以下几点。

（1）必须依照法律、法规和规章的明确规定。安全生产监督管理部门实施行政处罚委托时，必须要依照法律、法规和规章的明确规定，没有法律依据的，安全生产监督管理部门不得自行委托。关于规章可以规定行政机关委托实施行政处罚的问题，在《行政处罚法》立法时曾有分歧，后来《行政处罚法》考虑到我国的法律、法规的制定速度较慢，覆盖的行政管理领域有限，采纳了规章也可以规定委托权的意见。

（2）必须在自身享有的行政处罚权限范围内委托。安全生产监督管理部门委托实施的行政处罚，必须是法律、法规赋予安全生产监督管理部门实施的行政处罚，也就是安全生产监督管理部门自身享有的法定职权内的行政处罚，非安全生产监督管理部门实施的行政处罚，不得委托。如果安全生产监督管理部门超越其法定权限进行的行政处罚委托也是无效的。

（3）必须委托给符合法定条件的组织。安全生产监督管理部门能够委托实施行政处罚的只能是符合《行政处罚法》第十九条规定的组织。必须是安全生产监督管理机构，包括市、县（市、区）安全生产监督管理部门建立的安全生产监督管理机构，也包括乡镇人民政府、街道办事处建立的安全生产监督管理机构。不得委托其他非安全生产监督管理机构实施行政处罚。

三、安全生产行政处罚委托的形式

安全生产行政处罚委托的形式，是指安全生产监督管理部门实施行政处罚委托的具体表示方式。

对安全生产行政处罚委托的形式，现行行政法律、法规和规章中均未作出具体规定，但从安全生产行政处罚委托的规范化和明确性的角度而言，安全生产行政处罚委托应当采用书面形式。也就说安全生产监督管理部门实施行政处罚委托的，应当制作行政处罚委托书。

对于行政处罚委托书所应载明的事项，根据委托的法律理论并结合当前安全生产行政执法工作实践，行政处罚委托书应当载明下列主要事项：

（1）委托主体（安全生产监督管理部门）的名称、地址、法定代表人姓名；

（2）受委托主体的名称、地址、法定代表人姓名；

（3）委托行政处罚的法律依据及其理由；

（4）委托的行政处罚事项、权限和期限；

（5）委托主体与受委托主体的责任与义务；

（6）委托主体加盖印章，并注明制作行政处罚委托书的时间。

第二节　受委托组织的法定条件

根据《行政处罚法》第十九条规定："受委托组织必须符合以下条件：（1）依法成立的管理公共事务的事业组织；（2）具有熟悉有关法律、法规、规章和业务的工作人员；（3）对违法行为需要进行技术检查或者技术鉴定的，应当有条件组织进行相应的技术检查或者技术鉴定。"依据这一规定，县级以上安全生产监督管理部门应当对受委托组织进行严格的条件审查，必须具备以下条件。

1. 必须依法成立

接受安全生产行政处罚委托的安全生产监督管理机构首要的条件，必须是依法成立的管理公共事务的事业组织。这一条件包括三方面的内容：第一，受委托的只能是组织而不能是个人；第二，受委托的组织只能是依法成立的事业组织。事业组织是相对于企业组织而言，企业组织不能受委托实施安全生产行政处罚，因为企业以营利为目的，受利益驱使，可能利用安全生产行政处罚实施以权谋利；第三，受委托组织必须具有管理公共事务的职能。按照《安全生产违法行为行政处罚办法》的规定，就是"乡镇人民政府、城市街道办事处设立的安全生产监督管理机构"。

2. 必须具备专业人员

安全生产行政执法人员的素质高低，直接影响到安全生产行政处罚能否正确实施，也影响到公民、法人和其他组织的合法权益能否得到保障。因此，受委托实施安全生产行政处罚的监督管理机构的执法人员必须熟悉安全生产有关法律、法规和规章，以保障受委托的安全生产监督管理机构的执法人员素质，确保正确实施行政处罚。同时，查处矿山、危险化学品等行业各类安全生产违法行为是一项专业性和技术性较强的工作，也必须具备相应专业知识和熟悉业务的工作人员。

3. 必须具备必要的技术装备

在安全生产行政执法中，对某些行业和领域实施行政处罚时，具有专业性较强的技术要求，因此，受委托的安全生产监督管理机构应当具备必要的技术装备。但是，在现代社会，技术检查或技术鉴定有专业化和社会化的发展趋势，因此，并不一定要求受委托的安全生产监督管理机构具有相应的技术检查或技术鉴定的条件，而是要求受委托的安全生产监督管理机构应有条件组织相应的技术检查或技术鉴定。

第三节　行政处罚委托双方的责任与义务

一、委托机关的责任

安全生产监督管理部门在实施安全生产行政处罚委托时，不仅要认真谨慎，不得随意草率，更要加强监管，履行职责。

1. 负责监督指导

实施行政处罚委托的安全生产监督管理部门要对受委托的安全监督管理机构实施的行政处罚工作应当负责监督，定期检查，加强指导。防止受委托的安全生产监督管理机构滥用行政处罚权而承担不利的法律后果。

2. 承担法律后果

受委托安全生产监督管理机构是以委托的安全生产监督管理部门的名义实施行政处罚，因此由委托的安全生产监督管理部门承担由此而产生的法律责任。如在行政复议中委托的安全生产监督管理部门要作为被申请人，在行政诉讼中作为被告，在行政赔偿中作为赔偿义务机关。这是委托实施行政处罚与法律、法规授权实施行政处罚的最大不同。经法律、法规授权的组织取得的实施行政处罚的权力，能以自己的名义实施行政处罚并能独立承担由此带来的法律责任。

3. 加强业务培训

实施行政处罚委托的安全生产监督管理部门要对受委托的安全生产监督管理机构行政执法人员加强安全生产法律法规和业务知识的培训，严格执法行为，规范执法程序，提高执法水平。

二、受委托机构的义务

受委托的安全生产监督管理机构接受安全生产行政处罚委托后，必须依法实施行政处罚，认真履行法定义务。

1. 受委托机构必须以委托的安全生产监督管理部门的名义实施行政处罚

如果受委托的安全生产监督管理机构以自己的名义实施的行政处罚是无效的。在实际行政处罚委托中，以委托的机关的名义，通常表现为行政处罚决定书必须加盖委托的安全生产监督管理部门的公章。

2. 受委托机构必须在委托范围内实施行政处罚

委托的范围主要包括可以实施行政处罚的种类、幅度和范围，受委托的安全生产监督管理机构必须在规定的委托范围界限内实施行政处罚，超出委托范围和权限的行政处罚，不具有法律效力。

3. 受委托机构不得再委托其他任何组织或个人实施行政处罚

《行政处罚法》对行政处罚的委托作了严格的限制，因此，在实施安全生产行政处罚委托时，必须遵循严格的条件限制，受委托的安全生产监督管理机构必须自己实施行政处罚，而不能再委托其他任何组织或个人实施行政处罚。如果受委托的安全生产监督管理机构再委托其他任何组织或个人实施行政处罚是违法的无效委托。

第八章　安全生产行政处罚的证据

第一节　证据的概念和作用

一、证据的概念

1979 年 7 月 1 日，第五届全国人民代表大会第二次会议通过了新中国的第一部刑事诉讼法。该法第三十一条规定："证明案件真实情况的一切事实，都是证据。"这是我国法律首次对"证据"一词作出的明确解释。1989 年的行政诉讼法、1991 年的民事诉讼法以及 1996 年修正的新刑事诉讼法都明示或默示地接受了这一解释。于是，我国法学界都把它作为界定证据概念的法律依据，得出"证据就是证明案件真实情况的事实"这样的证据定义。

安全生产行政处罚的证据，是指安全生产监督管理部门行政处罚案件承办人员依照法定程序收集的用于证明案件真实情况的一切事实。安全生产行政处罚证据应当具有如下三个基本特征。

（一）客观性

证据的客观性，是指证据是客观存在的事实。安全生产违法行为是在一定的时间、空间和条件下进行和形成的，甚至给国家和人民群众的生命财产安全造成危害或危险，必然在违法行为的活动场所留下这样那样的物品、形态、痕迹和危害后果，从而形成了存在于客观外界的并能据以查明违法行为真实情况的证据。客观性是安全生产行政处罚证据的最基本特征。

（二）关联性

证据的关联性，是指作为认定案件事实的证据与案件待证事实间有着客观的联系。证据的关联性是证据存在的又一个重要特性，缺乏关联性就不能成为其证据。证据仅有客观性不够，还必须具有关联性，并非所有的客观事实都能成为证据，有些事实虽然其本身是客观的、真实的，但因其同案件没有关联，也就不能作为证明违法事实的证据。

（三）合法性

证据的合法性，是指证据必须依照法定程序取得，并符合法律要求的形式。证据的合法性有两层含义，一是证据符合法定形式；二是证据的取得必须符合法律、法规和规章规定的程序。前者要求各类证据必须符合法律要求的形式，否则不能作为证据。如当事人不予认可的复制件或者复制品等，又无其他证据印证，这些证据因为合法性的问题不能作为证据。后者要求取得证据的程序要符合法定要求，取证程序不合法所获得的材料不能作为证据使用。如以利诱、欺诈、胁迫、暴力等不正当手段获取的材料等，因取证程序违法而不能作为证据使用。

二、证据的作用

证据的作用就在于它具有证明一定事实存在与否的功能。对于安全生产行政处罚活动来说，这种作用具有特别重要的意义。运用证据证明安全生产违法行为的真实情况，依据事实证据正确适用有关安全生产法律、法规和规章，作出安全生产行政处罚决定，因此，证据在实施安全生产行政处罚工作中具有决定性的作用。

（一）证据是正确认定案件事实的基础

一般情况下，安全生产违法行为是发生在已过去的时段，安全生产监督管理部门执法人员不可能亲自感知违法行为的发生，因此，就必须进行调查核实，逐步发现和取得一些相关证据，以此认定案件事实。案件承办人员调查核实的过程就是收集、鉴别、运用证据查清查明违法行为真实情况的过程。总之，正确的案件认定离不开证据，只有证据才是认定违法事实的根据和基础。

（二）证据是正确作出行政处罚的依据

安全生产监督管理部门行政执法案件人员只有在掌握了大量违法行为的事实证据材料后，才能分析案情、正确认定违法行为的性质与程度，才能以事实为依据，准确适用法律法规，作出正确的行政处罚。所以说，证据是正确作出行政处罚决定的重要依据。

（三）证据是维护当事人合法权益的保障

在安全生产行政处罚中，当事人对行政处罚决定有陈述和申辩的权利，为了维护自己的合法权益，必须依法向作出行政处罚决定的安全生产监督管理部门提供充分、合法的证据，只有这样，才能维护自己的合法权益。同时，也能防止行政执法人员滥用职权，侵犯当事人的合法权利。

在安全生产行政处罚中，不论是安全生产监督管理部门还是受处罚的当事人，证据的运用在行政处罚和行政诉讼中是一个十分重要的问题。所以，我国民事诉讼法对证据问题作出了原则规定，最高法院也作出了一些司法解释，2002 年 4 月 1 日最高法院颁布实施的《关于民事诉讼证据的若干规定》，是我国目前最为完整、系统规定证据制度的司法解释。

第二节　证据的种类和分类

一、证据的种类

证据的种类，是指表现证据事实内容的各种外部形式。安全生产行政处罚证据主要有物证、书证、证人证言、视听资料、当事人陈述、鉴定结论和勘验笔录、现场检查记录。

（一）物证

物证，是指能够证明案件真实情况的物品和痕迹。物证是来源极其广泛的一种实物证据，主要有：（1）违法行为直接侵害的客体物；（2）实施违法行为的设备设施和使用的工具；（3）实施违法行为时遗留的物品和痕迹；（4）违法行为人为掩盖事实毁灭、伪造和藏匿的物品；（5）其他能够证明违法事实的物品和痕迹。

物证以其外部特征、存在形式和物理性质对案件事实起到证明作用。对于物证的外部特征和存在形式，主要通过知情人辨认和办案人员直观确定其证明作用，而对物证的物理性质则必须经过鉴定才能确认证明作用。物证相对人证而言，具有客观、真实的特点。

（二）书证

书证，是指以其记载的内容证明案件真实情况的文字。书证与物证同属于实物证据，但相对于物证的外部特征和存在形式而言，书证是以记载的内容证明案情为特征的。如果既可以以其内容，又可以以其字迹特征证明案情，那么这种证据既是书证又是物证。书证与言词证据都具有书面形式，但书证是案发前或案发过程中形成的，而言词证据则是在案件调查过程中形成的，因此，书证与言词证据相比，其客观真实性比较强，是一种证明力较强的证据。

书证是多种多样的，在安全生产行政处罚中主要使用的书证有：为违法行为而涂改、伪造的安全生产许可证、资格证书、安全管理制度、安全操作规程等。书证的表现形式或制作方法可以是手书，也可以是印刷、刻制或复印。使用的材料，较常见的是纸张，但也有其他物品。

《安全生产违法行为行政处罚办法》第二十五条规定："安全生产行政执法人员应当收集、调取与案件有关的原始凭证作为证据。调取原始凭证确有困难的，可以复制，复制件应当注明'经核对与原件无异'的字样和原始凭证存放的单位及其处所，并由出具证据的人员签名或者盖章。"由此可见，复制件作为证据必须符合法律法规的规定。

（三）证人证言

证人证言，是指证人就其了解的案件情况所作的陈述。凡是知道案件真实情况的人都可以作为证人，但生理上、精神上有缺陷或者年幼，不能辨别是非、不能正确表达意志的人，不能作证人。证人陈述的情况，可以是亲身经历的，也可以是耳闻目睹或间接得知的，但主要应是证人真实了解的。证人陈述间接得知的情况时，必须说清来源，说不清来源或者道听途说得来的消息不能作为证言，只能作为案件调查的线索。匿名举报材料，必要时可以作为调查取证的线索，但不能直接作为证人证言。

证人证言，是安全生产行政处罚中使用最普遍的一种证据。由于证人在案件中所处的地位，决定了其陈述较之受处罚当事人陈述更为客观。证人证言尽管比物证、书证等实物证据客观性稍差，但具有证明范围广泛、包容量大的特点。证人证言可以作为直接证据，也可以作为间接证据，在安全生产行政处罚中具有极为重要的作用。

（四）视听资料

视听资料，是指可以重现的原始声响或录像等用作证明案件事实的材料。其表现形式主要有：录音带、录像带、胶卷、传真资料、电视监测器及雷达扫描所获得的资料、电脑储存的数据和资料等。视听资料是随着科学技术的发展而出现的一种新型证据。它有别于书证，书证是以书面形式表示的内容来证明案件事实情况，而视听资料是通过声音、影像和电子计算机及其他信息保存手段储存的数据、材料来证明案件事实情况。视听资料也不同于证人证言，证人证言是在案件调查中证人向办案人员所作的陈述，而视听资料是在案件发生和调查过程中形成的。随着科学技术的发展，视听资料作为一种独立的证据，其用途越来越广泛。视听资料可以原原本本地记录当时的语言、声响、形象和人的活动、表情，把反映案件客观情况的资料固定和保存起来，不像证人证言那样容易受到人的记忆和表达能力的限制及主、客观因素的影响。另外，视听资料还具有容量较大、形象直观、便于保存、使用方便等特点。

（五）当事人的陈述

当事人的陈述，是指违法行为人就案件事实所作的交代、申辩材料。由于违法行为人对于自己是否实施了违法行为以及情节轻重比任何人都清楚，而调查核实的结果与其是否受到行政处罚或处罚轻重有着直接关系，决定了其陈述的重要性和复杂性。因此，办案人员对违法行为人的陈述要持慎重态度，无论真实的还是不真实的都应当重视，真实的陈述可以作为认定案情的直接证据，实事求是的申辩有助于办案人员全面了解案件情况，作出正确的定性和行政处罚；不真实的陈述和狡辩也可以使办案人员了解违法行为人的态度，作为处罚的一个依据。

（六）鉴定结论

鉴定结论，是指鉴定人运用专门知识或技能对案件承办人员不能解决的专门事项进行科学鉴定后所作出的结论。通常进行的鉴定主要有：笔迹鉴定、技术鉴定、检测检验报告等。笔迹鉴定的结论应由司法机关的专门人员制作，其他鉴定结论由安全生产监督管理部门委托或者聘请具有专业知识和技能并具有相应资质的单位制作。由于鉴定结论是某一方面的专业人员或机构某一专门问题进行研究之后作出的判断和认定，因此具有科学性、权威性、结论性的特点；同时，鉴定结论只是对安全生产违法行为中某些专门性和技术性问题作出的结论，对于其他法律性问题无权作出结论。

（七）勘验笔录、现场检查记录

勘验笔录、现场检查笔录，是指安全生产监督部门执法人员依法对与案件有关的场所、物品及其他证据材料当场进行勘验、检查时，对勘验、检查过程和情况所作的文字记录。《安全生产违法行为行政处罚办法》第二十七条规定："安全生产行政执法人员对与案件有关的物品、场所进行勘验检查时，应当通知当事人到场，制作勘验笔录，并由当事人核对无误后签名或者盖章。当事人拒绝到场的，可以邀请在场的其他人员作证，并在勘验笔录中注明；也可以采用录音、录像等方式记录有关物品、场所的情况后，再进行勘验检查。"制作勘验笔录、现场检查记录是收集安全生产违法行为证据的重要手段之一，也是作为认定案情的重要证据之一。

二、证据的分类

证据的分类，是指从不同角度按照不同标准将证据划分为不同的类型。主要的证据分类有：

（一）原始证据与传来证据

以证据的来源为标准，可以把证据分为原始证据和传来证据。

原始证据是指直接来源于案件事实或原始出处的证据。所谓直接来源于案件事实，是指证据是在案件事实的直接作用或影响下形成的；所谓直接来源于原始出处，是指证据直接来源于证据生成的原始环境。如违法行为现场发现并提取的物证、实施违法行为的工具、书证的原本、亲眼看到违法行为发生的证人的证言等。凡是未经中间环节而直接来源于案件事实或原始出处的证据，都属于原始证据。

传来证据是指经过复制、复印、传抄、转述等中间环节形成的证据。传来证据不是直接来源于案件事实或原始出处，而是经过了中间环节的转手，是从原始证据派生出来的证据。如书证的复印件、影印件、照片，证人转述他人感知事实的证言等。追本溯源，都是由原始证据传来。

《安全生产违法行为行政处罚办法》第二十五条规定："安全生产行政执法人员应当收集与案件有关的原始凭证作为证据。调取原始凭证确有困难的，可以复制，复制件应当注明'经核对与原件无异'的字样和原始凭证存放的单位及其处所，并由出具证据的人员签名或者单位盖章。"由于传来证据都是原始证据派生出来的，所以原始证据比传来证据的可靠性大，证明力强，这是因为经过传述、传抄以后，它的内容与形式都有可能被遗漏或歪曲。因此，在办案过程中最好尽可能地收集第一手来源的原始证据。在办案实践中，传来证据的作用也不容忽视的，它能提供发现和获得原始证据的线索，使办案人员可以顺藤摸瓜，找到原始证据，并与原始证据相互印证。案件承办人员对与案件有关的原始证据和传来证据都要收集，不能只注意收集原始证据，还忽视传来证据的作用。审查判断时，不论是原始证据，还是传来证据，都应当分析其来源，审查其出处是否有问题，对传来证据还要注意在其传述、传抄、复制过程中是否有问题。如果查明传来证据与案件事实有联系，就可以作为认定案件事实的证据。否则，传来证据是道听途说的，没有确切来源，就不能作为定案的根据。

（二）直接证据与间接证据

根据证据与案件主要事实的证明关系为标准，可以把证据分为直接证据与间接证据。

直接证据是能单独直接证明案件主要事实的证据；间接证据是指不能单独直接证明，而需要与其他证据结合才能证明案件主要事实的证据。

在安全生产行政处罚案件中，常见的直接证据主要有：①当事人的陈述；②受害人和证人就其亲眼目睹当事人实施违法行为的过程所作的陈述；③部分书证；④当事人实施违法行为时被拍摄下来的录像或照片；⑤个别物证。直接证据主要是言词证据，容易受主客观因素的影响，产生偏差的可能性较大。因此，安全生产监督管理部门在实施行政处罚时，在没有物证、书证的情况下使用言词证据认定违法事实时，必须具有两个以上（含两个）直接证据，才能认定，决不能孤证定案。书证、物证作为直接证据，必须经过鉴定和知情人、当事人辨认属实，才能使用。

间接证据的范围是相当广泛，较之直接证据更是多种多样，常见的主要有：①违法行为在现场留下的痕迹和物品；②违法行为实施的工具、设备设施；③认定违法行为发生时间、地点的人证、物证；④掩盖违法事实方面的证据。间接证据大部分是物证、书证、鉴定结论等。

直接证据与间接证据的划分，揭示了直接证据与间接证据对案件主要事实证明关系的不同，但不能由此得出直接证据优于间接证据的结论。间接证据虽然不像直接证据那样能够直接证明案件主要事实，只能证明案件的局部事实或个别情节，但它具有范围广、数量多、比较容易收集的优势，是安全生产行政处罚工作中不容忽视的一类证据。但是运用间接证据证明案件事实是一个比较复杂的过程，它需要使案件的各事实要素及相关情节都得到证明，且证据之间必须环环相扣。形成完整的证据锁链。因此，在使用间接证据时应当遵循如下规则。

（1）间接证据必须真实可靠。间接证据不真实，难于据此得出符合案件真实情况的结论。因此，对每一个间接证据，都必须查证属实。

（2）间接证据必须与案件事实存在客观联系，同时结合其他间接证据查明这种联系。这里应注意两点：一是间接证据与案件事实的联系形式是多种多样的，各个间接证据反映案件产生的动机、原因、结果、时间、地点、条件以及用来排除其他可能性等，办案人员必须将可能收集的间接证据全部收集起来，不能放过证明任何一个环节所需的间接证据；二是单个的间接证据往往不能清楚地表明与案件事实有着内在联系以及是什么形式的联系，只有将它与其他间接证据相结合才能弄清这种关系，办案人员必须将收集到的所有间接证据进行客观全面的综合分析，才能作出肯定性的判断。

（3）间接证据之间必须协调一致，不得存在矛盾。每个间接证据与案件事实之间不应有矛盾，如果发现有矛盾，就说明必定存在不真实的证据材料，必须继续收集证据，进行深入的分析研究。在矛盾排除前，不能勉强定案。

（4）间接证据必须形成一个完整的证据体系。间接证据必须构成一条锁链，每个证据，只能证明案件的某个事实要素或情节，只有把能证明各个事实要素或情节的证据按照它们之间的联系排列起来，形成一个完整的证据体系，才能据以定案。如果间接证据相互不能结合，或者虽有联系，但仍不能证明案件中某些必须证明的情节，这样的间接证据再多，也不能据以定案。

（5）间接证据形成的证据体系得出的结论必须是唯一的，不仅证明这一结论是有根据的，而且要证明这一结论是唯一的，其他任何结论都必须是不可能的。只有这样，它才能具有不可动摇的证明力，雄辩地证明案件事实。

（三）言词证据与实物证据

以证据的存在和表现形式为标准，可以把证据分为言词证据与实物证据。

言词证据是指以人的陈述为表现形式来证明案件事实的证据，因而又称为人证。它包括以人的陈述形式表现出来的各种证据，如证人证言、当事人的陈述、鉴定结论都属于言词证据。实物证据是指以实物形态为表现形式的证据，又称为广义上的物证。它包括各种具有实物形态的证据，如违法行为发生时就存在的物证、书证、视听资料和案件调查过程中制作的勘验及检查笔录、现场检查记录等。

言词证据与实物证据的划分，揭示了这两类证据的不同表现形式及其不同特点，安全生产行政执法人员在对各类安全生产违法行为实施行政处罚时，应当有意识地针对不同证据的特点，相应地采用不同的方法收集证据、保全证据、审查和运用证据。

在证据的保全上，也要根据言词证据与实物证据的不同表现形式分别采用不同的方法。言词证据一般是以笔录的形式加以固定；证人、当事人也可以书写亲笔证词；也可以录音、录像的方式加以记录。笔录应当按照规范化的要求制作。实物证据的固定保全，以不损毁、不变形、不丢失为原则，进行固定保全，并认真加于保管。对实物证据所拍摄的照片，也应当注明拍摄的时间、地点、拍摄人，并注明经当事人辨认属实后签名或盖章。

在使用证据认定案情上，应当注意把言词证据与实物证据结合起来使用，相互印证，相互补充，充分发挥两种不同证据各自的优势，克服各自的弱点，利用两种证据的互补，形成牢固的、完整的证据体系。

第三节　证据的收集

一、收集证据的基本要求

（一）规范程序，依法收集

在当前行政执法中既重实体法又重程序法的法治环境下，程序的合法性已成为行政执法实践中的一个十分重要的环节。因此，在收集安全生产违法行为有关证据中，既要认真贯彻执行实体法，又要严格程序法规定，两者具有同等重要性，不可有丝毫的偏差。安全生产行政执法人员必须按照《安全生产法》、《行政处罚法》和《安全生产违法行为行政处罚办法》等法律、法规的规定，开展调查，收集证据。例如，安全生产行政执法调查取证人数不得少于2人，并在实施调查取证前，应当出示《安全生产监管执法证》，询问当事人、证人应当个别进行，要告知他们应当如实回答询问，有意作伪证要负法律责任等。另外，关于勘测、鉴定、查封扣押物证等取证的手段和措施规定了相应的条件和程序，以保证证据收集工作的合法性。只有严格地按照法定程序收集证据，才能取到既合法又具证明力的证据，为分析案情、认定责任、作出处罚提供确凿可靠的证据。

（二）尊重客观，全面收集

证据是客观存在的事实，收集证据必须尊重客观事实，一定要从案件的实际情况出发，尊重客观事实，实事求是地去收集客观存在的证据材料，既不能不按照证据的本来面目如实地加以收集，更不可脱离实际情况，从主观想象出发，臆造出一个框框，然后带着这个框框去进行调查，收集证据，这样收集的证据不仅是片面的，也往往是不真实的。如果依据这种证据来分析案情、认定责任、作出处罚，往往会造成错误的、不恰当的行政处罚，甚至引起行政复议、行政诉讼。

收集证据还必须全面。所谓全面收集证据就是要从收集证据的范围和内容上出发，应当收集能够全面反映案件真实情况的一切证据材料。只有全面收集证据，才能查清查明违法行为的全部事实，对整个违法行为才能有一个客观、全面的认识，才能在客观、全面、确凿的证据基础上准确定性。只有全面地收集证据，才能避免孤证定性，做到证据之间相互印证，形成一个完整的证据体系，为准确作出行政处罚奠定坚实有力的基础。

（三）注重时效，及时收集

收集证据是一项时效性很强的工作，必须注重时效，力求做到积极主动，及时收集。安全生产行政执法人员接到举报案件或发生安全生产伤亡事故后，应当及时进行调查取证，特别是工矿企业伤亡事故，抓住事故发生不久，事故现场未遭破坏，痕迹比较明显，有关当事人记忆犹新的有利时机，及时展开调查，收集证据。这样才能发现和获得充分、确凿的证据。又如一些矿山企业，宕面开采处于经常变化的动态中，掏底扩壳爆破等违法开采行为，发现后只有及时地调查取证，才能固定证据，如果行动迟缓，往往被当事人破坏，无法取得充分、确凿的证据，以致造成证据不足，导致违法事实难于认定。

（四）深入调查，细致收集

证据收集不仅要做到全面，而且要深入、细致，前者是从证据收集的广度上来讲的，后者则从证据收集的深度方面来说的。收集证据本身是一项十分琐碎、复杂的调查研究工作，因此，要做到深入调查，细致收集。尤其是收集生产安全事故证据的过程中，要认真细致地进行事故现场勘查，从而及时提取、固定与事故发生有关的一切物品和痕迹；对每一位当事人都要做耐心、细致的思想工作，消除其思想顾虑，促使其提供真实可靠的证言；对证人的询问一定要问得深、问得细，尽量做到详细、具体，决不可放过任何疑点和微小的痕迹。

（五）运用科学，检测收集

收集证据不仅是一项法律性很强的工作，也是一项专业性很强的工作，在收集证据过程中，经常会遇到一些很复杂的情况和专业技术性问题，如果单靠安全生产行政执法人员的经验和知识，是很难取得具有充分说服力的证据，因此，要运用科学，可以聘请有关方面的专家和技术人员进行现场勘查和技术分析，出具技术分析报告，也可以请有资质的技术检测机构进行检验检测，提供检测报告，取得证据，进一步佐证违法事实。

二、收集证据的主要方法

《安全生产违法行为行政处罚办法》第二十二条规定："除依照简易程序当场作出的行政处罚外，安全监管监察部门发现生产经营单位及其有关人员有应当给予行政处罚的行为的，应当予以立案，填写立案审批表，并全面、客观、公正地进行调查，收集有关证据。"安全生产行政处罚中收集证据的活动，主要是通过调查进行的。调查过程就是查明违法事实，收集证据。

根据《行政处罚法》和安全生产有关法律、法规、规章的规定，安全生产监督管理部门有权采用相应的法定措施收集证据。这些措施主要有：检查、询问、勘验、鉴定、抽样取证、先行登记保存等。其中检查、询问、抽样取证和先行登记保存，是安全生产行政处罚中收集证据的主要方法。

（一）安全检查

安全检查，是指安全生产监督管理部门行政执法人员依法对生产经营单位可能存在的安全生产违法行为的场所当场进行检查，并对检查情况制作现场检查记录。现场检查记录经核实后作为行政处罚中的重要证据之一。

《安全生产法》第五十六条规定："负有安全生产监督管理职责的部门依法对生产经营单位执行有关安全生产的法律、法规和国家标准或者行业标准的情况进行监督检查，行使以下职权：进入生产经营单位进行检查，调阅有关资料，向有关单位和人员了解情况。"对生产经营单位进行安全检查中发现的违法情况，应当及时记录，对有证据意义的文件资料和物品应及时提取或封存。

在进行检查中收集证据时，应当注意如下两点。

（1）检查应当有很强的目的性和针对性，不得滥用检查权，不得影响生产经营单位正常的生产经营活动，不得泄漏技术和业务秘密。

（2）安全检查时应当通知被检查单位负责人或安全管理人员到场，在检查过程中发现的违法情况应当及时准确、客观地记录下来，当场制作现场检查记录，并经被检查单位负责人或安全管理人员核实签名。

（二）询问

询问是指安全生产监督管理部门行政执法人员依法对被调查人（违法嫌疑人、受害人、证人），就违法行为实施过程和有关情况进行询问了解，并当场制作询问笔录（调查笔录）。询问笔录一经核实签名，就成为安全生产监督管理部门实施行政处罚以及日后行政复议、行政诉讼的重要证据。

《安全生产违法行为行政处罚办法》第二十四条规定："进行案件调查时，安全生产行政执法人员不得少于两名。当事人或者有关人员应当如实回答安全生产行政执法人员的询问，并协助调查或者检查，不得拒绝、阻挠或者提供虚假情况。询问或者检查应当制作笔录。"因此，安全生产行政执法人员在询问有关人员时应当注意如下几点。

（1）询问前应当做好充分准备，熟悉案情，拟订询问计划，通过询问能够全面、客观地掌握案情，取得证据。

（2）询问被询问人时应当个别进行，不能把被询问人召集在一起，以座谈会的形式进行。

（3）执法人员不得向被询问人透露案情，不能表示自己对案件的倾向性意见，不能引导、暗示被询问人的陈述方向，严禁使用威胁、引诱和其他违法手段进行询问。

（4）询问内容如果涉及国家秘密、商业秘密以及个人隐私，执法人员应当注意保密。

（5）询问笔录要尽量忠实于被询问人的愿意，尽可能记录被询问人的原话，在文字记录的同时，也可以根据需要录音、录像。

（三）抽样取证

抽样取证，又称抽样检查，是指安全生产监督管理部门为查明是否有违法行为，从成批物品中采集部分样品进行检测，从而证明整体情况的一种方法。抽样取证通常用于对物品的检查，如危险化学品等，由于抽样取证的方法简便易行，对当事人的权益影响不大，因而《行政处罚法》第三十六条明确规定"行政机关在收集证据时。可以采取抽样取证的方法。"《安全生产违法行为行政处罚办法》第二十六条也作了相应规定："安全生产行政执法人员在收集证据时，可以采取抽样取证的方法"。但行政执法人员在抽样取证时应当注意以下几点。

（1）抽样取证应当采取随机的方式抽取，以保证抽样取证的科学性。抽样样品的数量以能够认定本批物品的品质特性为限。

（2）对抽取的样品应当及时进行检验检测。经检验检测，能够作为证据使用的，应当及时采取证据保全措施。不能作为证据的，应当及时返还样品。

（3）为了保证证据的证明力，抽样取证时，应当由被抽样取证单位负责人或者其他见证人到场，并当场开具抽样取证凭证。

（4）抽样取证凭证文书上要加盖采取抽样取证措施的安全生产监督管理部门

印章。

（四）先行登记保存

先行登记保存，是指安全生产监督管理部门对可能灭失或者以后难以取得的证据，依法先行加以登记和保存的措施。先行登记保存，是一种证据保全方法，对于安全生产监督管理部门及时收集证据具有十分重要的意义。《行政处罚法》和《安全生产违法行为行政处罚办法》，对先行登记保存措施都作了明确的规定，在证据可能灭失或者以后难以取得的情况下，经本单位负责人批准，可以先行登记保存，并应当在 7 日内作出处理决定。因此，安全生产行政执法人员在实施先行登记保存措施时，应当注意掌握以下几点。

（1）必须是在证据可能灭失或者以后难以取得的情况下，才可以采取先行登记保存措施。

（2）实施先行登记保存措施，必须经安全生产监督管理部门负责人批准。

（3）先行登记保存的对象必须是与案件有关的证据，对当事人与案件无关的物品，不能采取先行登记保存措施。

（4）安全生产监督管理部门在采取先行登记保存措施后，必须在 7 日内及时作出处理决定，超过这个期限，证据登记保存措施自行解除。

（5）证据登记保存通知书上要加盖采取先行登记保存措施的安全生产监督管理部门印章。

行政执法人员在收集证据时，必须严格按照法定的程序进行，在进行调查或者检查时，执法人员应当不得少于两人，并应当主动向当事人或者有关人员出示《行政执法证》或《安全生产监察员证》证件，表明身份，做到文明执法。

第九章　安全生产行政处罚的执行

第一节　行政处罚执行的基本原则

安全生产行政处罚的执行程序，是指安全生产监督管理部门保证行政处罚决定所确定的内容得以实现的程序。行政处罚决定一旦作出并送达后，就具有法律效力，行政处罚决定中所确定的义务必须得到履行。否则，行政处罚决定就没有任何意义。只有确保行政处罚决定的内容得以实现，才能够严厉打击安全生产违法行为，确保安全生产监督管理工作的正常秩序。因此，行政处罚的执行必须遵循下列原则：

一、自觉履行原则

安全生产行政处罚决定是安全生产监督管理部门依据违法事实和法律规范，并按法定程序作出的具有法律效力的行政行为。当事人必须按照行政处罚决定规定的内容和履行义务的方式在履行期限内，应当自觉予以履行。《安全生产违法行为行政处罚办法》第五十八条规定："行政处罚决定依法作出后，当事人应当在行政处罚决定的期限内，予以履行。"

当事人对行政处罚决定的履行，一是应当自觉履行，以自己的实际行动来履行行政处罚决定所确定的义务；二是应该及时履行，当事人应当依照行政处罚决定中所载明的履行期限及时履行行政决定；三是应当全面履行，当事人应当全面履行行政处罚决定，而不能只履行行政处罚决定内容的一部分。比如，安全生产监督管理部门对当事人作出罚款并责令停产停业整顿的行政处罚决定的，当事人仅缴纳了罚款而没有停产停业整顿的，就是没有完全履行行政处罚决定。

二、申诉不停止执行原则

《行政处罚法》第四十五条规定："当事人对行政处罚决定不服申请行政复议或者提起行政诉讼的，行政处罚不停止执行，法律另有规定的除外。"《安全生产违法行为行政处罚办法》第五十八条也作出了与《行政处罚法》相同的规定。因此，当事人对行政处罚不服申请行政复议或者提起行政诉讼的，行政处罚不停止执行。例如，安全生产监督管理部门对某企业的安全生产违法行为作出罚款 30000 元的行政处罚决定，该企业不服而向行政复议机关申请复议或向人民法院提起行政诉讼。这是该企业依法享有的合法权利，但是该企业不能因为申请行政复议或提起行政诉讼而不缴纳罚款，行政处罚决定确定的缴纳罚款的期限也不因该企业申请行政复议或提起行政诉讼而中止或延期。如果该企业在行政处罚确定的期限内没有履行缴纳罚款的义务，安全生产监督管理部门可以采取措施强制执行。

当事人申请行政复议或者提起行政诉讼的行政处罚不停止执行的规定，是行政处罚决定的法律效力所决定的。行政处罚决定一经依法作出，即发生法律效力，即具有确定力、拘束力和执行力。在复议机关或人民法院依照法定的程序予以变更或撤销之前，行政处罚决定都是被推定为合法有效的，当事人应当履行。

当事人申请行政复议或者提起行政诉讼的行政处罚不停止执行的规定，也是为了保证行政效率，维护行政管理活动的连续性和时效性，也可以防止当事人通过申请行政复议或提起行政诉讼来拖延或者逃避履行行政处罚所确定的义务。如果行政处罚可以因申请行政复议或者提起行政诉讼而停止执行，那么就可能在行政复议或者行政诉讼情况较多时，整个行政管理活动陷入无序状态。行政处罚决定作出后，如果因当事人申请行政复议或者提起行政诉讼而停止执行，那么行政违法行为就得不到及时有效制止，当事人的违法状态仍然继续存在，公共利益和其他公民、法人和组织的合法权益就不能得到及时有效的保护。

三、罚缴相分离原则

决定罚款机关与收缴罚款机构分离，是指安全生产监督管理部门作出罚款决定以后，不得自行收缴罚款，而是由被处罚人在规定的期限内，直接到指定的银行缴纳罚款并由银行开具收款凭证的制度。

我国公安部、财政部、中国人民银行于 1995 年 10 月 12 日联合发布了《关于改革交通违章罚款交纳办法的通知》，率先在交通管理领域实行了罚缴分离制度。我国借鉴了其他国家罚缴分离的有益经验和我国一些行政部门的做法，为了从根本上制止行政机关受经济利益驱动而进行罚款，遂将罚缴分离作为一项制度加以规定。在《行政处罚法》第四十六条中规定了作出罚款决定的行政机关应当与收缴罚款的机构分离，并对银行收缴的范围和基本程序作出了规定。第六十三条规定："本法第四十六条罚款决定与罚款收缴分离的规定，由国务院制定具体实施办法。"国务院根据这一规定，于 1997 年 11 月 17 日制定了《罚款决定与罚款收缴分离实施办法》，比较具体地规定了罚款决定机关与罚款收缴机构分离的实施办法。也就是罚款的行政处罚决定由法定的享有行政处罚权的行政机关作出，而罚款的收缴则由法定的专门机构负责。

第二节　行政处罚决定的送达

安全生产监督管理部门按照一般程序或者听证程序作出的安全生产行政处罚决定书，应当依照《中华人民共和国民事诉讼法》所规定的送达方式将行政处罚决定书送达给当事人。行政处罚决定书自送达当事人之日起发生法律效力。送达行政处罚决定书既是安全生产监督管理部门作出行政处罚决定的最后程序，也是行政处罚决定开始执行的初始程序。

安全生产监督管理部门送达行政处罚决定书，应当采取以下方式。

一、直接送达

《行政处罚决定书》应当由安全生产监督管理部门执法人员向当事人宣告，并在宣告后当场交给当事人。送达时，如当事人不在场的，按照《中华人民共和国民事诉讼法》的有关规定，将《行政处罚决定书》于七日内送达当事人。

直接送达时，应注意下列事项。

（1）送达《行政处罚决定书》时，应当由两名行政执法人员，并必须有《行政处罚送达回执》，由受送达人在《行政处罚送达回执》上注明收到日期，签名或者盖章。受送达人在《行政处罚送达回执》上签收日期即为送达日期。

（2）受送达人为公民的，本人不在时，可以将《行政处罚决定书》交与其同住的成年家属签收，并由其在《行政处罚送达回执》上注明收到日期，签名或者盖章。

（3）受送达人为法人、经营单位或者其他组织的，应将《行政处罚决定书》送交法定代表人或者负责人，或者该法人、其他组织的收发部门签收，并由其在《行政处罚送达回执》上注明收到日期，签名或者盖章。

（4）受送达人已向安全生产监督管理部门指定代收人的，应当将《行政处罚决定书》送交代收人签收，并由代收人在《行政处罚送达回执》注明收到日期，签名或者盖章。

二、留置送达

被处罚当事人如果拒绝签收《行政处罚决定书》时，送达人应当邀请当地乡镇政府、街道办事处或当地居民委、村民委员会等有关基层组织或者受送达人所在单位的代表到场，说明情况，在《行政处罚送达回执》上注明拒收的事由和日期，由送达人、见证人签名或者盖章，将《行政处罚决定书》留在当事人的住处或者收发部门。

三、委托送达

直接送达有困难的，可以委托当地安全生产监督管理部门进行送达，受委托单位接受委托后应立即将《行政处罚决定书》直接送达受送达人，以受送达人在《行政处罚送达回执》上的签收日期为送达日期。

四、邮寄送达

直接送达有困难的，安全生产监督管理部门可指派专人将《行政处罚决定书》

直接交付邮局挂号寄给受送达人，挂号回执上注明的收到日期即为送达日期。

五、公告送达

受送达人下落不明，或者采取上述几种送达方式无法送达的，安全生产监督管理部门可以公告，自公告发布之日起六十日后，即视为送达。

第三节 行政处罚执行的方式

行政处罚的执行，是将行政处罚决定书所确定的行政处罚内容付诸实施的行为。

安全生产行政处罚决定书一经送达，就具有法律效力，行政处罚决定中所确定的义务必须得到履行。行政处罚的执行是行政处罚的一个重要环节，如果行政处罚决定书所载明的内容得不到实现，那么行政处罚也就失去了其最终的意义。根据《行政处罚法》和《安全生产违法行为行政处罚办法》的有关规定，安全生产行政处罚的执行有如下几种方式。

一、自动履行

自动履行是指当事人在没有外力强迫的前提下，自觉、主动地履行行政处罚决定书上所确定的义务。行政处罚决定书依法作出，送达当事人后就发生法律效力，对当事人就产生约束力、确定力和执行力，并依法具有保证实施的强制力。当事人应当按照行政处罚决定书规定的内容和期限自觉履行。如果当事人对行政处罚决定不服的，可以依法申请行政复议或者提起行政诉讼，但在行政复议和行政诉讼期间，不停止行政处罚决定的执行，法律另有规定的除外。

二、罚款的收缴

《行政处罚法》对罚款处罚的执法作了详细的规定，并确立了作出罚款决定的行政机关应当与收缴罚款的机构分离的原则。除依法可以当场收缴的罚款外，一切行政处罚实施主体不得自行收缴罚款，只能开具罚款决定书，由当事人到指定的银行缴纳罚款。规定对当事人作出罚款处罚的，应由当事人自收到行政处罚决定书之日起 15 日内，到指定的银行缴纳罚款。银行应当收受罚款，并将罚款统一上缴国库。

作为罚缴分离原则的例外，《行政处罚法》也规定了当场收缴罚款的具体要求，这样的规定是基于提高行政执法效率的考虑，保证特殊情况下行政处罚执法的有效性。规定有下列三种情形之一的。行政执法人员可以当场收缴罚款。

（1）依法给予 20 元以下罚款的。安全生产监督管理部门行政执法人员根据简易程序对当事人的违法行为当场实施罚款，如果罚款数额在 20 元以下的，则可以当场收缴罚款。

(2) 不当场收缴事后难以执行的。如当场处罚罚款时，当事人无有效身份证件证明其有固定工作单位和固定收入者，都属于不当场收缴事后难以收缴的情况。

(3) 在边远、水上、交通不便地区，当事人向指定的银行缴纳罚款确有困难，经当事人提出的，行政执法人员可以当场收缴罚款。

安全生产监督管理部门及其执法人员当场收缴罚款的，必须向当事人出具省、自治区、直辖市财政部门统一制发的罚款收据，不出具财政部门统一制发的罚款收据的，当事人有权拒绝缴纳罚款；执法人员当场收缴的罚款，应当自收缴罚款之日起2日内，交至行政机关。在水上当场收缴的罚款，应当自抵岸之日起2日内交至行政机关；行政机关应当在2日内将罚款缴付指定的银行。

三、暂缓或者分期缴纳罚款

当事人确有经济困难，需要延期或者分期缴纳罚款的，当事人应当向作出罚款决定的安全生产监督管理部门提出申请，说明理由，由安全生产监督管理部门进行审查，如果情况确实，安全生产监督管理部门应当批准其暂缓或者分期缴纳。安全生产监督管理部门批准暂缓或者分期缴纳罚款的，应当制作决定书，在决定书中，注明暂缓缴纳罚款的日期或者分期缴纳罚款的不同期次和时间。

四、强制执行

行政处罚的强制执行是指当事人逾期不履行行政处罚决定，作出行政处罚决定的行政机关可以采取的措施。所谓逾期不履行，包括三种情况：一是当事人接到罚款决定书后15日内，既不申请行政复议，也不提起行政诉讼，又不按时履行行政处罚决定的；二是当事人接到行政处罚决定书后，在规定的期限内申请行政复议，但在接到行政复议决定书后15日内，既不提起行政诉讼，又不按时履行行政复议决定或原行政处罚决定的；三是人民法院判决维持安全生产监督管理部门的行政处罚决定，当事人仍不按时履行行政处罚决定的。安全生产监督管理部门可以采取下列强制措施，迫使当事人履行义务。

(1) 到期不缴纳罚款的，每日按罚款数额的3％加处罚款；

(2) 根据法律规定，将查封、扣押的设施、设备、器材拍卖所得价款或者将冻结的存款划拨抵缴罚款；

(3) 依法申请人民法院强制执行。

行政处罚的强制执行，是保证行政处罚实施主体的行政处罚决定得以实现的阶段，关系到行政处罚实施主体的威信和法律的严肃性，应当认真对待，依法进行。特别是依法没收的非法财物，除依法应当予以销毁的物品外，必须按照国家规定公开拍卖或者国家有关规定处理。

销毁物品，按照国家有关规定处理；没有规定的，经县级以上安全生产监督管理部门负责人批准，由两名以上安全生产监察人员监督销毁，并制作销毁记录。处理物品，应当制作清单。

罚款、没收违法所得或者非法财物拍卖的款项，必须按照有关规定上缴，任何单位和个人不得挪用、截留、坐支、私分或者变相私分。否则，将追究法律责任。

行政处罚的执行无论是自动履行还是采取强制执行的措施，都应当制作执行笔录，载明执行的时间、经过和执行的程序等，随同其他行政处罚法律文书存于行政处罚案卷内。

第四节　安全生产行政处罚的备案与结案

一、行政处罚案件的备案

实施行政处罚的安全生产监督管理部门，应当按照《安全生产违法行为行政处罚办法》的规定，做好行政处罚案件的备案工作。

（1）县级安全生产监督管理部门处以 2 万元以上罚款、没收违法所得、没收非法生产的煤炭产品或者采掘设备价值 2 万元以上、责令停产停业、停止建设、停止施工、停产停业整顿、撤销有关资格、岗位证书或者吊销有关许可证的行政处罚的，应当自作出行政处罚决定之日起 10 日内报设区的市级安全生产监督管理部门备案。

（2）设区的市级安全生产监督管理部门、煤矿安全监察分局处以 5 万元以上罚款、没收违法所得、没收非法生产的煤炭产品或者采掘设备价值 5 万元以上、责令停产停业、停止建设、停止施工、停产停业整顿、撤销有关资格、岗位证书或者吊销有关许可证的行政处罚的，应当自作出行政处罚决定之日起 10 日内报省级安全监管监察部门备案。

（3）省级安全监管监察部门处以 10 万元以上罚款、没收违法所得、没收非法生产的煤炭产品或者采掘设备价值 10 万元以上、责令停产停业、停止建设、停止施工、停产停业整顿、撤销有关资格、岗位证书或者吊销有关许可证的行政处罚的，应当自作出行政处罚决定之日起 10 日内报国家安全生产监督管理总局或者国家煤矿安全监察局备案。

（4）对上级安全监管监察部门交办案件给予行政处罚的，由决定行政处罚的安全监管监察部门自作出行政处罚决定之日起 10 日内报上级安全监管监察部门备案。

二、行政处罚案件的结案立卷

安全生产行政处罚案件的结案，是指行政执法人员依法完成调查、处罚、执行等程序后，相对于立案而进行结案。但对安全生产行政处罚案件的结案期限，《安全生产违法行为行政处罚办法》第 31 条作了明确规定："行政处罚案件应当自立案之日起 30 日内办理完毕；由于客观原因不能完成的，经安全监管监察部门负责人同意，可以延长，但不得超过 90 日；特殊情况需要进一步延长的，应当经上一级安全监管监察部门批准，可延长至 180 日。"因此，行政执法人员应当严格按照规定期限办理完毕行政处罚案件，符合下列情形之一的，应当予以结案：

（1）行政处罚决定执行完毕的；

（2）经人民法院判决或者裁定执行的；

（3）免予行政处罚或者不予行政处罚的。

安全生产行政处罚案件结案以后，行政执法人员应当将案件所有材料编目分类、装订成册、立卷归档、集中保管。案卷立案归档后，任何单位和个人不得擅自增加、抽取、涂改和销毁案卷材料。未经安全生产监督管理部门负责人批准，任何单位和个人不得借阅案卷。

第十章 安全生产行政执法文书

第一节 安全生产行政执法文书的概念和特点

一、安全生产行政执法文书的概念

安全生产行政执法文书是行政执法文书中的一种，因此，要明确安全生产行政执法文书的含义，首先应当了解行政执法文书的含义。行政执法文书是指行政执法机关在执行法律、法规活动中，依照特定的格式，经过一定的处理程序所制成和使用的书面文件。安全生产行政执法文书则是指安全生产监督管理部门在执行安全生产法律、法规过程中，依照法定职权，按照特定的格式，依照法定程序制作的、用于执法活动的法律文书。

在安全生产行政执法实践中，安全生产行政执法文书是安全生产行政执法行为的具体体现，是监察执法行为的真实记录。任何一项安全生产行政执法活动，从开始发现违反安全生产法律法规的行为，到立案审批、调查取证、作出行政处罚决定、送达直至最后执行结案，都是有安全生产执法文书体现的。如果没有执法文书，执法工作就很难开展，因此，执法文书在安全生产行政执法中具有极其重要的意义。它不但是安全生产行政执法活动的载体和凭证，保证行政执法活动顺利开展的工具，还具有规范安全生产行政执法行为的作用。严格按照有关规定制作、使用执法文书，可以促使行政执法人员按照执法文书要求的项目和内容逐项逐步完成对安全生产违法行为的查处工作，使安全生产行政执法过程更加规范，有利于行政执法水平的提高。

二、安全生产行政执法文书的特点

安全生产监督管理部门依法进行监督检查，受理和调查核实有关事故隐患和安全生产违法行为的报告和举报，查处各类安全生产违法行为，均会涉及执法文书的使用。为正确地制作和使用执法文书，应当首先了解和掌握安全生产行政执法文书的特点，这对于安全生产行政执法人员依法办事，规范执法行为，保证行政执法的严肃性、公正性，具有十分重要的意义。

从执法文书的概念和属性来看，安全生产行政执法文书主要具有如下特点。

（一）程式性

从行政执法文书的形式上看，它具有明显的程式化特点。这种程式化特点的形成，主要在于执法文书的实用性，安全生产监督管理过程中，行政执法文书使用的频率极高，经常性的行政执法使行政执法文书形成了相对稳定的格式，主要体现在结构固定和用语固定两个方面。

（二）规范性

在行政执法实践中，相关执法文书的写作内容都有相应的规范性要求。不仅各个部分总体上有规范性要求，而且，其中每一部分的内容，也有相应的规范性要求，这些规范性要求大多数是由法律法规规定的。执法文书制作者在依法制作行政执法文书时，应当按照规范性的要求制作。

（三）约束性

行政执法文书是为具体实施法律而制作的，因而具有非常明显的法律约束性。首先要受到实体法和程序法的约束，其次执法文书制作还要履行一定法律手续。

（四）连环性

行政执法文书在具体运用中具有连环性的法律特点。即各个系统或系列的执法文书自成体系，按一定的程序形成的执法文书之间具有一种承接关系，前一执法文书往往可以引出后一执法文书，而后一执法文书是以前一执法文书为基础的。

第二节　安全生产行政执法文书的种类和式样

一、安全生产行政执法文书种类

为了进一步规范安全生产行政执法行为，国家安全生产监督管理总局根据《安全生产法》和《行政处罚法》等法律、行政法规的规定，结合安全生产行政执法实践，在 2002 年 12 月 5 日颁布实施的《安全生产监督检查行政执法文书》的基础上，于 2006 年 12 月 26 日重新研究制定了《安全生产行政执法文书（式样）》，并规定自 2007 年 1 月 1 日起使用。该执法文书（式样）包括安全生产行政执法工作中 36 种文书，并以执法工作通常的使用顺序为基础进行编号：

1. 立案审批表
2. 询问通知书
3. 询问笔录
4. 勘验笔录
5. 抽样取证凭证
6. 先行登记保存证据审批表
7. 先行登记保存证据通知书

8. 先行登记保存证据处理审批表

9. 先行登记保存证据处理决定书

10. 现场检查记录

11. 责令改正指令书

12. 整改复查意见书

13. 强制措施决定书

14. 鉴定委托书

15. 行政处罚告知书

16. 当事人陈述申辩笔录

17. 听证告知书

18. 听证会通知书

19. 听证笔录

20. 听证会报告书

21. 案件处理呈批表

22. 行政处罚集体讨论记录

23. 行政（当场）处罚决定书（单位）

24. 行政（当场）处罚决定书（个人）

25. 行政处罚决定书（单位）

26. 行政处罚决定书（个人）

27. 罚款催缴通知书

28. 延期（分期）缴纳罚款审批表

29. 延期（分期）缴纳罚款批准书

30. 文书送达回执

31. 强制执行申请书

32. 结案审批表

33. 案件移送审批表

34. 案件移送书

35. 案卷首页

36. 卷内目录

二、安全生产行政执法文书式样

安全生产行政执法文书

立案审批表

（　　）安监管立字〔　　〕第（　　）号

案由＿＿＿＿＿＿＿＿＿＿＿＿＿＿＿＿＿＿＿＿＿＿＿＿＿＿＿＿＿

案件来源＿＿＿＿＿＿＿＿＿＿＿＿＿＿＿＿＿＿时间＿＿＿＿＿＿＿＿＿

案件名称＿＿＿＿＿＿＿＿＿＿＿＿＿＿＿＿＿＿＿＿＿＿＿＿＿＿＿＿＿

当事人＿＿＿＿＿＿＿＿＿＿＿＿＿＿＿＿＿＿电话＿＿＿＿＿＿＿＿＿＿＿

当事人基本情况＿＿＿＿＿＿＿＿＿＿＿＿＿＿＿＿＿＿＿＿＿＿＿＿＿＿

当事人地址＿＿＿＿＿＿＿＿＿＿＿＿＿＿＿＿邮政编码＿＿＿＿＿＿＿＿＿

案件基本情况：
承办人意见： 承办人（签名）：＿＿＿＿＿　证号：＿＿＿＿＿＿ 　　　　　　　　　　　　证号：＿＿＿＿＿＿　　　　年　月　日

审核意见： 　　审核人（签名）： 　　　　　　年 月 日	审批意见： 　　审批人（签名）： 　　　　　　年 月 日

安全生产行政执法文书

询问通知书

（　　）安监管询字〔　　〕第（　　）号

_____：

因_____，请你

于_____年___月___日___时到_____接受询问调

查，来时请携带下列证件材料（见打√处）：

☐身份证

☐营业执照

☐法定代表人身份证明或者委托书

☐_____

_____

_____

_____

如无法按时前来，请及时联系。

安全生产监督管理部门地址：_____

联系人：_____　　联系电话：_____

安全生产监督管理部门（公章）

年　　月　　日

本文书一式两份：一份由安全生产监督管理部门备案，一份交被询问人。

安全生产行政执法文书
询问笔录

询问时间_____年__月__日__时__分至__月__日__时__分　　第_____次询问

询问地点_____

被询问人姓名_____性别_____年龄_____身份证号_____

工作单位_____职务_____

住址_____电话_____

询问人_____单位及职务_____

记录人_____单位及职务_____

在场人_____

　　我们是_____安全生产监督管理局的执法人员_____、_____，证件号码为_____、_____，这是我们的证件（出示证件）。我们依法就_____的有关问题向您了解情况，您有如实回答问题的义务，也有陈述、申辩和申请回避的权利。您听清楚了吗？

　　询问记录：_____

_____

_____

_____

_____

_____

_____

_____

_____

_____

询问人（签名）：　　　　　　　　　　　　记录人（签名）：

被询问人（签名）：　　　　　　　　　　　　　年　月　日

续页

询问人（签名）：　　　　　　　　　　记录人（签名）：

被询问人（签名）：　　　　　　　　　年　月　日

安全生产行政执法文书

勘验笔录

（　　）安监管勘字〔　　〕第（　　）号

勘验时间_____年___月___日___时___分至___月___日___时___分

勘验场所_____天气情况_____

勘验人_____单位及职务_____

勘验人_____单位及职务_____

当事人_____单位及职务_____

当事人_____单位及职务_____

被邀请人_____单位及职务_____

记录人_____单位及职务_____

  我们是_____安全生产监督管理局的执法人员_____、_____，证件号码为_____、_____，这是我们的证件（出示证件）。现依法进行勘验检查，请予以配合。

  勘验情况：_____

_____

_____

_____

_____

_____

_____

_____

勘验人（签名）：_____　　勘验人（签名）：_____

当事人（签名）：_____　　联系方式：_____

当事人（签名）：_____　　联系方式：_____

被邀请人（签名）：_____　　记录人（签名）：_____

本页填写不下的内容或需绘制勘验图的，可另附页。　　共　　页　第　　页

安全生产行政执法文书

抽样取证凭证

（　　）安监管抽字〔　　〕第（　　）号

被抽样取证单位_____现场负责人_____

单位地址_____联系电话_____邮编_____

抽样取证时间_____年___月___日___时___分至___月___日___时___分

抽样地点_____

依据《中华人民共和国行政处罚法》第三十七条第二款规定，对被抽样取证单位的下列物品进行抽样取证。

序号	证 据 物 品 名 称	规 格 及 批 号	数量

被抽样取证单位现场负责人（签名）：_____

安全生产监管执法人员（签名）：_____证号：_____

　　　　　　　　　　　　　　　_____证号：_____

安全生产监督管理部门（公章）

年　　月　　日

本文书一式两份：一份由安全生产监督管理部门备案，一份交被抽样取证单位。

安全生产行政执法文书

先行登记保存证据审批表

案件名称：_____

当事人及基本情况	
案件基本情况	
证据名称及数量	
提请理由及依据	
保存方式	
承办人意见： 承办人(签名)：	年　　月　　日
部门负责人意见： 负责人(签名)：	年　　月　　日
机关负责人意见： 负责人(签名)：	年　　月　　日

安全生产行政执法文书

先行登记保存证据通知书

（　　）安监管先保通字〔　　〕第（　　）号

_____：

　　你（单位）涉嫌_____行为。为确保调查取证工作，依据《中华人民共和国行政处罚法》第三十七条第二款的规定，本行政机关决定对你（单位）的有关证据（证据名称、数量等详见附后清单）采取先行登记保存措施。

注意事项：

　　1. 对先行登记保存的证据，本行政机关将在七日内依法作出处理决定。请你（单位）于_____年____月____日到_____接受对先行登记保存证据的处理决定。

　　2. 对就地先行登记保存的证据，在本行政机关作出处理决定前，你（单位）负有妥善保管的义务，不得有短缺、灭失、损毁或擅自移动等改变证据物品的任何行为。

　　3. 请核对证据清单后，签字确认。

安全生产监督管理部门（公章）
年　月　日

被通知人或被通知单位负责人（签名）：_____

本文书一式两份：一份由安全生产监督管理部门备案，一份交被取证人（单位）。

先行登记保存证据清单

序号	证据名称	规格型号	产地	成色（品级）	单位	价格	数量	备注

上述物品经核无误。

物品所有人（签名）：＿＿＿＿＿＿＿＿＿

承办人（签名）：＿＿＿＿＿＿＿＿＿

承办人（签名）：＿＿＿＿＿＿＿＿＿

年　月　日

安全生产行政执法文书

先行登记保存证据处理审批表

案件名称：_____

当事人及基本情况	
案件基本情况	
证据名称及数量	
提请理由及依据	
承办人意见： 承办人（签名）：　　　　　　　　　　　　年　　月　　日	
部门负责人意见： 负责人（签名）：　　　　　　　　　　　　年　　月　　日	
机关负责人意见： 负责人（签名）：　　　　　　　　　　　　年　　月　　日	

安全生产行政执法文书

先行登记保存证据处理决定书

（　　）安监管先保处字〔　　〕第（　　）号

_____：

　　本机关于_____年____月____日对你（单位）的_____

_____

等物品进行了先行登记保存〔文号：（　）安监管先保通字〔　〕第（　）号〕。现依法对上述物品作出如下处理：_____

_____

_____

_____

_____

_____

_____

_____

_____

_____

_____

_____

_____

_____。

安全生产监督管理部门（公章）

年　　月　　日

本文书一式两份：一份由安全生产监督管理部门备案，一份交被取证单位。

安全生产行政执法文书

现场检查记录

被检查单位：_____

地址：_____

法定代表人（负责人）：_____职务：_____联系电话：_____

检查场所：_____

检查时间：_____年___月___日___时___分至___月___日___时___分

　　我们是_____安全生产监督管理局执法人员_____、_____，证件号码

为_____、_____，这是我们的证件（出示证件）。现依法对你单位进行现场

检查，请予以配合。

　　检查情况：_____

_____

_____

_____

_____

_____

_____

_____

_____

_____

_____

_____

_____

_____

检查人员（签名）：_____、_____

被检查单位现场负责人（签名）：_____

年　　月　　日

安全生产行政执法文书

责令改正指令书

（　　）安监管责改字〔　　　〕第（　　）号

_____：

　　经查，你单位存在下列问题：

1._____

_____

2._____

_____

3._____

_____

4._____

_____（此栏不够，可另附页）。

　　现责令你单位对上述第_____项问题立即整改；对第_____项问题于_____年____月____日前整改完毕。逾期不整改的，依法给予行政处罚；由此造成事故的，依法追究有关人员的责任。

安全生产监管执法人员（签名）：_____　证号：_____

　　　　　　　　　　　　　_____　证号：_____

被检查单位负责人（签名）：_____

　　　　　　　　　　　　安全生产监督管理部门（公章）
　　　　　　　　　　　　　　年　　月　　日

本文书一式两份：一份由安全生产监督管理部门备案，一份交被检查单位。

共　　页　第　　页

安全生产行政执法文书

整改复查意见书

（　　）安监管复查字〔　　〕第（　　）号

_____：

　　本机关于_____年___月___日作出了_____

的决定 [（　　）安监管____字〔　　〕第（　　）号]，经对你单位整改情况进行

复查，提出如下意见：

_____

_____

_____

_____

_____

_____

_____

_____。

被复查单位负责人（签名）：_____

安全生产监管执法人员（签名）：_____ 证号：_____

_____ 证号：_____

安全生产监督管理部门（公章）
年　　月　　日

本文书一式两份：一份由安全生产监督管理部门备案，一份交被复查单位。

安全生产行政执法文书

强制措施决定书

（　　）安监管强措字〔　　〕第（　　）号

_____：

我局在现场检查时，发现你单位（现场）存在下列问题：_____

_____

_____

_____

_____

_____

以上存在的问题无法保障安全生产，依据_____

_____，

决定采取以下强制措施：_____

_____

_____

_____

_____

_____

安全生产监督管理部门（公章）

年　　月　　日

本文书一式两份：一份由安全生产监督管理部门备案，一份交被检查单位。

安全生产行政执法文书

鉴定委托书

（   ）安监管鉴字〔   〕第（   ）号

_____：

因调查有关安全生产违法案件的需要，本行政机关现委托你单位对下列物品进行鉴定。

物品名称	规格型号	数量	备注

鉴定要求：

_____

_____

_____

请于   年   月   日前向本行政机关提交鉴定结果。

安全生产监督管理部门（公章）
年   月   日

注：鉴定结果请提出具体鉴定报告书，并由鉴定人员签名或盖章，加盖公章。

安全生产行政执法文书

行政处罚告知书

（　　）安监管罚告字〔　　　〕第（　　）号

_____：

　　经查，你（单位）有_____

_____

_____

_____

_____

_____的行为。

　　以上行为违反了_____

_____

_____

的规定，依据 _____，

拟对你（单位）作出_____

的行政处罚。

　　如对上述处罚有异议，根据《中华人民共和国行政处罚法》第三十一条和第三十二条的规定，你（单位）有权向_____安全生产监督管理部门进行陈述和申辩。

安全生产监督管理部门地址：_____

联系人：_____联系电话：_____邮政编码：_____

安全生产监督管理部门（公章）

年　　月　　日

本文书一式两份：一份由安全生产监督管理部门备案，一份交被处罚当事人。

安全生产行政执法文书

当事人陈述申辩笔录

时间：＿＿＿年＿＿＿月＿＿＿日＿＿＿时＿＿＿分至＿＿＿日＿＿＿时＿＿＿分

地点：＿＿＿＿＿＿＿＿＿＿＿＿＿＿＿＿＿＿＿＿＿＿＿＿＿＿＿＿＿＿＿＿＿

陈述申辩人：＿＿＿＿＿＿＿＿＿　性别：＿＿＿＿＿＿＿　职务：＿＿＿＿＿＿＿＿＿

工作单位：＿＿＿＿＿＿＿＿＿＿＿＿＿＿＿　电话：＿＿＿＿＿＿＿＿＿＿

联系地址：＿＿＿＿＿＿＿＿＿＿＿＿＿＿＿　邮编：＿＿＿＿＿＿＿＿＿＿

承办人：＿＿＿＿＿＿＿＿＿＿＿＿＿＿＿　记录人：＿＿＿＿＿＿＿＿＿＿

　　我们是＿＿＿＿＿＿＿安全生产监督管理局的执法人员＿＿＿＿＿＿＿、＿＿＿＿＿＿＿，证件号码为＿＿＿＿＿＿＿＿＿＿、＿＿＿＿＿＿＿＿＿＿，这是我们的证件（出示证件）。现对＿＿＿＿＿＿＿＿＿＿＿＿＿＿＿＿一案听取你（单位）的陈述申辩。

　　陈述申辩记录：＿＿＿＿＿＿＿＿＿＿＿＿＿＿＿＿＿＿＿

＿＿＿＿＿＿＿＿＿＿＿＿＿＿＿＿＿＿＿＿＿＿＿＿＿＿＿＿＿＿＿＿＿

＿＿＿＿＿＿＿＿＿＿＿＿＿＿＿＿＿＿＿＿＿＿＿＿＿＿＿＿＿＿＿＿＿

＿＿＿＿＿＿＿＿＿＿＿＿＿＿＿＿＿＿＿＿＿＿＿＿＿＿＿＿＿＿＿＿＿

＿＿＿＿＿＿＿＿＿＿＿＿＿＿＿＿＿＿＿＿＿＿＿＿＿＿＿＿＿＿＿＿＿

＿＿＿＿＿＿＿＿＿＿＿＿＿＿＿＿＿＿＿＿＿＿＿＿＿＿＿＿＿＿＿＿＿

＿＿＿＿＿＿＿＿＿＿＿＿＿＿＿＿＿＿＿＿＿＿＿＿＿＿＿＿＿＿＿＿＿

＿＿＿＿＿＿＿＿＿＿＿＿＿＿＿＿＿＿＿＿＿＿＿＿＿＿＿＿＿＿＿＿＿

＿＿＿＿＿＿＿＿＿＿＿＿＿＿＿＿＿＿＿＿＿＿＿＿＿＿＿＿＿＿＿＿＿

陈述申辩人（签名）：＿＿＿＿＿＿＿＿＿＿＿＿＿＿＿＿

承办人（签名）：＿＿＿＿＿＿＿＿＿＿＿＿＿＿＿＿

记录人（签名）：＿＿＿＿＿＿＿＿＿＿＿＿＿＿＿＿

年　　月　　日

共　　页　第　　页

安全生产行政执法文书

听证告知书

（　　）安监管听告字〔　　　〕第（　　）号

＿＿＿＿＿＿＿＿＿＿＿＿＿＿＿＿：

经查，你（单位）有＿＿＿＿＿＿＿＿＿＿＿＿＿＿＿＿＿＿＿＿＿＿＿＿＿＿＿＿＿＿＿

＿＿

＿＿

＿＿

＿＿

＿＿＿＿＿＿＿＿＿＿＿＿＿＿＿＿＿＿＿＿＿＿＿＿＿＿＿＿＿＿＿＿＿＿＿＿＿＿行为。

＿＿

以上行为违反了＿＿＿＿＿＿＿＿＿＿＿＿＿＿＿＿＿＿＿＿＿＿＿＿＿＿的规定，依据

＿＿＿，

拟对你（单位）作出＿＿＿＿＿＿＿＿＿＿＿＿＿＿＿＿＿＿＿＿＿＿＿的行政处罚。

根据《中华人民共和国行政处罚法》第四十二条的规定，你（单位）有要求举行听证的权利。如你（单位）要求举行听证，请在接到本告知书之日起 3 日内向＿＿＿＿＿＿＿＿安全生产监督管理部门提出书面听证申请。逾期不提出申请的，视为放弃听证权利。

特此告知。

安全生产监督管理部门地址：＿＿＿＿＿＿＿＿＿＿＿＿＿＿＿＿＿＿＿＿＿＿＿＿＿＿

联系人：＿＿＿＿＿＿＿　联系电话：＿＿＿＿＿＿＿＿　邮政编码：＿＿＿＿＿＿＿＿

安全生产监督管理部门（公章）

年　　月　　日

本文书一式两份：一份由安全生产监督管理部门备案，一份交被处罚当事人。

安全生产行政执法文书

听证会通知书

（   ）安监管听通字〔   〕第（   ）号

_____：

根据你（单位）申请，关于_____一案，现定于
____年____月____日____时____分在_____
（公开、不公开）举行听证会议，请准时出席。

听证主持人姓名_____职务_____

听证员姓名_____职务_____

听证员姓名_____职务_____

书记员姓名_____职务_____

根据《中华人民共和国行政处罚法》第四十二条规定，你（单位）可以申请听
证主持人回避。

注意事项如下：

1. 请事先准备相关证据，通知证人和委托代理人准时参加。

2. 委托代理人参加听证的，应当在听证会前向本行政机关提交授权委托书等
有关证明。

3. 申请延期举行的，应当在举行听证会前向本行政机关提出，由本行政机关
决定是否延期。

4. 不按时参加听证会且未事先说明理由的，视为放弃听证权利。

特此通知。

安全生产监督管理部门（公章）

年   月   日

安全生产监督管理部门地址：

邮政编码：

联系人：

联系电话：

本文书一式两份：一份由安全生产监督管理部门备案，一份交申请听证人。

安全生产行政执法文书

听证笔录

案件名称_____

主持听证机关_____地点_____

听证时间____年____月____日____时____分至____年____月____日____时____分

主持人_____听证人_____书记员_____

调查人员_____证号_____调查人员_____证号_____

申请听证单位法定代表人姓名_____性别_____年龄_____

工作单位（职务）_____

委托代理人_____性别____年龄____工作单位（职务）_____

委托代理人_____性别____年龄____工作单位（职务）_____

第三人_____

其他参与人员_____

听证记录：_____

_____

_____

_____

_____

_____

_____

_____

_____

_____

_____

申请听证单位法定代表人或其委托代理人（签名）：

主持人（签名）：　　　　　　　书记员（签名）：

　　　　　　　　　　　　　　　　　　　年　　月　　日

续页

申请听证单位法定代表人或其委托代理人（签名）：

主持人（签名）：　　　　　　　　书记员（签名）：

　　　　　　　　　　　　　　　　　　　　年　月　日

本页不够，可另附页。　　　　　　　　　　共　页　第　页

安全生产行政执法文书

听证会报告书

（　　）安监管听报字〔　　〕第（　　）号

案件名称_____

主持人		听证员		书记员	

听证会基本情况摘要：(详见听证会笔录，笔录附后)

主持人意见	
	主持人(签名)： 　　年　月　日
负责人审核意见	
	负责人(签名)： 　　年　月　日

安全生产行政执法文书

案件处理呈批表

（　　）安监管处呈字〔　　〕第（　　）号

案件名称：_____

当事人基本情况	被处罚单位		地址		
	法定代表人		职务	邮编	
	被处罚人		年龄	性别	
	所在单位		单位地址		
	家庭住址		联系电话	邮编	
违法事实及处罚依据					
当事人的申辩意见					
承办人意见	承办人（签名）：_____　_____　　年　月　日				
审核意见	审核人（签名）：　　年　月　日		审批意见	审批人（签名）：　　年　月　日	

安全生产行政执法文书

行政处罚集体讨论记录

案件名称_____

讨论时间____年____月____日____时____分至____年____月____日____时____分

地点_____

主持人_____汇报人_____记录人_____

出席人员姓名及职务：

_____

_____

_____

_____

讨论内容：_____

_____

_____

_____

_____

讨论记录：_____

_____

_____

_____

_____

_____

_____

_____

_____

_____

_____

_____

结论性意见：_____

_____

出席人员签名：_____

_____

安全生产行政执法文书

行政（当场）处罚决定书（单位）

（ ）安监管罚当字〔 〕第（ ）号

被处罚单位：_____

地址：_____ 邮政编码：_____

法定代表人（负责人）：_____ 职务：_____ 联系电话_____

违法事实及证据：_____

_____

_____

_____

_____

_____ （此栏不够，可另附页）

以上事实违反了_____

的规定，依据_____ 的规定，

决定给予_____ 的行政处罚。

罚款的履行方式和期限（见打√处）：

□当场缴纳

□自收到本决定书之日起 15 日内缴至_____，

账号_____，到期不缴每日按罚款数额的 3％加处罚款。

如果不服本处决定，可以依法在 60 日内向_____人民政府或者

_____申请行政复议，或者在三个月内依法向_____人民法院提起

行政诉讼，但本决定不停止执行，法律另有规定的除外。逾期不申请行政复议、不

提起行政诉讼又不履行的，本机关将依法申请人民法院强制执行或者依照有关规定

强制执行。

安全生产监管执法人员（签名）：_____、_____

当事人或委托代理人（签名）：_____

安全生产监督管理部门（公章）

年 月 日

本文书一式两份：一份由安全生产监督管理部门备案，一份交被处罚单位。

安全生产行政执法文书

行政（当场）处罚决定书（个人）

（　　）安监管罚当字〔　　〕第（　　）号

被处罚人：_____ 性别：_____ 年龄：_____ 身份证号：_____

家庭住址：_____、所在单位：_____

职务：_____ 单位地址：_____ 联系电话：_____

　　违法事实及证据：_____

_____

_____

_____

_____

_____（此栏不够，可另附页）

　　以上事实违反了_____

的规定，依据_____的规定，

决定给予_____的行政处罚。

罚款的履行方式和期限（见打√处）：

　　□当场缴纳

　　□自收到本决定书之日起 15 日内缴至_____，

账号_____，到期不缴每日按罚款数额的 3％加处罚款。

　　如果不服本处罚决定，可以依法在 60 日内向_____人民政府或者_____申请行政复议，或者在三个月内依法向_____人民法院提起行政诉讼，但本决定不停止执行，法律另有规定的除外。逾期不申请行政复议、不提起行政诉讼又不履行的，本机关将依法申请人民法院强制执行或者依照有关规定强制执行。

安全生产监管执法人员（签名）：_____、_____

当事人或委托代理人（签名）：_____

安全生产监督管理部门（公章）

年　　月　　日

本文书一式两份：一份由安全生产监督管理部门备案，一份交被处罚人。

安全生产行政执法文书

行政处罚决定书（单位）

（　　）安监管罚字〔　　〕第（　　）号

被处罚单位：＿＿＿＿＿＿＿＿＿＿＿＿＿＿＿＿＿＿＿＿＿＿＿＿＿＿

地址：＿＿＿＿＿＿＿＿＿＿＿＿＿＿邮政编码：＿＿＿＿＿＿＿＿＿＿＿＿

法定代表人（负责人）：＿＿＿＿＿＿＿＿＿职务：＿＿＿＿＿＿联系电话＿＿

　违法事实及证据：＿＿＿＿＿＿＿＿＿＿＿＿＿＿＿＿＿＿＿＿＿＿＿＿＿

＿＿＿＿＿＿＿＿＿＿＿＿＿＿＿＿＿＿＿＿＿＿＿＿＿＿＿＿＿＿＿＿＿＿＿

＿＿＿＿＿＿＿＿＿＿＿＿＿＿＿＿＿＿＿＿＿＿＿＿＿＿＿＿＿＿＿＿＿＿＿

＿＿＿＿＿＿＿＿＿＿＿＿＿＿＿＿＿＿＿＿＿＿＿＿＿＿＿＿＿＿＿＿＿＿＿

＿＿＿＿＿＿＿＿＿＿＿＿＿＿＿＿＿＿＿＿＿＿＿＿＿＿＿＿＿＿＿＿＿＿＿

＿＿＿＿＿＿＿＿＿＿＿＿＿＿＿＿＿＿＿＿＿＿＿（此栏不够，可另附页）

　以上事实违反了＿＿＿＿＿＿＿＿＿＿＿＿＿＿＿＿＿＿＿＿＿＿＿＿＿＿

的规定，依据＿＿＿＿＿＿＿＿＿＿＿＿＿＿＿＿＿＿＿＿＿＿＿的规定，

决定给予＿＿＿＿＿＿＿＿＿＿＿＿＿＿＿＿＿＿＿＿＿＿＿的行政处罚。

　处以罚款的，罚款自收到本决定书之日起 15 日内缴至＿＿＿＿＿＿＿＿＿，

账号＿＿＿＿＿＿＿＿＿＿＿＿＿＿＿＿，到期不缴每日按罚款数额的 3％加处罚款。

　如果不服本处罚决定，可以依法在 60 日内向＿＿＿＿＿人民政府或者

＿＿＿＿＿＿＿＿申请行政复议，或者在三个月内依法向＿＿＿＿＿人民法院提起

行政诉讼，但本决定不停止执行，法律另有规定的除外。逾期不申请行政复议、不

提起行政诉讼又不履行的，本机关将依法申请人民法院强制执行或者依照有关规定

强制执行。

安全生产监督管理部门（公章）
年　　月　　日

本文书一式两份：一份由安全生产监督管理部门备案，一份交被处罚单位。

安全生产行政执法文书

行政处罚决定书（个人）

（　　）安监管罚字〔　　〕第（　　）号

被处罚人：_____ 性别：_____ 年龄：_____ 联系电话：_____

家庭住址：_____ 所在单位：_____

职务：_____ 单位地址：_____ 邮政编码：_____

违法事实及证据：_____

_____

_____

_____

_____

_____

_____

_____（此栏不够，可另附页）

　　以上事实违反了_____

的规定，依据_____的规定，

决定给予_____的行政处罚。

　　处以罚款的，罚款自收到本决定书之日起 15 日内缴至_____，

账号_____，到期不缴每日按罚款数额的 3％加处罚款。

　　如果不服本处罚决定，可以依法在 60 日内向_____人民政府或者

_____申请行政复议，或者在三个月内依法向_____人民法院提起

行政诉讼，但本决定不停止执行，法律另有规定的除外。逾期不申请行政复议、不

提起行政诉讼又不履行的，本机关将依法申请人民法院强制执行或者依照有关规定

强制执行。

安全生产监督管理部门（公章）

年　　月　　日·

本文书一式两份：一份由安全生产监督管理部门备案，一份交被处罚人。

安全生产行政执法文书

罚款催缴通知书

（　　）安监管催字〔　　　〕第（　　）号

_____：

　　本机关于_____年___月___日发出_____号行政处罚决定书，要求你（单位）于_____年___月___日前将罚款缴至_____。因你（单位）至今未履行该处罚决定，现要求你（单位）立即缴纳罚款，并根据《中华人民共和国行政处罚法》第五十一条第（一）项的规定，每日按罚款数额的3％加处罚款。加处的罚款由代收机构直接收缴。

安全生产监督管理部门（公章）

年　　月　　日

本文书一式两份：一份由安全生产监督管理部门备案，一份交被通知当事人。

安全生产行政执法文书

延期（分期）缴纳罚款审批表

案由	
处罚决定书文号	
当事人	地址
违法事实 及处罚决定	
当事人申请延期 （分期）缴纳罚 款的理由	
承办人意见	承办人（签名）：_____ _____ 年　　月　　日
审核意见	审核人（签名）：　　　　　　年　　月　　日
审批意见	审批人（签名）：　　　　　　年　　月　　日

安全生产行政执法文书

延期（分期）缴纳罚款批准书

（　　）安监管缴批字〔　　　〕第（　　）号

_____：

_____年___月___日，本机关对你（单位）发出_____

号《行政处罚决定书》，作出了对你（单位）罚款_____

_____（大写）的决定，现根据你（单位）的申请，本机关

依据《中华人民共和国行政处罚法》第五十二条的规定，同意你（单位）：

□延期缴纳罚款。延长至_____年___月___日（大写）止。

□分期缴纳罚款。第_____期至_____年___月___日（大写）前，缴纳

罚款_____元（大写）（每期均应当单独开具本文书）。此外，尚有

未缴纳的罚款_____元（大写）。

代收机构以本批准书为据，办理收款手续。

逾期缴纳罚款的，依据《中华人民共和国行政处罚法》第五十一条第（一）项

的规定，每日按罚款数额的3％加处罚款。加处的罚款由代收机构直接收缴。

安全生产监督管理部门（公章）

年　　月　　日

本文书一式两份：一份由安全生产监督管理部门备案，一份交申请人。

安全生产行政执法文书

文书送达回执

（　　）安监管回字〔　　〕第（　　）号

案件名称：＿＿＿＿＿＿＿＿＿＿＿＿＿＿＿＿＿＿＿＿＿＿＿

受送达单位(个人)					
送达文书名称、文号	收件人签名或者盖章	送达地点	送达日期	送达方式	送达人
安全生产监督管理部门(公章)					
备注：					

注：1. 一个案件各类文书的送达，统一使用一份送达回执。

2. 各类文书送达参照民事诉讼法有关送达的规定执行。

3. 他人代收的，由代收人在收件人栏内签名或者盖章，并在备注栏内注明与被送达人的关系；留置送达的，在备注栏说明情况，并由证明人签字。

安全生产行政执法文书

强制执行申请书

（　　）安监管强执字〔　　〕第（　　）号

_____人民法院：

　　本行政机关于_____年____月____日对被申请执行人_____

作出了_____的行政处罚决定（文

号：_____），被申请执行人在法定的期限内未履

行该行政处罚决定。根据《中华人民共和国行政处罚法》第五十一条的规定，特申

请贵院强制执行。

　　附有关材料：

安全生产监督管理部门（公章）

年　　月　　日

联系人：　　　　　　　　联系电话：

安全生产行政执法文书

结案审批表

（　　）安监管结字〔　　〕第（　　）号

案件名称：_____

当事人基本情况	被处罚单位		地址		
	法定代表人		职务		邮编
	被处罚人		年龄		性别
	所在单位		单位地址		
	家庭住址		联系电话		邮编
处理结果					
执行情况	承办人（签名）：_____、_____　　　　年　月　日				
审核意见	审核人（签名）：　　年　月　日		审批意见	审批人（签名）：　　年　月　日	

安全生产行政执法文书
案件移送审批表

案由	
当事人	
地址	
受移送机关	
案情简介	
移送理由	
承办人员拟办意见	承办人（签名）：＿＿＿＿＿、＿＿＿＿＿　　　年　月　日
部门负责人审核意见	审核人（签名）： 　　　　　年　月　日
机关负责人审批意见	审批人（签名）： 　　　　　年　月　日

安全生产行政执法文书

案件移送书

（　　）安监管移字〔　　〕第（　　）号

_____：

　　本机关于_____年___月___日对_____

一案立案调查，因在调查中发现_____

_____

_____

_____

_____

_____，

故此案已超出本行政机关管辖范围，根据_____

_____

的规定，移送你单位对该案件进一步审理，依法追究责任。审理结案后，请将处理

结果函告我单位。

　　附该案件有关材料：_____

_____

_____

_____

共____份____页。

安全生产监督管理部门（公章）

年　　月　　日

本文书一式两份：一份由安全生产监督管理部门备案，一份交被移送单位。

_____安全生产监督管理局

安全生产违法案件

案卷（首页）

（　　）安监管案字〔　　　〕第（　　）号

案件名称：_____

案 由	
处 理 结 果	

立案：_____年____月____日

结案：_____年____月____日

承办人：_____ _____

归档日期：_____年____月____日

归档号：_____

保存期限：_____

卷 内 目 录

序号	文件名称及编号	日期	页号	备注

第三节　安全生产行政执法文书的制作要求

行政执法文书作为安全生产行政执法的凭证和依据，自然不同于一般的文字材料，它有着自己独特的格式和表达方式。行政执法文书属于程式化的文书，有较为固定的规范格式，安全生产行政执法人员在制作执法文书时，必须严格按照规定的格式制作，具体应该符合下列要求。

一、格式规范

行政执法文书属于程序化的文书，有较为固定的格式，在制作文书时，必须严格按照规定的格式制作，应做到：

（1）应当使用蓝色或者黑色钢笔填写，做到字迹清楚、文面整洁。

（2）应当按照规定的格式填写。有条件的，可以按照规定的格式打印制作。

（3）执法文书中设定的栏目，应当逐项填写，不得遗漏和随意修改。确实无需填写的，应当用斜线划去。

（4）执法文书中除编号、价格、数量等必须使用阿拉伯数字外，应当使用汉字。

（5）应当使用公文语体，语言规范、简练、严谨、平实。并且正确使用标点符号，避免产生歧义。

二、主旨鲜明

行政执法文书的主旨是指行政执文书的制作目的和中心思想。由于执法文书是一种实用性很强的文书，所以必须具有明确的制作目的。在制作行政执法文书过程中，必须遵循"以事实为根据，以法律为准绳"的原则，必须根据客观存在的事实，正确地表达其中心思想，使执法文书的主旨具有鲜明性和实效性。

三、选材精当

行政执法文书的材料主要包括案件事实材料和法律条款材料。在制作行政执法文书的过程中，必须对大量的案件事实材料进行筛选，围绕主旨进行选材。并且确保所选材料的客观性和准确性。

四、事实清楚

案情事实是制作行政执法文书的基础，因此，在制作行政执法文书时，必须写清案件事实的基本要素，主要包括时间、地点、人物、过程、结果等要素。必须写清关键性的情节，必须写明争执焦点等。

五、证据确凿

确凿的证据是行政执法文书所不可缺少的中心要素，因此，行政执法文书在制作中，必须写明案件真实情况的证据。在列举证据时，应当注意证据的客观性，注意引用合乎法律规定的证据，注意证据的关联性等。

六、理由充分

行政执法文书的理由，就是"以事实为基础，以法律为准绳"进行的分析论证，集中反映了行政执法人员处理案件的根据和对其他意见的态度。行政执法人员在制作执法文书时，应当根据案件事实说明道理，并且还要准确地适用相关的法律、法规条款作为阐明理由和作出处理结论的依据。

第四节 安全生产行政执法文书的制作

安全生产行政执法文书是安全生产监督管理部门按照法定职责，依照法定程序制作的反映行政处罚活动的一种书面凭证。它记载了一定的事实，甚至明确了一定的法律义务、责任，对当事人的权益具有直接、明确的影响。在安全生产行政执法过程中需要制作很多执法文书。在此，着重介绍几种重要的安全生产行政处罚方面的执法文书的制作。

一、立案审批表

（一）概念及法律依据

立案审批表，是指行政执法人员在履行安全生产监督管理职责或者接受单位和个人举报以及有关部门的移送案件，经初步审查，确认有违法事实，依法应当给予行政处罚，予以立案的审批表格。

《安全生产违法行为行政处罚办法》第二十二条规定："除依照简易程序当场作出的行政处罚外，安全监管监察部门发现生产经营单位及其有关人员有应当给予行政处罚的行为的，应当予以立案，填写立案审批表，并全面、客观、公正地进行调查，收集有关证据。"因此，立案审批表是行政执法人员行使调查权力的原始凭证，制作好该文书，有利于安全生产行政处罚案件调查取证工作的顺利进行，有利于接受群众和社会的监督。

（二）制作要求

1. 文书文号

应在文书标注的"文号"位置空格内填写相应的文号，本文书的文号形式为：地区简称＋安监管＋文书简称＋年份＋序号。

2. 案由

用于对行政处罚案件性质进行定性分类，便于行政执法工作的统计分析。建议将案由分为两大类：事故类、一般违法行为类，也可以根据各地区行政执法统计工作的需要进一步细化，如一般违法行为类可分为矿山类和危险化学品类。

3. 案件来源

案件来源主要记载案件的发现和由来。主要包括"检查中发现、事故调查发现、举报、移交等"几种情况。根据实际情况属于哪一种情况，就填写相应内容。

4. 时间

该案件立案时间的具体日期。

5. 案件名称

案件名称应具备唯一性，且能够反映该案件的基本性质，应简要地用一句话来概括，并且在整个案卷材料中前后表述一致。一般的表述形式为：违法主体名称＋违法行为＋行政处罚案。如：××市××有限公司"5·17"2人死亡事故行政处罚案。

6. 当事人

当事人可以是单位，也可以是个人。当事人如果是单位的，名称应当填写全称，并与其《营业执照》上的名称相一致，不应使用简称。在"当事人基本情况"一栏中填写该单位法定代表人的姓名、性别、年龄、职务。

当事人如果是自然人的，应当填写当事人的全名，并与其居民身份证上的姓名相一致，不应使用小名、绰号。在"当事人基本情况"一栏中填写当事人的性别、年龄、工作单位及职务、身份证号码。

7. 案件基本情况

主要是根据群众举报或执法检查等初步掌握的情况，应当写明案件发生时间、地点、主要违法事实和情节。有举报、移交材料的，可做说明并附在此表后面。

8. 承办人意见

案件承办人员根据初步掌握的违法事实，依据法律、法规或者规章，并具体到法律法规的条、款、项、目。提出"建议立案"的意见。

9. 审核审批意见

（1）审核意见应当由安全生产监督管理部门案件承办机构负责人签署。

（2）审批意见应由安全生产监督管理部门负责人签署。

（三）注意事项

根据案件承办人员提出的立案建议，审核和审批人应当考虑下列因素作出同意立案或不同意立案、或者移送案件的决定。

（1）是否确有存在安全生产违法行为。

（2）是否已超过追罚时效。

（3）依法是否应当给予行政处罚。

（4）是否属于安全生产监督管理部门和本单位管辖。

（5）是否适用于一般程序。

（四）范例

安全生产行政执法文书

立案审批表

（　×　）安监管立字〔2008〕第（0016）号

案由　　事故类

案件来源　事故调查发现　　　　　　　　　　　　时间　2008 年 3 月 12 日

案件名称　××县××厂 1 人死亡事故行政处罚案

当事人　××县××厂　　　　　　　　　　　　电话　×××××

当事人基本情况　法定代表人：李××　　男 39 岁　厂长　文化程度：高中毕业

当事人地址　××县××乡××村　　　　　　　　邮政编码　×××××

案件基本情况：

　　2008 年 3 月 10 日 13 时许，××县××厂在拆除本厂第二车间旧厂房施工前，未对施工人员进行安全教育培训，未制订拆房工程方案，就安排施工人员进行拆房作业，致使施工人员盲目冒险拆房，当施工人员拆除该房屋第三层时，突然发生房屋坍塌事故，造成 1 人死亡。

承办人意见：××县××厂以上事实，涉嫌违反了《安全生产法》第 21 条、23 条的规定，建议立案。

承办人（签名）：　张××　　证号：×××××

　　　　　　　　　方××　　证号：×××××　　2008 年 3 月 12 日

审核意见：同意立案	审批意见：同意立案
审核人（签名）：沈×× 2008 年 3 月 12 日	审批人（签名）：王×× 2008 年 3 月 12 日

二、现场检查记录

（一）概念及法律依据

现场检查记录，是安全生产监督管理部门行政执法人员依法对生产经营单位、事故现场和可能隐藏安全生产违法行为或证据的场所当场进行检查时，对检查过程和情况所作的文字记录。现场检查记录是安全生产监督管理部门行政执法人员在日常执法过程中使用频率较高的文书之一，检查的目的在于查处安全生产隐患并收集违法行为的证据。现场检查记录经核实后作为认定案情的重要证据之一。

《行政处罚法》第三十七条第一款规定："行政机关在调查或者进行检查时，执法人员不得少于两人，并应当向当事人或者有关人员出示证件。当事人或者有关人员应当如实回答询问，并协助调查或者检查，不得阻挠。询问或者检查应当制作笔录。"因此，行政执法人员应当制作现场检查记录。

（二）制作要求

现场检查记录属叙述型文书，主要包括首部、正文和尾部三部分。

1. 首部

在文书的首部中应当清楚地记录被检查单位的名称、检查的场所、检查的具体时间及被检查单位法定代表人姓名、职务、联系电话等内容。

2. 正文

正文是现场检查记录的主要部分，应当客观、全面、准确地记录检查的内容、方法、结果及违法活动有关的其他情况。记录要力求全面如实地反映检查情况，文字表达上要做到准确、客观，不用模棱两可的词句，一般不使用形容词。凡涉及专业性检查时，应使用专业性的规范用语。如果在检查过程中对有关证据进行了录像或拍照，也应当在记录中加以说明。

3. 尾部

现场检查记录的尾部应当由行政执法人员、被检查单位负责人或者见证人签名。

执法人员制作好现场检查记录文书后，应交被检查单位负责人阅读或向其宣读，被检查单位的负责人阅读后应签署明确意见，例如"以上记录我看过，情况属实"，并在记录上签名。如果当事人拒绝到场或者拒绝在记录上签名的，应在记录上注明。有见证人的，请见证人签名。

（三）注意事项

安全检查是安全生产监督管理部门的重要工作内容，执法人员在履行安全检查时，应当注意以下事项。

（1）检查应当有很强的目的性和针对性，不得滥用检查权，不得影响生产经营单位的正常生产经营活动，不得损害企业物品，对涉及被检查单位的技术秘密和业务秘密，应当为其保密。

（2）安全检查应当由两名以上执法人员进行，并出示证件。检查情况应当场制作现场检查记录，并可视具体情况依法作出查封（扣押）、发出《责令改正指令书》、《强制措施决定书》等具体行政行为。

（3）安全检查时应当通知被检查单位负责人到场，被检查单位负责人无法到场的，应当邀请该单位代表或其他见证人到场。

（4）安全检查既要文明，又要严格，尽量做到全面、细致。同时，在检查活动中加强安全生产法律法规的宣传教育。

（四）范例

安全生产行政执法文书

现场检查记录

被检查单位： ××县××矿业有限公司

地址： ××县××乡××村

法定代表人（负责人）：苏××　　职务： 总经理　联系电话：×××××××

检查场所： ××县××矿业有限公司开采宕面

检查时间：2007 年 3 月 6 日 9 时30分至 3 月 6 日 11 时 10 分

我们是××市安全生产监督管理局执法人张××、陈××，证件号码为×××××××、×××××××，这是我们的证件（出示证件）。现依法对你单位进行现场检查，请予以配合。

检查情况：××县××矿业有限公司为股份制企业，年开采规模35万吨，现有从业人员68人，已取得采矿许可证和矿山安全生产许可证，并在有效期内。2007年3月6日，我局执法人员对该单位进行安全检查时，主要发现如下问题。

1. 开采宕面的开采方法是掏底开采法。违反《非煤矿矿山企业安全生产许可证实施办法》第九条第（二）项规定："露天矿山应当采剥并举，剥离先行并由上而下分台阶开采，严禁掏采"。

2. 没有按照规定制定安全操作规程。

3. 开采宕面作业人员方××、孙××2人未戴安全帽。

_____

_____

_____

_____

检查人员（签名）：张××、陈××

被检查单位现场负责人（签名）：以上记录我已看过，情况属实。方××

2007 年 3 月 6 日

三、询问笔录

（一）概念及法律依据

询问笔录，是安全生产监督管理部门行政执法人员为查明案情，依法向案件当事人、见证人等有关知情人进行调查询问，记录被询问人陈述时制作的法律文书。

《安全生产违法行为行政处罚办法》第二十四条规定："进行案件调查时，安全生产行政执法人员不得少于两名。当事人或者有关人员应当如实回答安全生产行政执法人员的询问，并协助调查或者检查，不得拒绝、阻挠或者提供虚假情况。询问或者检查应当制作笔录。笔录应当记载时间、地点、询问和检查情况，并由被询问人、被检查单位和安全生产行政执法人员签名或者盖章；被询问人、被检查单位要求补正的，应当允许。被询问人或者被检查单位拒绝签名或者盖章的，安全生产行政执法人员应当在笔录上注明原因并签名。"

（二）制作要求

询问笔录，也可以分为首部、正文和尾部三部分组成。

1. 首部

主要包括询问时间、询问地点、被询问人基本情况（包括姓名、性别、年龄、身份证号、住址、联系电话等）、询问人、记录人姓名及其工作单位等，应按格式内容逐项填写清楚。

2. 正文

正文部分必须采用问答形式记录。对被询问人的回答使用第一人称记录，询问时应当按照以下顺序进行记录。

（1）安全生产行政执法人员首先应当向被询问人出示执法身份证件，表明身份，告知被询问人应当如实回答提问，陈述事实，并有申辩和申请回避的权利。

（2）询问并记录被询问人的身份、是否申请询问人和记录人回避以及与案件违法嫌疑人之间的关系。

（3）询问并记录被询问人了解的案件事实和相关情况。包括案件事实涉及的人物、时间、地点、经过、结果，都应当详细记录。

对被询问人陈述的记录，要客观、准确、详略得当。客观，即对被询问人陈述的记录要一是一，二是二，不可添枝加叶，被询问人陈述不清楚的地方，可以当即提问（如陈述的情况是亲身经历，还是亲眼看到或听别人说的）不得想当然。准确，即如实地反映被询问人陈述的情况，关键情节的描述和用语，尽量使用当事人的原话，不能随意将其陈述的内容进行分析综合整理加工。详略得当，即笔录不能有言必录，又不能忽略重要的事实和情节。一般来说，向被询问人讲解法律和政策的话可以简明扼要地记录，对被询问人重复的话可以作适当省略，对与案件相关的重要事实、关键性问题则要详细记录。如果被询问人对有关情况表示不能肯定，也应当如实记录下来。

3. 尾部

询问结束后，询问笔录应当交由被询问人阅读核对，被询问人如果没有阅读能力的，应当向其宣读笔录内容。如记录有误或者遗漏，应当允许被询问人更正或补充，并由被询问人在补充、更正和所有涂改处捺上指印确认，然后让其在笔录上逐页签名捺印，在笔录末页最后定格顶行写明"以上××页记录我看过，与我说的相符"的字样，并签名和捺上指印。如果被询问人没有书写能力的，由记录人代为书写"以上××页记录我看过（向我宣读过），与我说的相符"的字样，并由其本人签名和捺上指印。被询问人拒绝签名的，执法人员应当在笔录上注明。

（三）注意事项

（1）询问被询问人时应当个别进行，不能把被询问人召集在一起让他们互相提示。

（2）执法人员不得向被询问人透露案情，不能表示自己对案件的倾向性意见，不能引导、暗示被询问人的陈述方向，严禁使用威胁、引诱和其他非法手段询问被询问人。

（3）询问内容如果涉及国家秘密、技术秘密、商业秘密以及个人隐私的，执法人员应当注意保密。

（4）询问聋、哑人，应当有通晓聋、哑手势的人参加，并在询问笔录上注明。

（5）询问未成年人时，应当通知其监护人或者教师到场，并在笔录上注明。

（四）范例

安全生产行政执法文书

询问笔录

询问时间　2008 年 3 月12日 9 时10分至 3 月12日11 时30分第 1 次询问

询问地点　　××市安全生产监督管理局 816 室

被询问人姓名　王×× 性别男 年龄39 身份证号　331970×××××××

工作单位　××市××县××矿业有限公司　　　　　　　职务　总经理

住址　××市××县××村　　　　　　　电话　××××××

询问人　杨×× 单位及职务　××市安全生产监督管理局执法支队科员

记录人　陈×× 单位及职务　××市安全生产监督管理局执法支队科员

在场人　无

　　我们是××市安全生产监督管理局的执法人员杨××、陈××，证件号码为××××××、××××××，这是我们的证件（出示证件）。我们依法就 ××县××矿业有限公司"3·10"1人死亡事故行政处罚案 的有关问题向您了解情况，您有如实回答问题的义务，也有陈述、申辩和申请回避的权利。您听清楚了吗？

询问人（签名）：杨×× 　　　　　　　　　　　记录人（签名）：陈××

被询问人（签名）：王×× 　　　　　　　　　　　　2008 年 3 月 12 日

询问记录：　　答：听清楚了。

问：你是否申请回避？

答：不申请。

问：请谈谈个人基本情况？

答：我叫王××，男，今年 39 岁，高中文化程度，现任××县××矿业有限公司总经理，系公司法定代表人。

问：请你谈谈你公司的基本情况？

答：公司成立于××年×月×日，注册资金××万元，××年×月×日取得《采矿许可证》，年开采能力 35 万吨，××年×月×日取得《矿山安全生产许可证》。

问：请你谈谈 3 月 10 日发生的事故情况？

答：今年 3 月 10 日下午 2 时许，1 号开采宕面上方突然发生塌方，将在下面作业的苏××当场压死。

问：事故发生时，你在现场吗？

答：没有在场，事故情况是我公司安全矿长事后向我汇报的。

问：为什么 1 号开采宕面上方会突然发生塌方？

答：主要 1 号宕面没有采取自上而下分台阶开采，采用掏底开采，形成高宕面，前两天又下了几场大雨，3 月 10 日上午开工前对宕面没有进行安全检查，未能发现隐患，造成塌方。

问：造成塌方的主要原因是什么？

答：主要是采用掏底开采法，造成事故隐患。

问：你参加过安全培训吗？

答：参加过，并取得安全资格证书。

问：你知道掏底开采是一种什么行为吗？

答：违规违法行为，我作为公司负责人，有责任，接受处罚，但希望处罚轻一点，今后一定吸取教训。

问：还有什么要补充的吗？

答：没有了。

　　以上 2 页笔录我看过，与我说的相符。王××　2008 年 3 月 12 日

询问人（签名）：杨××　　　　　　　　　　记录人（签名）：陈××

被询问人（签名）：王××　　　　　　　　　　　　　　2008 年 3 月 12 日

四、责令改正指令书

（一）概念及法律依据

责令改正指令书，是安全生产监督管理部门行政执法人员在履行安全检查时，发现生产经营单位存在安全隐患和违法行为时，依法发出改正指令，责令其在规定期限内改正的指令性文书。

《安全生产法》第五十六条规定："对检查中发现的安全生产违法行为，当场予以纠正或者要求限期改正"。《行政处罚法》第二十三条规定："行政机关实施行政处罚时，应当责令当事人改正或者限期改正违法行为"。

（二）制作要求

1. 文书文号

应在文书标注的"文号"位置空格内填写相应的文号，本文书的文号形式为：地区简称＋安监管＋文书简称＋年份＋序号。

2. 存在问题

应当真实客观地记录被检查单位存在的安全隐患、违法行为等问题，所指出的问题在文字表达上要做到准确、清楚，不用模棱两可的词句，一般不使用形容词。凡涉及专业性检查时，应使用专业性的规范用语。

责令其改正违法行为应当有法律依据（法律、法规、规章、国家标准和行业标准）。

3. 改正时限

可以根据违法行为的具体情况，可以责令其立即整改，也可以责令其限期改正。

（三）注意事项

（1）责令改正指令书，应当一式两份，一份交被检查单位，一份由安全生产监督管理部门备案。

（2）责令改正指令书的落款处加盖安全生产监督管理部门的公章。

（3）责令改正指令书送达时，应当由被检查单位负责人签名，并注明收到时间。

（四）范例

安全生产行政执法文书

责令改正指令书

（ ×× ）安监管责改字〔2008〕第（0019）号

××市××矿业有限公司：

经查，你单位存在下列问题：

1. 开采宕面作业人员王××、张××2人未戴安全帽。

2. 开采宕面3m高处斜坡作业的朱××未系安全带。

3. 未建立健全安全生产责任制。

4. 未按规定设立安全生产管理机构和安全生产管理人员。

（此栏不够，可另附页）。

现责令你单位对上述第 1、2 项问题立即整改；对第 3、4 项问题于2008年 4 月25日前整改完毕。逾期不整改的，依法给予行政处罚；由此造成事故的，依法追究有关人员的责任。

安全生产监管执法人员（签名）： 唐×× 证号：××××××

张×× 证号：××××××

本指令书于 2008 年 4 月 17 日 10 时 30 分收到。

被检查单位负责人（签名）： 陈××

××市安全生产监督管理局（公章）

2008 年 4 月 17 日

本文书一式两份：一份由安全生产监督管理部门备案，一份交被检查单位。共1页 第1页

五、强制措施决定书

（一）概念及法律依据

强制措施决定书，是安全生产监督管理部门行政执法人员在监督检查中，发现重大的事故隐患，在排除前或者排除过程中无法保证安全的，责令暂时停止作业，或停止危险设备设施、场所的使用，从危险区域内撤离作业人员，而依法制作的行政强制性文书。

《安全生产法》第五十六条第（三）项规定："对检查中发现的事故隐患，应当责令立即排除；重大事故隐患排除前或者排除过程中无法保证安全的，应当责令从危险区域内撤出作业人员，责令暂时停产停业或者停止使用；重大事故隐患排除后，经审查同意，方可恢复生产经营和使用。"

（二）制作要求

行政强制措施不属于《行政处罚法》的调整范围，但是，实施行政强制措施，直接关系到公民、法人或者其他组织的人身权、财产权等重要的民主权利，所以，必须慎重对待，严格依法进行。

1. 文书文号

应在文书标注的"文号"位置空格内填写相应的文号，本文书的文号形式为：地区简称＋安监管＋文书简称＋年份＋序号。

2. 存在的重大隐患

应当真实客观地记录被检查单位存在的重大安全隐患、危险设备设施、场所等问题，所指出的重大事故隐患应当有法律依据（法律、法规、规章、国家标准和行业标准）。

3. 强制措施内容

应当依法作出责令暂时停止生产、停止使用危险设备或者从危险区域撤出作业人员等强制措施。

（三）注意事项

（1）强制措施决定书，应当一式两份，一份交被检查单位，一份由安全生产监督管理部门备案。

（2）强制措施决定书的落款处加盖安全生产监督管理部门的公章。

（3）强制措施决定书送达时，应当由被检查单位负责人签名，并注明收到时间。

（4）作出强制措施决定书的安全生产监督管理部门的应当明确复查时间，对强制措施决定书的执行情况进行监督检查。

（四）范例

安全生产行政执法文书

强制措施决定书

（ × ）安监管强措字〔2008〕第（0039）号

××市××矿业有限公司：

　　我局在现场检查时，发现你单位（现场）存在下列问题：＿＿＿＿＿＿＿＿

　　开采宕面的开采方法是掏底开采法。违反《非煤矿矿山企业安全生产许可证实施办法》第九条第（二）项规定："露天矿山应当采剥并举，剥离先行并由上而下分台阶开采，严禁掏采"。开采宕面且有大量浮险石，存在重大事故隐患。

　　以上存在的问题无法保障安全生产，依据《安全生产法》第五十六条规定
　　　　　　　　　　　　　　　　　　　　　　　　　　　　　　　　　，

决定采取以下强制措施：　责令你单位从危险区域内撤出作业人员，并暂时停止开采作业。于 6 月 10 日前排除重大事故隐患，经审查同意后方可恢复生产。

　　本指令书于 2008 年 6 月 5 日 10 时 30 分收到。

被检查单位负责人（签名）：　蒋××

××市安全生产监督管理局（公章）

2008 年 6 月 5 日

本文书一式两份：一份由安全生产监督管理部门备案，一份交被检查单位。

六、行政处罚告知书

（一）概念及法律依据

行政处罚告知书，是安全生产监督管理部门采用一般程序办理行政处罚案件时，在作出行政处罚决定前，依法告知当事人给予行政处罚决定的事实、理由及法律依据和享有的陈述权、申辩权所制作的告知性文书。

《行政处罚法》第三十一条规定："行政机关在作出行政处罚决之前，应当告知当事人作出行政处罚决定的事实、理由及依据，并告知当事人依法享有的权利。"《安全生产违法行为行政处罚办法》第十七条规定："安全监管监察部门在作出行政处罚决定前，应当填写行政处罚告知书，告知当事人作出行政处罚决定的事实、理由、依据，以及当事人依法享有的权利，并送达当事人。"

（二）制作要求

1. 文书文号

应在文书标注的"文号"位置空格内填写相应的文号，本文书的文号形式为：地区简称＋安监管＋文书简称＋年份＋序号。

2. 告知对象

告知对象是单位的，应当填写单位全称；告知对象是个人的，应当写清个人姓名。

3. 告知内容

应当向当事人告知其违法事实、处罚理由、处罚依据以及当事人依法享有的陈述和申辩的权利。

本文书违法行为部分不足以涵盖所有行为的，可以附纸进一步表述。

（三）注意事项

（1）行政处罚告知书，应当一式两份，一份交被处罚当事人，一份由安全生产监督管理部门备案。

（2）本文书具有程序和实体两方面的价值，是安全生产监督管理部门依法履行告知义务的证明。因此，行政处罚告知书送达时，应当由被处罚当事人签名，并注明收到时间。

（3）行政处罚告知书的落款处加盖安全生产监督管理部门的公章。

（4）本文书适用于安全生产监督管理部门采用一般程序作出行政处罚决定时。适用简易程序作出行政处罚决定的并不要求采用书面告知的形式履行告知义务。

（四）范例

安全生产行政执法文书

行政处罚告知书

（　×　）安监管罚告字〔2008〕第（0068）号

××市钢管有限公司：

经查，你（单位）2008 年 5 月 3 日下午 6 时许，你公司螺旋管一车间，发生一起生产安全事故，造成 2 人死亡，事故发生后，没有及时向××县安全生产监督管理部门和有关部门报告。6 月 2 日有人举报，经调查属实，存在事故瞒报

_____

_____

_____的行为。

以上行为违反了《生产安全事故报告和调查处理条例》第九条

_____

的规定，依据《生产安全事故报告和调查处理条例》第三十六条第（一）项的规定，拟对你（单位）作出　罚款贰佰万元　　　　　　　　的行政处罚。

如对上述处罚有异议，根据《中华人民共和国行政处罚法》第三十一条和第三十二条的规定，你（单位）有权向××市 安全生产监督管理局进行陈述和申辩。

××市安全生产监督管理局地址：××市××路×××号

联系人：江×× 　联系电话：×××××× 　邮政编码：××××××

本告知书于 2008 年 6 月 11 时上午 10 时 30 分收到

接收人签名：贺××

××市安全生产监督管理局（公章）

2008 年 6 月 11 日

本文书一式两份：一份由安全生产监督管理部门备案，一份交被处罚当事人。

七、听证告知书

（一）概念及法律依据

听证告知书，是安全生产监督管理部门作出重大行政处罚决定前，依法告知当事人有要求举行听证的权利的告知性文书。

《行政处罚法》第四十二条规定："行政机关作出责令停产停业、吊销许可证或者执照、较大数额罚款等行政处罚决定之前，应当告知当事人要求举行听证的权利；当事人要求听证的，行政机关应当组织听证。"《安全生产违法行为行政处罚办法》第三十二条规定："安全监管监察部门作出责令停产停业整顿、责令停产停业、吊销有关许可证、撤销有关执业资格、岗位证书或者较大数额罚款的行政处罚决定之前，应当告示知当事人有要求举行听证的权利；当事人要求听证的，安全监管监察部门应当组织听证，不得向当事人收取听证费用。"较大数额罚款为省、自治区、直辖市人大常委会或者人民政府规定的数额；没有规定数额的，按照《安全生产违法行为行政处罚办法》第三十二条规定"其数额对个人罚款为 1 万元以上，对生产经营单位罚款为 3 万元以上。"

（二）制作要求

1. 文书文号

应在文书标注的"文号"位置空格内填写相应的文号，本文书的文号形式为：地区简称＋安监管＋文书简称＋年份＋序号。

2. 告知对象

告知对象是单位的，应当填写单位全称；告知对象是个人的，应当写清个人姓名。

3. 告知内容

（1）应当向当事人告知其违法事实、处罚理由、处罚依据，拟作出行政处罚的种类和幅度。本文书违法行为部分不足以涵盖所有行为的，可以附纸进一步表述。

（2）应当告知当事人要求举行听证所要申请的安全生产监督管理部门名称、地址、联系人。

（三）注意事项

（1）听证告知书，应当一式两份，一份交被告知当事人，一份由安全生产监督管理部门备案。

（2）本文书具有程序和实体两方面的价值，是安全生产监督管理部门依法履行告知听证义务的证明。因此，听证告知书送达时，应当由被处罚当事人签名，并注明收到时间。

（3）听证告知书的落款处加盖安全生产监督管理部门的公章。

（4）被处罚当事人放弃听证权的，也应当在听证告知书送达满 3 日后再作出行政处罚决定。

（四）范例

安全生产行政执法文书

听证告知书

（×）安监管听告字〔2008〕第（0061）号

××市钢管有限公司：

经查，你（单位）2008年5月3日下午6时许，你公司螺旋一车间发生一起生产安全事故，造成2人死亡，事故发生后，没有及时向××县安全生产监督管理部门和有关部门报告。6月2日有人举报，经调查属实，存在事故瞒报

_____

_____

_____的行为。

以上行为违反了《生产安全事故报告和调查处理条例》第九条的规定，依据《生产安全事故报告和调查处理条例》第36条第（一）项的规定，拟对你（单位）作出 罚款贰佰万元 的行政处罚。

根据《中华人民共和国行政处罚法》第四十二条的规定，你（单位）有要求举行听证的权利。如你（单位）要求举行听证，请在接到本告知书之日起3日内向××市 安全生产监督管理局提出书面听证申请。逾期不提出申请的，视为放弃听证权利。

特此告知。

××市安全生产监督管理局地址：××市××路×××号

联系人：江×× 联系电话：×××××× 邮政编码：××××××

本告知书于2008年6月11时上午10时35分收到

接收人签名：贺××

××市安全生产监督管理局（公章）

2008年6月11日

本文书一式两份：一份由安全生产监督管理部门备案，一份交被处罚当事人。

八、案件处理呈批表

（一）概念及法律依据

案件处理呈批表，是安全生产监督管理部门行政执法人员在完成案件的调查取证、履行法定程序（告知、听证等）后，认为已经查清违法事实，应当给予行政处罚，由案件承办人员表述违法事实情况和处理意见后呈请审批的内部文书。

《行政处罚法》第三十八条规定："调查终结，行政机关负责人应当对调查结果进行审查，根据不同情况，分别作出如下决定：（一）确有应受行政处罚的违法行为的，根据情节轻重及具体情况，作出行政处罚决定；……"《安全生产法》第九十四条规定："本法规定的行政处罚，由负责安全生产监督管理的部门决定；……"

（二）制作要求

1. 文书文号

应在文书标注的"文号"位置空格内填写相应的文号，本文书的文号形式为：地区简称＋安监管＋文书简称＋年份＋序号。

2. 当事人基本情况

（1）当事人是单位的，应当写明单位全称、地址、法定代表人等有关情况。

（2）当事人是个人的，应当写明姓名、性别、年龄、工作单位、家庭住址等。

3. 违法事实

应当客观、全面、准确地表述当事人实施违法行为的发生时间、地点、过程、情节以及造成的危害后果，同时，应当指出当事人违法行为的法律依据（法律、法规、规章的全称及具体到条、款、项）。如果当事人有应当给予从轻、减轻或从重处罚情节的，应注明。

4. 当事人申辩意见

指当事人在案件调查、告知、听证过程中的申辩意见。如当事人没有申辩意见的，应当注明"无意见"。

5. 承办人意见

案件承办人员应当根据当事人的违法事实，依据法律、法规、规章的规定，提出具体的行政处罚意见。

6. 审核审批意见

（1）审核意见应当由安全生产监督管理部门分管领导或行政处罚案件审理负责人签署。

（2）审批意见应由安全生产监督管理部门主要负责人签署。

（三）注意事项

（1）违法事实在文字表达上要做到准确、清楚，不用模棱两可的词句，一般不使用形容词。凡涉及专业性问题时，应使用专业性的规范用语。

（2）在案件审核、审批过程中，应当考虑下列因素：

① 当事人的基本情况是否清楚；

② 违法事实是否清楚，证据是否确凿；

③ 案件定性是否准确；

④ 适用法律、法规和规章是否正确；

⑤ 办案程序是否合法；

⑥ 拟作出的行政处罚决定是否适当。

（四）范例

安全生产行政执法文书

案件处理呈批表

（×）安监管处呈字〔2008〕第（0073）号

案件名称：　××市钢管有限公司"5·3"2人死亡事故行政处罚案

当事人基本情况	被处罚单位	××市钢管有限公司	地址	××市××路86号		
	法定代表人	贺××	职务	经理	邮编	××××××
	被处罚人		年龄		性别	
	所在单位		单位地址			
	家庭住址		联系电话		邮编	

违法事实及处罚依据	2008年5月3日下午6时许，该公司螺旋一车间发生一起生产安全事故，造成2人死亡，事故发生后，没有及时向××市安全生产监督管理部门和有关部门报告。6月2日有人举报，经调查属实，存在事故瞒报行为。以上事实有举报材料、调查询问笔录、死亡证明、事故调查报告等为证。 　　上述行为违反了《生产安全事故报告和调查处理条例》第九条规定。
当事人的申辩意见	无申辩意见。
承办人意见	根据《生产安全事故报告和调查处理条例》第三十六条第（一）项的规定，建议给予贰佰万元的罚款。 承办人（签名）：张××　宋××　　2008年6月16日

审核意见	同意罚款贰佰万元，请周××局长审批。 审核人（签名）：邱×× 2008年6月16日	审批意见	同意 审批人（签名）：周×× 2008年6月16日

九、行政处罚决定书

（一）概念及法律依据

行政处罚决定书，是安全生产监督管理部门适用一般程序对违法行为当事人依法作出行政处罚决定时使用的法律文书，具有法律上的约束力、确定力和执行力，是安全生产行政执法文书中最重要的文书之一。

《行政处罚法》第三十九条规定："行政机关依照本法第三十八条的规定给予行政处罚，应当制作行政处罚决定书。……"《安全生产违法行为行政处罚办法》第二十九条规定"安全监管监察部门依照本办法第二十八条的规定给予行政处罚，应当制作行政处罚决定书。行政处罚决定书应当载明下列事项：（一）当事人的姓名或者名称、地址或者住址；（二）违法事实和证据；（三）行政处罚的种类和依据；（四）行政处罚的履行方式和期限；（五）不服行政处罚决定，申请行政复议或者提起行政诉讼的途径和期限；（六）作出行政处罚决定的安全监管监察部门的名称和作出决定的日期。行政处罚决定必须盖有作出行政处罚决定的安全监管监察部门的印章。"

（二）制作要求

1. 文书文号

应在文书标注的"文号"位置空格内填写相应的文号，本文书的文号形式为：地区简称＋安监管＋文书简称＋年份＋序号。

2. 当事人基本情况

（1）当事人是单位的，应当写明单位全称、地址、法定代表人等有关情况。

（2）当事人是自然人的，应当写明姓名、性别、年龄、工作单位、家庭住址等。

3. 违法事实

应当客观、准确、简明扼要地表述当事人的违法事实。做到定性准确、要素齐全、条理清晰、言简意赅。

（1）定性准确。表述的违法事实必须是经过调查核实，有充分证据证明的，并违反有关安全生产法律、法规和规章的具体行为。

（2）要素齐全。叙述违法事实时，要准确表述违法行为发生的时间、地点、人物、手段（方法）、情节（过程）、后果。

（3）条理清晰。违法事实的表述要层次清晰，主次分明。可按违法行为发生的时间顺序、主次顺序进行表述，要详略得当，对主要情节、关键事实要详细，主要内容要突出。

（4）言简意赅。文字表述上要平铺直叙，切忌文字渲染、啰嗦重复。

4. 处罚依据

处罚依据是指处罚种类所出自的法律、法规和规章的条款。依据法律必须写明全称，并应当具体到条、款、项、目。

5. 处罚决定

根据当事人的违法事实，依据法律、法规、规章所规定的处罚种类和幅度，作出行政处罚决定。提出具体的行政处罚意见。

（三）注意事项

（1）安全生产监督管理部门依法作出行政处罚决定书后，应当在宣告后当场交付当事人；当事人不在场的，行政处罚决定书应当在 7 日内送达当事人。

（2）如果被处罚当事人系两个或者两个以上的，无论作出的行政处罚种类和幅度是否相同，都应当分别制作行政处罚决定书。

（3）作出罚款的行政处罚决定书时，应当载明缴款的期限和缴款的银行名称、账号。

（4）行政处罚决定书的落款处加盖安全生产监督管理部门的公章。

（5）行政处罚决定书，应当一式两份，一份送达被处罚当事人，一份由安全生产监督管理部门备案。

（四）范例

安全生产行政执法文书

行政处罚决定书（单位）

（×）安监管罚字〔2008〕第（0086）号

被处罚单位：__×× 市 ×× 加油站__

地址：__×× 市 ××× 路 ××× 号__　　　　　　邮政编码：__××××××__

法定代表人（负责人）：__单 ××__　职务：__经理__　联系电话 __××××××__

　违法事实及证据：__×× 加油站于 2007 年 7 月 6 日～2008 年 6 月 21 日期间，在__ __未取得《危险化学品经营许可证》的情况下，擅自经营汽油、柴油，并获利陆__ __万元。__

　　__以上事实有调查询问笔录、现场照片、销售凭据等为证。__

　　　　　　　　　　　　　　　　　　　　　　（此栏不够，可另附页）

　以上事实违反了 __《危险化学品安全管理条例》第二十七条__ 的规定，依据 __《危险化学品安全管理条例》第五十七条第四项__ 的规定，决定给予 __没收违法所得陆万元，并处罚款叁拾万元__ 的行政处罚。

　处以罚款的，罚款自收到本决定书之日起 15 日内缴至 __×× 市 ×× 银行__ ，账号 __××××××××××××××__ ，到期不缴每日按罚款数额的 3% 加处罚款。

　如果不服本处罚决定，可以依法在 60 日内向 __×× 市__ 人民政府或者 __×× 省安全生产监督管理局__ 申请行政复议，或者在三个月内依法向 __×× 市 ×× 区__ 人民法院提起行政诉讼，但本决定不停止执行，法律另有规定的除外。逾期不申请行政复议、不提起行政诉讼又不履行的，本机关将依法申请人民法院强制执行或者依照有关规定强制执行。

　　　　　　　　　　　　　　　　　×× 市安全生产监督管理局（公章）
　　　　　　　　　　　　　　　　　　　2008 年 8 月 11 日

本文书一式两份：一份由安全生产监督管理部门备案，一份交被处罚单位。

十、结案审批表

（一）概念及法律依据

结案审批表，是安全生产监督管理部门行政执法人员在行政处罚决定执行完毕后，将执行结果报告单位负责人，用以办理完毕行政处罚案件的内部审批文书。

《安全生产违法行为行政处罚办法》第三十一条规定："行政处罚案件应当自立案之日起 30 日内办理完毕；由于客观原因不能完成的，经安全监管监察部门负责人同意，可以延长，但不得超过 90 日；特别情况需进一步延长的，应当经上一级安全监管监察部门批准，可延长至 180 日。"

（二）制作要求

1. 文书文号

应在文书标注的"文号"位置空格内填写相应的文号，本文书的文号形式为：地区简称＋安监管＋文书简称＋年份＋序号。

2. 案件名称

应简要地用一句话来概括，并且在整个案卷材料中前后表述一致。一般的表述形式为：违法主体名称＋违法行为＋行政处罚案。

3. 当事人基本情况

（1）当事人是单位的，应当写明单位全称、地址、法定代表人等有关情况。

（2）当事人是自然人的，应当写明姓名、性别、年龄、工作单位、家庭住址等。

4. 处理结果

应根据该案件的行政处罚决定书内容，填写行政处罚的法律依据和处罚种类及幅度。

5. 执行情况

应根据行政处罚决定书的内容对应填写。若当事人自觉履行的，应当写明自觉履行；若申请人民法院强制执行的，应将强制执法结果填写清楚。罚款的行政处罚执行完毕的，应将缴款单据附在其后。

6. 审核审批意见

（1）审核意见应当由安全生产监督管理部门分管领导签署。

（2）审批意见应由安全生产监督管理部门主要负责人签署。

（三）注意事项

（1）安全生产监督管理部门负责人在审核审批结案时，应当严格审查的内容有：一是结案时间是否符合规定期限；二是有否遗漏其他应当给予行政处罚的违法行为。

（2）批准结案后，案件承办人员应当及时将所有案件材料编目分类，立卷归档，集中管理。

（四）范例

安全生产行政执法文书

结案审批表

（×）安监管结字〔2008〕第（0086）号

案件名称：××市××加油站擅自经营危险化学品行政处罚案

<table>
<tr><td rowspan="6">当事人基本情况</td><td>被处罚单位</td><td>××市××加油站</td><td>地址</td><td colspan="3">××市×××路×××号</td></tr>
<tr><td>法定代表人</td><td>单××</td><td>职务</td><td>经理</td><td>邮编</td><td>×××</td></tr>
<tr><td>被处罚人</td><td></td><td>年龄</td><td></td><td>性别</td><td></td></tr>
<tr><td>所在单位</td><td></td><td>单位地址</td><td colspan="3"></td></tr>
<tr><td>家庭住址</td><td></td><td>联系电话</td><td></td><td>邮编</td><td></td></tr>
<tr><td>处理结果</td><td colspan="6">　　××市××加油站擅自经营危险化学品汽油、柴油，违反了《危险化学品安全管理条例》第二十七条规定，依据《危险化学品安全管理条例》第五十七条第（四）项的规定，给予没收违法所得陆万元，并处罚款叁拾万元的行政处罚。</td></tr>
<tr><td>执行情况</td><td colspan="6">　　××市××加油站已在 2008 年 8 月 20 日将违法所得陆万元和罚款叁拾万元缴纳到指定银行，缴款单据附后。
　　至此，本案已经办理完毕，建议结案。
承办人（签名）：方××、莫×× 　　　　　　　　　2008 年 8 月 23 日</td></tr>
<tr><td>审核意见</td><td colspan="3">同意结案
审核人（签名）：何××
2008 年 8 月 23 日</td><td>审批意见</td><td colspan="2">同意结案
审批人（签名）：黄××
2008 年 8 月 23 日</td></tr>
</table>

附　录

中华人民共和国安全生产法

中华人民共和国主席令

第 70 号

《中华人民共和国安全生产法》已由中华人民共和国第九届全国人民代表大会常务委员会第二十八次会议于 2002 年 6 月 29 日通过，现予公布，自 2002 年 11 月 1 日起施行。

目　录

第一章　总　　则

第一条　为了加强安全生产监督管理，防止和减少生产安全事故，保障人民群众生命和财产安全，促进经济发展，制定本法。

第二条　在中华人民共和国领域内从事生产经营活动的单位（以下统称生产经营单位）的安全生产，适用本法；有关法律、行政法规对消防安全和道路交通安全、铁路交通安全、水上交通安全、民用航空安全另有规定的，适用其规定。

第三条　安全生产管理，坚持安全第一、预防为主的方针。

第四条　生产经营单位必须遵守本法和其他有关安全生产的法律、法规，加强安全生产管理，建立、健全安全生产责任制度，完善安全生产条件，确保安全生产。

第五条　生产经营单位的主要负责人对本单位的安全生产工作全面负责。

第六条　生产经营单位的从业人员有依法获得安全生产保障的权利，并应当依法履行安全生产方面的义务。

第七条　工会依法组织职工参加本单位安全生产工作的民主管理和民主监督，维护职工在安全生产方面的合法权益。

第八条　国务院和地方各级人民政府应当加强对安全生产工作的领导，支持、督促各有关部门依法履行安全生产监督管理职责。

县级以上人民政府对安全生产监督管理中存在的重大问题应当及时予以协调、解决。

第九条 国务院负责安全生产监督管理的部门依照本法，对全国安全生产工作实施综合监督管理；县级以上地方各级人民政府负责安全生产监督管理的部门依照本法，对本行政区域内安全生产工作实施综合监督管理。

国务院有关部门依照本法和其他有关法律、行政法规的规定，在各自的职责范围内对有关的安全生产工作实施监督管理；县级以上地方各级人民政府有关部门依照本法和其他有关法律、法规的规定，在各自的职责范围内对有关的安全生产工作实施监督管理。

第十条 国务院有关部门应当按照保障安全生产的要求，依法及时制定有关的国家标准或者行业标准，并根据科技进步和经济发展适时修订。

生产经营单位必须执行依法制定的保障安全生产的国家标准或者行业标准。

第十一条 各级人民政府及其有关部门应当采取多种形式，加强对有关安全生产的法律、法规和安全生产知识的宣传，提高职工的安全生产意识。

第十二条 依法设立的为安全生产提供技术服务的中介机构，依照法律、行政法规和执业准则，接受生产经营单位的委托为其安全生产工作提供技术服务。

第十三条 国家实行生产安全事故责任追究制度，依照本法和有关法律、法规的规定，追究生产安全事故责任人员的法律责任。

第十四条 国家鼓励和支持安全生产科学技术研究和安全生产先进技术的推广应用，提高安全生产水平。

第十五条 国家对在改善安全生产条件、防止生产安全事故、参加抢险救护等方面取得显著成绩的单位和个人，给予奖励。

第二章　生产经营单位的安全生产保障

第十六条 生产经营单位应当具备本法和有关法律、行政法规和国家标准或者行业标准规定的安全生产条件；不具备安全生产条件的，不得从事生产经营活动。

第十七条 生产经营单位的主要负责人对本单位安全生产工作负有下列职责：

（一）建立、健全本单位安全生产责任制；

（二）组织制定本单位安全生产规章制度和操作规程；

（三）保证本单位安全生产投入的有效实施；

（四）督促、检查本单位的安全生产工作，及时消除生产安全事故隐患；

（五）组织制定并实施本单位的生产安全事故应急救援预案；

（六）及时、如实报告生产安全事故。

第十八条 生产经营单位应当具备的安全生产条件所必需的资金投入，由生产经营单位的决策机构、主要负责人或者个人经营的投资人予以保证，并对由于安全生产所必需的资金投入不足导致的后果承担责任。

第十九条 矿山、建筑施工单位和危险物品的生产、经营、储存单位，应当设置安全生产管理机构或者配备专职安全生产管理人员。

前款规定以外的其他生产经营单位，从业人员超过三百人的，应当设置安全生产管理机构或者配备专职安全生产管理人员；从业人员在三百人以下的，应当配备专职或者兼职的安全生产管理人员，或者委托具有国家规定的相关专业技术资格的工程技术人员提供安全生产管理服务。

生产经营单位依照前款规定委托工程技术人员提供安全生产管理服务的，保证安全生产的责任仍由本单位负责。

第二十条 生产经营单位的主要负责人和安全生产管理人员必须具备与本单位所从事的生产经营活动相应的安全生产知识和管理能力。

危险物品的生产、经营、储存单位以及矿山、建筑施工单位的主要负责人和安全生产管理人员，应当由有关主管部门对其安全生产知识和管理能力考核合格后方可任职。考核不得收费。

第二十一条 生产经营单位应当对从业人员进行安全生产教育和培训，保证从业人员具备必要的安全生产知识，熟悉有关的安全生产规章制度和安全操作规程，掌握本岗位的安全操作技能。未经安全生产教育和培训合格的从业人员，不得上岗作业。

第二十二条 生产经营单位采用新工艺、新技术、新材料或者使用新设备，必须了解、掌握其安全技术特性，采取有效的安全防护措施，并对从业人员进行专门的安全生产教育和培训。

第二十三条 生产经营单位的特种作业人员必须按照国家有关规定经专门的安全作业培训，取得特种作业操作资格证书，方可上岗作业。

特种作业人员的范围由国务院负责安全生产监督管理的部门会同国务院有关部门确定。

第二十四条 生产经营单位新建、改建、扩建工程项目（以下统称建设项目）的安全设施，必须与主体工程同时设计、同时施工、同时投入生产和使用。安全设施投资应当纳入建设项目概算。

第二十五条 矿山建设项目和用于生产、储存危险物品的建设项目，应当分别按照国家有关规定进行安全条件论证和安全评价。

第二十六条 建设项目安全设施的设计人、设计单位应当对安全设施设计负责。

矿山建设项目和用于生产、储存危险物品的建设项目的安全设施设计应当按照国家有关规定报经有关部门审查，审查部门及其责审查的人员对审查结果负责。

第二十七条 矿山建设项目和用于生产、储存危险物品的建设项目的施工单位必须按照批准的安全设施设计施工，并对安全设施的工程质量负责。

矿山建设项目和用于生产、储存危险物品的建设项目竣工投入生产或者使用前，必须依照有关法律、行政法规的规定对安全设施进行验收；验收合格后，方可投入生产和使用。验收部门及其验收人员对验收结果负责。

第二十八条 生产经营单位应当在有较大危险因素的生产经营场所和有关设施、设备上，设置明显的安全警示标志。

第二十九条 安全设备的设计、制造、安装、使用、检测、维修、改造和报废，应当符合国家标准或者行业标准。

生产经营单位必须对安全设备进行经常性维护、保养，并定期检测，保证正常运转。维护、保养、检测应当作好记录，并由有关人员签字。

第三十条 生产经营单位使用的涉及生命安全、危险性较大的特种设备，以及危险物品的容器、运输工具，必须按照国家有关规定，由专业生产单位生产，并经取得专业资质的检测、检验机构检测、检验合格，取得安全使用证或者安全标志，方可投入使用。检测、检验机构对检测、检验结果负责。

涉及生命安全、危险性较大的特种设备的目录由国务院负责特种设备安全监督管理的部门制定，报国务院批准后执行。

第三十一条　国家对严重危及生产安全的工艺、设备实行淘汰制度。

生产经营单位不得使用国家明令淘汰、禁止使用的危及生产安全的工艺、设备。

第三十二条　生产、经营、运输、储存、使用危险物品或者处置废弃危险物品的，由有关主管部门依照有关法律、法规的规定和国家标准或者行业标准审批并实施监督管理。

生产经营单位生产、经营、运输、储存、使用危险物品或者处置废弃危险物品，必须执行有关法律、法规和国家标准或者行业标准，建立专门的安全管理制度，采取可靠的安全措施，接受有关主管部门依法实施的监督管理。

第三十三条　生产经营单位对重大危险源应当登记建档，进行定期检测、评估、监控，并制定应急预案，告知从业人员和相关人员在紧急情况下应当采取的应急措施。

生产经营单位应当按照国家有关规定将本单位重大危险源及有关安全措施、应急措施报有关地方人民政府负责安全生产监督管理的部门和有关部门备案。

第三十四条　生产、经营、储存、使用危险物品的车间、商店、仓库不得与员工宿舍在同一座建筑物内，并应当与员工宿舍保持安全距离。

生产经营场所和员工宿舍应当设有符合紧急疏散要求、标志明显、保持畅通的出口。禁止封闭、堵塞生产经营场所或者员工宿舍的出口。

第三十五条　生产经营单位进行爆破、吊装等危险作业，应当安排专门人员进行现场安全管理，确保操作规程的遵守和安全措施的落实。

第三十六条　生产经营单位应当教育和督促从业人员严格执行本单位的安全生产规章制度和安全操作规程；并向从业人员如实告知作业场所和工作岗位存在的危险因素、防范措施以及事故应急措施。

第三十七条　生产经营单位必须为从业人员提供符合国家标准或者行业标准的劳动防护用品，并监督、教育从业人员按照使用规则佩戴、使用。

第三十八条　生产经营单位的安全生产管理人员应当根据本单位的生产经营特点，对安全生产状况进行经常性检查；对检查中发现的安全问题，应当立即处理；不能处理的，应当及时报告本单位有关负责人。检查及处理情况应当记录在案。

第三十九条　生产经营单位应当安排用于配备劳动防护用品、进行安全生产培训的经费。

第四十条　两个以上生产经营单位在同一作业区域内进行生产经营活动，可能危及对方生产安全的，应当签订安全生产管理协议，明确各自的安全生产管理职责和应当采取的安全措施，并指定专职安全生产管理人员进行安全检查与协调。

第四十一条　生产经营单位不得将生产经营项目、场所、设备发包或者出租给不具备安全生产条件或者相应资质的单位或者个人。

生产经营项目、场所有多个承包单位、承租单位的，生产经营单位应当与承包单位、承租单位签订专门的安全生产管理协议，或者在承包合同、租赁合同中约定各自的安全生产管理职责；生产经营单位对承包单位、承租单位的安全生产工作统一协调、管理。

第四十二条　生产经营单位发生重大生产安全事故时，单位的主要负责人应当立即组织抢救，并不得在事故调查处理期间擅离职守。

第四十三条　生产经营单位必须依法参加工伤社会保险，为从业人员缴纳保险费。

第三章　从业人员的权利和义务

第四十四条　生产经营单位与从业人员订立的劳动合同，应当载明有关保障从业人员劳动安全、防止职业危害的事项，以及依法为从业人员办理工伤社会保险的事项。

生产经营单位不得以任何形式与从业人员订立协议，免除或者减轻其对从业人员因生产安全事故伤亡依法应承担的责任。

第四十五条 生产经营单位的从业人员有权了解其作业场所和工作岗位存在的危险因素、防范措施及事故应急措施，有权对本单位的安全生产工作提出建议。

第四十六条 从业人员有权对本单位安全生产工作中存在的问题提出批评、检举、控告；有权拒绝违章指挥和强令冒险作业。

生产经营单位不得因从业人员对本单位安全生产工作提出批评、检举、控告或者拒绝违章指挥、强令冒险作业而降低其工资、福利等待遇或者解除与其订立的劳动合同。

第四十七条 从业人员发现直接危及人身安全的紧急情况时，有权停止作业或者在采取可能的应急措施后撤离作业场所。

生产经营单位不得因从业人员在前款紧急情况下停止作业或者采取紧急撤离措施而降低其工资、福利等待遇或者解除与其订立的劳动合同。

第四十八条 因生产安全事故受到损害的从业人员，除依法享有工伤社会保险外，依照有关民事法律尚有获得赔偿的权利的，有权向本单位提出赔偿要求。

第四十九条 从业人员在作业过程中，应当严格遵守本单位的安全生产规章制度和操作规程，服从管理，正确佩戴和使用劳动防护用品。

第五十条 从业人员应当接受安全生产教育和培训，掌握本职工作所需的安全生产知识，提高安全生产技能，增强事故预防和应急处理能力。

第五十一条 从业人员发现事故隐患或者其他不安全因素，应当立即向现场安全生产管理人员或者本单位负责人报告；接到报告的人员应当及时予以处理。

第五十二条 工会有权对建设项目的安全设施与主体工程同时设计、同时施工、同时投入生产和使用进行监督，提出意见。

工会对生产经营单位违反安全生产法律、法规，侵犯从业人员合法权益的行为，有权要求纠正；发现生产经营单位违章指挥、强令冒险作业或者发现事故隐患时，有权提出解决的建议，生产经营单位应当及时研究答复；发现危及从业人员生命安全的情况时，有权向生产经营单位建议组织从业人员撤离危险场所，生产经营单位必须立即作出处理。

工会有权依法参加事故调查，向有关部门提出处理意见，并要求追究有关人员的责任。

第四章　安全生产的监督管理

第五十三条 县级以上地方各级人民政府应当根据本行政区域内的安全生产状况，组织有关部门按照职责分工，对本行政区域内容易发生重大生产安全事故的生产经营单位进行严格检查；发现事故隐患，应当及时处理。

第五十四条 依照本法第九条规定对安全生产负有监督管理职责的部门（以下统称负有安全生产监督管理职责的部门）依照有关法律、法规的规定，对涉及安全生产的事项需要审查批准（包括批准、核准、许可、注册、认证、颁发证照等，下同）或者验收的，必须严格依照有关法律、法规和国家标准或者行业标准规定的安全生产条件和程序进行审查；不符合有关法律、法规和国家标准或者行业标准规定的安全生产条件的，不得批准或者验收通过。对未依法取得批准或者验收合格的单位擅自从事有关活动的，负责行政审批的部门发现或者接到举报后应当立即予以取缔，并依法予以处理。对已经依法取得批准的单位，负责行政审批的部门发现其不再具备安全生产条件的，应当撤销原批准。

第五十五条 负有安全生产监督管理职责的部门对涉及安全生产的事项进行审查、验收，不得收取费用；不得要求接受审查、验收的单位购买其指定品牌或者指定生产、销售单位的安全设备、器材或者其他产品。

第五十六条 负有安全生产监督管理职责的部门依法对生产经营单位执行有关安全生产的法律、法规和国家标准或者行业标准的情况进行监督检查，行使以下职权：

（一）进入生产经营单位进行检查，调阅有关资料，向有关单位和人员了解情况。

（二）对检查中发现的安全生产违法行为，当场予以纠正或者要求限期改正；对依法应当给予行政处罚的行为，依照本法和其他有关法律、行政法规的规定作出行政处罚决定。

（三）对检查中发现的事故隐患，应当责令立即排除；重大事故隐患排除前或者排除过程中无法保证安全的，应当责令从危险区域内撤出作业人员，责令暂时停产停业或者停止使用；重大事故隐患排除后，经审查同意，方可恢复生产经营和使用。

（四）对有根据认为不符合保障安全生产的国家标准或者行业标准的设施、设备、器材予以查封或者扣押，并应当在十五日内依法作出处理决定。

监督检查不得影响被检查单位的正常生产经营活动。

第五十七条 生产经营单位对负有安全生产监督管理职责的部门的监督检查人员（以下统称安全生产监督检查人员）依法履行监督检查职责，应当予以配合，不得拒绝、阻挠。

第五十八条 安全生产监督检查人员应当忠于职守，坚持原则，秉公执法。

安全生产监督检查人员执行监督检查任务时，必须出示有效的监督执法证件；对涉及被检查单位的技术秘密和业务秘密，应当为其保密。

第五十九条 安全生产监督检查人员应当将检查的时间、地点、内容、发现的问题及其处理情况，作出书面记录，并由检查人员和被检查单位的负责人签字；被检查单位的负责人拒绝签字的，检查人员应将情况记录在案，并向负有安全生产监督管理职责的部门报告。

第六十条 负有安全生产监督管理职责的部门在监督检查中，应当互相配合，实行联合检查；确需分别进行检查的，应当互通情况，发现存在的安全问题应当由其他有关部门进行处理的，应当及时移送其他有关部门并形成记录备查，接受移送的部门应当及时进行处理。

第六十一条 监察机关依照行政监察法的规定，对负有安全生产监督管理职责的部门及其工作人员履行安全生产监督管理职责实施监察。

第六十二条 承担安全评价、认证、检测、检验的机构应当具备国家规定的资质条件，并对其作出的安全评价、认证、检测、检验的结果负责。

第六十三条 负有安全生产监督管理职责的部门应当建立举报制度，公开举报电话、信箱或者电子邮件地址，受理有关安全生产的举报；受理的举报事项经调查核实后，应当形成书面材料；需要落实整改措施的，报经有关负责人签字并督促落实。

第六十四条 任何单位或者个人对事故隐患或者安全生产违法行为，均有权向负有安全生产监督管理职责的部门报告或者举报。

第六十五条 居民委员会、村民委员会发现其所在区域内的生产经营单位存在事故隐患或者安全生产违法行为时，应当向当地人民政府或者有关部门报告。

第六十六条 县级以上各级人民政府及其有关部门对报告重大事故隐患或者举报安全生产违法行为的有功人员，给予奖励。具体奖励办法由国务院负责安全生产监督管理的部门会同国务院财政部门制定。

第六十七条 新闻、出版、广播、电影、电视等单位有进行安全生产宣传教育的义务，有对违反安全生产法律、法规的行为进行舆论监督的权利。

第五章　生产安全事故的应急救援与调查处理

第六十八条　县级以上地方各级人民政府应当组织有关部门制定本行政区域内特大生产安全事故应急救援预案，建立应急救援体系。

第六十九条　危险物品的生产、经营、储存单位以及矿山、建筑施工单位应当建立应急救援组织；生产经营规模较小，可以不建立应急救援组织的，应当指定兼职的应急救援人员。

危险物品的生产、经营、储存单位以及矿山、建筑施工单位应当配备必要的应急救援器材、设备，并进行经常性维护、保养，保证正常运转。

第七十条　生产经营单位发生生产安全事故后，事故现场有关人员应当立即报告本单位负责人。

单位负责人接到事故报告后，应当迅速采取有效措施，组织抢救，防止事故扩大，减少人员伤亡和财产损失，并按照国家有关规定立即如实报告当地负有安全生产监督管理职责的部门，不得隐瞒不报、谎报或者拖延不报，不得故意破坏事故现场、毁灭有关证据。

第七十一条　负有安全生产监督管理职责的部门接到事故报告后，应当立即按照国家有关规定上报事故情况。负有安全生产监督管理职责的部门和有关地方人民政府对事故情况不得隐瞒不报、谎报或者拖延不报。

第七十二条　有关地方人民政府和负有安全生产监督管理职责的部门的负责人接到重大生产安全事故报告后，应当立即赶到事故现场，组织事故抢救。

任何单位和个人都应当支持、配合事故抢救，并提供一切便利条件。

第七十三条　事故调查处理应当按照实事求是、尊重科学的原则，及时、准确地查清事故原因，查明事故性质和责任，总结事故教训，提出整改措施，并对事故责任者提出处理意见。事故调查和处理的具体办法由国务院制定。

第七十四条　生产经营单位发生生产安全事故，经调查确定为责任事故的，除了应当查明事故单位的责任并依法予以追究外，还应当查明对安全生产的有关事项负有审查批准和监督职责的行政部门的责任，对有失职、渎职行为的，依照本法第七十七条的规定追究法律责任。

第七十五条　任何单位和个人不得阻挠和干涉对事故的依法调查处理。

第七十六条　县级以上地方各级人民政府负责安全生产监督管理的部门应当定期统计分析本行政区域内发生生产安全事故的情况，并定期向社会公布。

第六章　法 律 责 任

第七十七条　负有安全生产监督管理职责的部门的工作人员，有下列行为之一的，给予降级或者撤职的行政处分；构成犯罪的，依照刑法有关规定追究刑事责任：

（一）对不符合法定安全生产条件的涉及安全生产的事项予以批准或者验收通过的；

（二）发现未依法取得批准、验收的单位擅自从事有关活动或者接到举报后不予取缔或者不依法予以处理的；

（三）对已经依法取得批准的单位不履行监督管理职责，发现其不再具备安全生产条件而不撤销原批准或者发现安全生产违法行为不予查处的。

第七十八条　负有安全生产监督管理职责的部门，要求被审查、验收的单位购买其指定的安全设备、器材或者其他产品的，在对安全生产事项的审查、验收中收取费用的，由其上级机关或者监察机关责令改正，责令退还收取的费用；情节严重的，对直接负责的主管人员和其他直接责任人员依法给予行政处分。

第七十九条 承担安全评价、认证、检测、检验工作的机构，出具虚假证明，构成犯罪的，依照刑法有关规定追究刑事责任；尚不够刑事处罚的，没收违法所得，违法所得在五千元以上的，并处违法所得二倍以上五倍以下的罚款，没有违法所得或者违法所得不足五千元的，单处或者并处五千元以上二万元以下的罚款，对其直接负责的主管人员和其他直接责任人员处五千元以上五万元以下的罚款；给他人造成损害的，与生产经营单位承担连带赔偿责任。

对有前款违法行为的机构，撤销其相应资格。

第八十条 生产经营单位的决策机构、主要负责人、个人经营的投资人不依照本法规定保证安全生产所必需的资金投入，致使生产经营单位不具备安全生产条件的，责令限期改正，提供必需的资金；逾期未改正的，责令生产经营单位停产停业整顿。

有前款违法行为，导致发生生产安全事故，构成犯罪的，依照刑法有关规定追究刑事责任；尚不够刑事处罚的，对生产经营单位的主要负责人给予撤职处分，对个人经营的投资人处二万元以上二十万元以下的罚款。

第八十一条 生产经营单位的主要负责人未履行本法规定的安全生产管理职责的，责令限期改正；逾期未改正的，责令生产经营单位停产停业整顿。

生产经营单位的主要负责人有前款违法行为，导致发生生产安全事故，构成犯罪的，依照刑法有关规定追究刑事责任；尚不够刑事处罚的，给予撤职处分或者处二万元以上二十万元以下的罚款。

生产经营单位的主要负责人依照前款规定受刑事处罚或者撤职处分的，自刑罚执行完毕或者受处分之日起，五年内不得担任任何生产经营单位的主要负责人。

第八十二条 生产经营单位有下列行为之一的，责令限期改正；逾期未改正的，责令停产停业整顿，可以并处二万元以下的罚款：

（一）未按照规定设立安全生产管理机构或者配备安全生产管理人员的；

（二）危险物品的生产、经营、储存单位以及矿山、建筑施工单位的主要负责人和安全生产管理人员未按照规定经考核合格的；

（三）未按照本法第二十一条、第二十二条的规定对从业人员进行安全生产教育和培训，或者未按照本法第三十六条的规定如实告知从业人员有关的安全生产事项的；

（四）特种作业人员未按照规定经专门的安全作业培训并取得特种作业操作资格证书，上岗作业的。

第八十三条 生产经营单位有下列行为之一的，责令限期改正；逾期未改正的，责令停止建设或者停产停业整顿，可以并处五万元以下的罚款；造成严重后果，构成犯罪的，依照刑法有关规定追究刑事责任：

（一）矿山建设项目或者用于生产、储存危险物品的建设项目没有安全设施设计或者安全设施设计未按照规定报经有关部门审查同意的；

（二）矿山建设项目或者用于生产、储存危险物品的建设项目的施工单位未按照批准的安全设施设计施工的；

（三）矿山建设项目或者用于生产、储存危险物品的建设项目竣工投入生产或者使用前，安全设施未经验收合格的；

（四）未在有较大危险因素的生产经营场所和有关设施、设备上设置明显的安全警示标志的；

（五）安全设备的安装、使用、检测、改造和报废不符合国家标准或者行业标准的；

（六）未对安全设备进行经常性维护、保养和定期检测的；

（七）未为从业人员提供符合国家标准或者行业标准的劳动防护用品的；

（八）特种设备以及危险物品的容器、运输工具未经取得专业资质的机构检测、检验合格，取得安全使用证或者安全标志，投入使用的；

（九）使用国家明令淘汰、禁止使用的危及生产安全的工艺、设备的。

第八十四条 未经依法批准，擅自生产、经营、储存危险物品的，责令停止违法行为或者予以关闭，没收违法所得，违法所得十万元以上的，并处违法所得一倍以上五倍以下的罚款，没有违法所得或者违法所得不足十万元的，单处或者并处二万元以上十万元以下的罚款；造成严重后果，构成犯罪的，依照刑法有关规定追究刑事责任。

第八十五条 生产经营单位有下列行为之一的，责令限期改正；逾期未改正的，责令停产停业整顿，可以并处二万元以上十万元以下的罚款；造成严重后果，构成犯罪的，依照刑法有关规定追究刑事责任：

（一）生产、经营、储存、使用危险物品，未建立专门安全管理制度、未采取可靠的安全措施或者不接受有关主管部门依法实施的监督管理的；

（二）对重大危险源未登记建档，或者未进行评估、监控，或者未制定应急预案的；

（三）进行爆破、吊装等危险作业，未安排专门管理人员进行现场安全管理的。

第八十六条 生产经营单位将生产经营项目、场所、设备发包或者出租给不具备安全生产条件或者相应资质的单位或者个人的，责令限期改正，没收违法所得；违法所得五万元以上的，并处违法所得一倍以上五倍以下的罚款；没有违法所得或者违法所得不足五万元的，单处或者并处一万元以上五万元以下的罚款；导致发生生产安全事故给他人造成损害的，与承包方、承租方承担连带赔偿责任。

生产经营单位未与承包单位、承租单位签订专门的安全生产管理协议或者未在承包合同、租赁合同中明确各自的安全生产管理职责，或者未对承包单位、承租单位的安全生产统一协调、管理的，责令限期改正；逾期未改正的，责令停产停业整顿。

第八十七条 两个以上生产经营单位在同一作业区域内进行可能危及对方安全生产的生产经营活动，未签订安全生产管理协议或者未指定专职安全生产管理人员进行安全检查与协调的，责令限期改正；逾期未改正的，责令停产停业。

第八十八条 生产经营单位有下列行为之一的，责令限期改正；逾期未改正的，责令停产停业整顿；造成严重后果，构成犯罪的，依照刑法有关规定追究刑事责任：

（一）生产、经营、储存、使用危险物品的车间、商店、仓库与员工宿舍在同一座建筑内，或者与员工宿舍的距离不符合安全要求的；

（二）生产经营场所和员工宿舍未设有符合紧急疏散需要、标志明显、保持畅通的出口，或者封闭、堵塞生产经营场所或者员工宿舍出口的。

第八十九条 生产经营单位与从业人员订立协议，免除或者减轻其对从业人员因生产安全事故伤亡依法应承担的责任的，该协议无效；对生产经营单位的主要负责人、个人经营的投资人处二万元以上十万元以下的罚款。

第九十条 生产经营单位的从业人员不服从管理，违反安全生产规章制度或者操作规程的，由生产经营单位给予批评教育，依照有关规章制度给予处分；造成重大事故，构成犯罪的，依照刑法有关规定追究刑事责任。

第九十一条 生产经营单位主要负责人在本单位发生重大生产安全事故时，不立即组织抢救或者在事故调查处理期间擅离职守或者逃匿的，给予降职、撤职的处分，对逃匿的处十五日以下拘留；构成犯罪的，依照刑法有关规定追究刑事责任。

生产经营单位主要负责人对生产安全事故隐瞒不报、谎报或者拖延不报的，依照前款规定处罚。

第九十二条 有关地方人民政府、负有安全生产监督管理职责的部门，对生产安全事故隐瞒不报、谎报或者拖延不报的，对直接负责的主管人员和其他直接责任人员依法给予行政处分；构成犯罪的，依照刑法有关规定追究刑事责任。

第九十三条 生产经营单位不具备本法和其他有关法律、行政法规和国家标准或者行业标准规定的安全生产条件，经停产停业整顿仍不具备安全生产条件的，予以关闭；有关部门应当依法吊销其有关证照。

第九十四条 本法规定的行政处罚，由负责安全生产监督管理的部门决定；予以关闭的行政处罚由负责安全生产监督管理的部门报请县级以上人民政府按照国务院规定的权限决定；给予拘留的行政处罚由公安机关按照治安管理处罚条例的规定决定。有关法律、行政法规对行政处罚的决定机关另有规定的，依照其规定。

第九十五条 生产经营单位发生生产安全事故造成人员伤亡、他人财产损失的，应当依法承担赔偿责任；拒不承担或者其负责人逃匿的，由人民法院依法强制执行。

生产安全事故的责任人未依法承担赔偿责任，经人民法院依法采取执行措施后，仍不能对受害人给予足额赔偿的，应当继续履行赔偿义务；受害人发现责任人有其他财产的，可以随时请求人民法院执行。

第七章 附　　则

第九十六条 本法下列用语的含义：

危险物品，是指易燃易爆物品、危险化学品、放射性物品等能够危及人身安全和财产安全的物品。

重大危险源，是指长期地或者临时地生产、搬运、使用或者储存危险物品，且危险物品的数量等于或者超过临界量的单元（包括场所和设施）。

第九十七条 本法自 2002 年 11 月 1 日起施行。

中华人民共和国行政处罚法

中华人民共和国主席令

第 63 号

《中华人民共和国行政处罚法》已由中华人民共和国第八届全国人民代表大会第四次会议于 1996 年 3 月 17 日通过，现予公布，自 1996 年 10 月 1 日起施行。

目　　录

第一章 总 则

第一条 为了规范行政处罚的设定和实施，保障和监督行政机关有效实施行政管理，维护公共利益和社会秩序，保护公民、法人或者其他组织的合法权益，根据宪法，制定本法。

第二条 行政处罚的设定和实施，适用本法。

第三条 公民、法人或者其他组织违反行政管理秩序的行为，应当给予行政处罚的，依照本法由法律、法规或者规章规定，并由行政机关依照本法规定的程序实施。

没有法定依据或者不遵守法定程序的，行政处罚无效。

第四条 行政处罚遵循公正、公开的原则。

设定和实施行政处罚必须以事实为依据，与违法行为的事实、性质、情节以及社会危害程度相当。

对违法行为给予行政处罚的规定必须公布；未经公布的，不得作为行政处罚的依据。

第五条 实施行政处罚，纠正违法行为，应当坚持处罚与教育相结合，教育公民、法人或者其他组织自觉守法。

第六条 公民、法人或者其他组织对行政机关所给予的行政处罚，享有陈述权、申辩权；对行政处罚不服的，有权依法申请行政复议或者提起行政诉讼。

公民、法人或者其他组织因行政机关违法给予行政处罚受到损害的，有权依法提出赔偿要求。

第七条 公民、法人或者其他组织因违法受到行政处罚，其违法行为对他人造成损害的，应当依法承担民事责任。

违法行为构成犯罪的，应当依法追究刑事责任，不得以行政处罚代替刑事处罚。

第二章 行政处罚的种类和设定

第八条 行政处罚的种类：

（一）警告；

（二）罚款；

（三）没收违法所得、没收非法财物；

（四）责令停产停业；

（五）暂扣或者吊销许可证、暂扣或者吊销执照；

（六）行政拘留；

（七）法律、行政法规规定的其他行政处罚。

第九条 法律可以设定各种行政处罚。

限制人身自由的行政处罚，只能由法律设定。

第十条 行政法规可以设定除限制人身自由以外的行政处罚。

法律对违法行为已经作出行政处罚规定，行政法规需要作出具体规定的，必须在法律规定的给予行政处罚的行为、种类和幅度的范围内规定。

第十一条 地方性法规可以设定除限制人身自由、吊销企业营业执照以外的行政处罚。

法律、行政法规对违法行为已经作出行政处罚规定，地方性法规需要作出具体规定的，必须在法律、行政法规规定的给予行政处罚的行为、种类和幅度的范围内规定。

第十二条 国务院部、委员会制定的规章可以在法律、行政法规规定的给予行政处罚的行为、种类和幅度的范围内作出具体规定。

尚未制定法律、行政法规的，前款规定的国务院部、委员会制定的规章对违反行政管理秩序的行为，可以设定警告或者一定数量罚款的行政处罚。罚款的限额由国务院规定。

国务院可以授权具有行政处罚权的直属机构依照本条第一款、第二款的规定，规定行政处罚。

第十三条 省、自治区、直辖市人民政府和省、自治区人民政府所在地的市人民政府以及经国务院批准的较大的市人民政府制定的规章可以在法律、法规规定的给予行政处罚的行为、种类和幅度的范围内作出具体规定。

尚未制定法律、法规的，前款规定的人民政府制定的规章对违反行政管理秩序的行为，可以设定警告或者一定数量罚款的行政处罚。罚款的限额由省、自治区、直辖市人民代表大会常务委员会规定。

第十四条 除本法第九条、第十条、第十一条、第十二条以及第十三条的规定外，其他规范性文件不得设定行政处罚。

第三章 行政处罚的实施机关

第十五条 行政处罚由具有行政处罚权的行政机关在法定职权范围内实施。

第十六条 国务院或者经国务院授权的省、自治区、直辖市人民政府可以决定一个行政机关行使有关行政机关的行政处罚权，但限制人身自由的行政处罚权只能由公安机关行使。

第十七条 法律、法规授权的具有管理公共事务职能的组织可以在法定授权范围内实施行政处罚。

第十八条 行政机关依照法律、法规或者规章的规定，可以在其法定权限内委托符合本法第十九条规定条件的组织实施行政处罚。行政机关不得委托其他组织或者个人实施行政处罚。

委托行政机关对受委托的组织实施行政处罚的行为应当负责监督，并对该行为的后果承担法律责任。

受委托组织在委托范围内，以委托行政机关名义实施行政处罚；不得再委托其他任何组织或者个人实施行政处罚。

第十九条 受委托组织必须符合以下条件：

（一）依法成立的管理公共事务的事业组织；

（二）具有熟悉有关法律、法规、规章和业务的工作人员；

（三）对违法行为需要进行技术检查或者技术鉴定的，应当有条件组织进行相应的技术检查或者技术鉴定。

第四章 行政处罚的管辖和适用

第二十条 行政处罚由违法行为发生地的县级以上地方人民政府具有行政处罚权的行政机关管辖。法律、行政法规另有规定的除外。

第二十一条 对管辖发生争议的，报请共同的上一级行政机关指定管辖。

第二十二条 违法行为构成犯罪的，行政机关必须将案件移送司法机关，依法追究刑事责任。

第二十三条 行政机关实施行政处罚时，应当责令当事人改正或者限期改正违法行为。

第二十四条 对当事人的同一个违法行为，不得给予两次以上罚款的行政处罚。

第二十五条 不满十四周岁的人有违法行为的，不予行政处罚，责令监护人加以管教；已满十四周岁不满十八周岁的人有违法行为的，从轻或者减轻行政处罚。

第二十六条 精神病人在不能辨认或者不能控制自己行为时有违法行为的，不予行政处罚，但应当责令其监护人严加看管和治疗。间歇性精神病人在精神正常时有违法行为的，应当给予行政处罚。

第二十七条 当事人有下列情形之一的，应当依法从轻或者减轻行政处罚：

（一）主动消除或者减轻违法行为危害后果的；

（二）受他人胁迫有违法行为的；

（三）配合行政机关查处违法行为有立功表现的；

（四）其他依法从轻或者减轻行政处罚的。

违法行为轻微并及时纠正，没有造成危害后果的，不予行政处罚。

第二十八条 违法行为构成犯罪，人民法院判处拘役或者有期徒刑时，行政机关已经给予当事人行政拘留的，应当依法折抵相应刑期。

违法行为构成犯罪，人民法院判处罚金时，行政机关已经给予当事人罚款的，应当折抵相应罚金。

第二十九条 违法行为在二年内未被发现的，不再给予行政处罚。法律另有规定的除外。

前款规定的期限，从违法行为发生之日起计算；违法行为有连续或者继续状态的，从行为终了之日起计算。

第五章 行政处罚的决定

第三十条 公民、法人或者其他组织违反行政管理秩序的行为，依法应当给予行政处罚的，行政机关必须查明事实；违法事实不清的，不得给予行政处罚。

第三十一条 行政机关在作出行政处罚决定之前，应当告知当事人作出行政处罚决定的事实、理由及依据，并告知当事人依法享有的权利。

第三十二条 当事人有权进行陈述和申辩。行政机关必须充分听取当事人的意见，对当事人提出的事实、理由和证据，应当进行复核；当事人提出的事实、理由或者证据成立的，行政机关应当采纳。

行政机关不得因当事人申辩而加重处罚。

第一节 简易程序

第三十三条 违法事实确凿并有法定依据，对公民处以五十元以下、对法人或者其他组织处以一千元以下罚款或者警告的行政处罚的，可以当场作出行政处罚决定。当事人应当依照本法第四十六条、第四十七条、第四十八条的规定履行行政处罚决定。

第三十四条 执法人员当场作出行政处罚决定的，应当向当事人出示执法身份证件，填写预定格式、编有号码的行政处罚决定书。行政处罚决定书应当当场交付当事人。

前款规定的行政处罚决定书应当载明当事人的违法行为、行政处罚依据、罚款数额、时间、地点以及行政机关名称，并由执法人员签名或者盖章。

执法人员当场作出的行政处罚决定，必须报所属行政机关备案。

第三十五条 当事人对当场作出的行政处罚决定不服的，可以依法申请行政复议或者提起行政诉讼。

第二节 一般程序

第三十六条 除本法第三十三条规定的可以当场作出的行政处罚外，行政机关发现公民、法人或者其他组织有依法应当给予行政处罚的行为的，必须全面、客观、公正地调查，收集有关证据；必要时，依照法律、法规的规定，可以进行检查。

第三十七条 行政机关在调查或者进行检查时，执法人员不得少于两人，并应当向当事人或者有关人员出示证件。当事人或者有关人员应当如实回答询问，并协助调查或者检查，不得阻挠。询问或者检查应当制作笔录。

行政机关在收集证据时，可以采取抽样取证的方法；在证据可能灭失或者以后难以取得的情况下，经行政机关负责人批准，可以先行登记保存，并应当在七日内及时作出处理决定，在此期间，当事人或者有关人员不得销毁或者转移证据。

执法人员与当事人有直接利害关系的，应当回避。

第三十八条 调查终结，行政机关负责人应当对调查结果进行审查，根据不同情况，分别作出如下决定：

（一）确有应受行政处罚的违法行为的，根据情节轻重及具体情况，作出行政处罚决定；

（二）违法行为轻微，依法可以不予行政处罚的，不予行政处罚；

（三）违法事实不能成立的，不得给予行政处罚；

（四）违法行为已构成犯罪的，移送司法机关。

对情节复杂或者重大违法行为给予较重的行政处罚，行政机关的负责人应当集体讨论决定。

第三十九条 行政机关依照本法第三十八条的规定给予行政处罚，应当制作行政处罚决定书。行政处罚决定书应当载明下列事项：

（一）当事人的姓名或者名称、地址；

（二）违反法律、法规或者规章的事实和证据；

（三）行政处罚的种类和依据；

（四）行政处罚的履行方式和期限；

（五）不服行政处罚决定，申请行政复议或者提起行政诉讼的途径和期限；

（六）作出行政处罚决定的行政机关名称和作出决定的日期。

行政处罚决定书必须盖有作出行政处罚决定的行政机关的印章。

第四十条 行政处罚决定书应当在宣告后当场交付当事人；当事人不在场的，行政机关应当在七日内依照民事诉讼法的有关规定，将行政处罚决定书送达当事人。

第四十一条 行政机关及其执法人员在作出行政处罚决定之前，不依照本法第三十一条、第三十二条的规定向当事人告知给予行政处罚的事实、理由和依据，或者拒绝听取当事人的陈述、申辩，行政处罚决定不能成立；当事人放弃陈述或者申辩权利的除外。

第三节 听证程序

第四十二条 行政机关作出责令停产停业、吊销许可证或者执照、较大数额罚款等行政处罚决定之前，应当告知当事人有要求举行听证的权利；当事人要求听证的，行政机关应当组织听证。当事人不承担行政机关组织听证的费用。听证依照以下程序组织：

（一）当事人要求听证的，应当在行政机关告知后三日内提出；

（二）行政机关应当在听证的七日前，通知当事人举行听证的时间、地点；

（三）除涉及国家秘密、商业秘密或者个人隐私外，听证公开举行；

（四）听证由行政机关指定的非本案调查人员主持；当事人认为主持人与本案有直接利害关系的，有权申请回避；

（五）当事人可以亲自参加听证，也可以委托一至二人代理；

（六）举行听证时，调查人员提出当事人违法的事实、证据和行政处罚建议；当事人进行申辩和质证；

（七）听证应当制作笔录；笔录应当交当事人审核无误后签字或者盖章。

当事人对限制人身自由的行政处罚有异议的，依照治安管理处罚条例有关规定执行。

第四十三条 听证结束后，行政机关依照本法第三十八条的规定，作出决定。

第六章 行政处罚的执行

第四十四条 行政处罚决定依法作出后，当事人应当在行政处罚决定的期限内，予以履行。

第四十五条 当事人对行政处罚决定不服申请行政复议或者提起行政诉讼的，行政处罚不停止执行，法律另有规定的除外。

第四十六条 作出罚款决定的行政机关应当与收缴罚款的机构分离。

除依照本法第四十七条、第四十八条的规定当场收缴的罚款外，作出行政处罚决定的行政机关及其执法人员不得自行收缴罚款。

当事人应当自收到行政处罚决定书之日起十五日内，到指定的银行缴纳罚款。银行应当收受罚款，并将罚款直接上缴国库。

第四十七条 依照本法第三十三条的规定当场作出行政处罚决定，有下列情形之一的，执法人员可以当场收缴罚款：

（一）依法给予二十元以下的罚款的；

（二）不当场收缴事后难以执行的。

第四十八条 在边远、水上、交通不便地区，行政机关及其执法人员依照本法第三十三条、第三十八条的规定作出罚款决定后，当事人向指定的银行缴纳罚款确有困难，经当事人提出，行政机关及其执法人员可以当场收缴罚款。

第四十九条 行政机关及其执法人员当场收缴罚款的，必须向当事人出具省、自治区、直辖市财政部门统一制发的罚款收据；不出具财政部门统一制发的罚款收缴的，当事人有权拒绝缴纳罚款。

第五十条 执法人员当场收缴的罚款，应当自收缴罚款之日起二日内，交至行政机关；在水上当场收缴的罚款，应当自抵岸之日起二日内交至行政机关；行政机关应当在二日内将罚款缴付指定的银行。

第五十一条 当事人逾期不履行行政处罚决定的，作出行政处罚决定的行政机关可以采取下列措施：

（一）到期不缴纳罚款的，每日按罚款数额的百分之三加处罚款；

（二）根据法律规定，将查封、扣押的财物拍卖或者将冻结的存款划拨抵缴罚款；

（三）申请人民法院强制执行。

第五十二条 当事人确有经济困难，需要延期或者分期缴纳罚款的，经当事人申请和行政机关批准，可以暂缓或者分期缴纳。

第五十三条 除依法应当予以销毁的物品外，依法没收的非法财物必须按照国家规定公开拍卖或者按照国家有关规定处理。

罚款、没收违法所得或者没收非法财物拍卖的款项，必须全部上缴国库，任何行政机关或者个人不得以任何形式截留、私分或者变相私分；财政部门不得以任何形式向作出行政处罚决定的行政机关返还罚款、没收的违法所得或者返还没收非法财物的拍卖款项。

第五十四条 行政机关应当建立健全对行政处罚的监督制度。县级以上人民政府应当加强对行政处罚的监督检查。

公民、法人或者其他组织对行政机关作出的行政处罚，有权申诉或者检举；行政机关应当认真审查，发现行政处罚有错误的，应当主动改正。

第七章 法 律 责 任

第五十五条 行政机关实施行政处罚，有下列情形之一的，由上级行政机关或者有关部门责令改正，可以对直接负责的主管人员和其他直接责任人员依法给予行政处分：

（一）没有法定的行政处罚依据的；

（二）擅自改变行政处罚种类、幅度的；

（三）违反法定的行政处罚程序的；

（四）违反本法第十八条关于委托处罚的规定的。

第五十六条 行政机关对当事人进行处罚不使用罚款、没收财物单据或者使用非法定部门制发的罚款、没收财物单据的，当事人有权拒绝处罚，并有权予以检举。上级行政机关或者有关部门对使用的非法单据予以收缴销毁，对直接负责的主管人员和其他直接责任人员依法给予行政处分。

第五十七条 行政机关违反本法第四十六条的规定自行收缴罚款的，财政部门违反本法第五十三条的规定向行政机关返还罚款或者拍卖款项的，由上级行政机关或者有关部门责令改正，对直接负责的主管人员和其他直接责任人员依法给予行政处分。

第五十八条 行政机关将罚款、没收的违法所得或者财物截留、私分或者变相私分的，由财政部门或者有关部门予以追缴，对直接负责的主管人员和其他直接责任人员依法给予行政处分；情节严重构成犯罪的，依法追究刑事责任。

执法人员利用职务上的便利，索取或者收受他人财物、收缴罚款据为己有，构成犯罪的，依法追究刑事责任；情节轻微不构成犯罪的，依法给予行政处分。

第五十九条 行政机关使用或者损毁扣押的财物，对当事人造成损失的，应当依法予以赔偿，对直接负责的主管人员和其他直接责任人员依法给予行政处分。

第六十条 行政机关违法实行检查措施或者执行措施，给公民人身或者财产造成损害、给法人或者其他组织造成损失的，应当依法予以赔偿，对直接负责的主管人员和其他直接责任人员依法给予行政处分；情节严重构成犯罪的，依法追究刑事责任。

第六十一条 行政机关为牟取本单位私利，对应当依法移交司法机关追究刑事责任的不移交，以行政处罚代替刑罚，由上级行政机关或者有关部门责令纠正；拒不纠正的，对直接负责的主管人员给予行政处分；徇私舞弊、包庇纵容违法行为的，比照刑法第一百八十八条的规定追究刑事责任。

第六十二条 执法人员玩忽职守，对应当予以制止和处罚的违法行为不予制止、处罚，致使公民、法人或者其他组织的合法权益、公共利益和社会秩序遭受损害的，对直接负责的主管人员和其他直接责任人员依法给予行政处分；情节严重构成犯罪的，依法追究刑事责任。

第八章 附 则

第六十三条 本法第四十六条罚款决定与罚款收缴分离的规定，由国务院制定具体实施办法。

第六十四条 本法自 1996 年 10 月 1 日起施行。

本法公布前制定的法规和规章关于行政处罚的规定与本法不符合的，应当自本法公布之日起，依照本法规定予以修订，在 1997 年 12 月 31 日前修订完毕。

安全生产违法行为行政处罚办法

国家安全生产监督管理总局令
第 15 号

新修订的《安全生产违法行为行政处罚办法》已经 2007 年 11 月 9 日国家安全生产监督管理总局局长办公会议审议通过，现予公布，自 2008 年 1 月 1 日起施行。原国家安全生产监督管理局（国家煤矿安全监察局）2003 年 5 月 19 日公布的《安全生产违法行为行政处罚办法》、2001年 4 月 27 日公布的《煤矿安全监察程序暂行规定》同时废止。

局　长　李毅中
二〇〇七年十一月三十日

第一章　总　　则

第一条 为了制裁安全生产违法行为，规范安全生产行政处罚工作，依照行政处罚法、安全生产法及其他有关法律、行政法规的规定，制定本办法。

第二条 县级以上人民政府安全生产监督管理部门对生产经营单位及其有关人员在生产经营活动中违反有关安全生产的法律、行政法规、部门规章、国家标准、行业标准和规程的违法行为（以下统称安全生产违法行为）实施行政处罚，适用本办法。

煤矿安全监察机构依照本办法和煤矿安全监察行政处罚办法，对煤矿、煤矿安全生产中介机构等生产经营单位及其有关人员的安全生产违法行为实施行政处罚。

有关法律、行政法规对安全生产违法行为行政处罚的种类、幅度或者决定机关另有规定的，依照其规定。

第三条 对安全生产违法行为实施行政处罚，应当遵循公平、公正、公开的原则。

安全生产监督管理部门或者煤矿安全监察机构（以下统称安全监管监察部门）及其行政执法人员实施行政处罚，必须以事实为依据。行政处罚应当与安全生产违法行为的事实、性质、情节以及社会危害程度相当。

第四条 生产经营单位及其有关人员对安全监管监察部门给予的行政处罚，依法享有陈述权、申辩权和听证权；对行政处罚不服的，有权依法申请行政复议或者提起行政诉讼；因违法给予行政处罚受到损害的，有权依法申请国家赔偿。

第二章　行政处罚的种类、管辖

第五条 安全生产违法行为行政处罚的种类：

（一）警告；

（二）罚款；

（三）责令改正、责令限期改正、责令停止违法行为；

（四）没收违法所得、没收非法开采的煤炭产品、采掘设备；

（五）责令停产停业整顿、责令停产停业、责令停止建设、责令停止施工；

（六）暂扣或者吊销有关许可证，暂停或者撤销有关执业资格、岗位证书；

（七）关闭；

（八）拘留；

（九）安全生产法律、行政法规规定的其他行政处罚。

法律、行政法规将前款的责令改正、责令限期改正、责令停止违法行为规定为现场处理措施的除外。

第六条 县级以上安全监管监察部门应当按照本章的规定，在各自的职责范围内对安全生产违法行为行政处罚行使管辖权。

安全生产违法行为的行政处罚，由安全生产违法行为发生地的县级以上安全监管监察部门管辖。中央企业及其所属企业、有关人员的安全生产违法行为的行政处罚，由安全生产违法行为发生地的设区的市级以上安全监管监察部门管辖。

暂扣、吊销有关许可证和暂停、撤销有关执业资格、岗位证书的行政处罚，由发证机关决定。其中，暂扣有关许可证和暂停有关执业资格、岗位证书的期限一般不得超过 6 个月；法律、行政法规另有规定的，依照其规定。

给予关闭的行政处罚，由县级以上安全监管监察部门报请县级以上人民政府按照国务院规定的权限决定。

给予拘留的行政处罚，由县级以上安全监管监察部门建议公安机关依照治安管理处罚法的规定决定。

第七条 两个以上安全监管监察部门因行政处罚管辖权发生争议的，由其共同的上一级安全监管监察部门指定管辖。

第八条 对报告或者举报的安全生产违法行为，安全监管监察部门应当受理；发现不属于自己管辖的，应当及时移送有管辖权的部门。

受移送的安全监管监察部门对管辖权有异议的，应当报请共同的上一级安全监管监察部门指定管辖。

第九条 安全生产违法行为构成犯罪的，安全监管监察部门应当将案件移送司法机关，依法追究刑事责任；尚不够刑事处罚但依法应当给予行政处罚的，由安全监管监察部门管辖。

第十条 上级安全监管监察部门可以直接查处下级安全监管监察部门管辖的案件，也可以将自己管辖的案件交由下级安全监管监察部门管辖。

下级安全监管监察部门可以将重大、疑难案件报请上级安全监管监察部门管辖。

第十一条 上级安全监管监察部门有权对下级安全监管监察部门违法或者不适当的行政处罚予以纠正或者撤销。

第十二条 安全监管监察部门根据需要，可以在其法定职权范围内委托符合行政处罚法第十九条规定条件的组织或者乡镇人民政府、城市街道办事处设立的安全生产监督管理机构实施行政处罚。受委托的单位在委托范围内，以委托的安全监管监察部门名义实施行政处罚。

委托的安全监管监察部门应当监督检查受委托的单位实施行政处罚，并对其实施行政处罚的后果承担法律责任。

第三章　行政处罚的程序

第十三条 安全生产行政执法人员在执行公务时，必须出示省级以上安全生产监督管理部门或者县级以上地方人民政府统一制作的有效行政执法证件。其中对煤矿进行安全监察，必须出示国家安全生产监督管理总局统一制作的煤矿安全监察员证。

第十四条　安全监管监察部门及其行政执法人员在监督检查时发现生产经营单位存在事故隐患的，应当按照下列规定采取现场处理措施：

（一）能够立即排除的，应当责令立即排除；

（二）重大事故隐患排除前或者排除过程中无法保证安全的，应当责令从危险区域撤出作业人员，并责令暂时停产停业、停止建设、停止施工或者停止使用，限期排除隐患。

隐患排除后，经安全监管监察部门审查同意，方可恢复生产经营和使用。

本条第一款第（二）项规定的责令暂时停产停业、停止建设、停止施工或者停止使用的期限一般不超过 6 个月；法律、行政法规另有规定的，依照其规定。

第十五条　对有根据认为不符合安全生产的国家标准或者行业标准的在用设施、设备、器材，安全监管监察部门应当依法予以查封或者扣押，并在 15 日内按照下列规定作出处理决定：

（一）能够修理、更换的，责令予以修理、更换；不能修理、更换的，不准使用；

（二）依法采取其他行政强制措施或者现场处理措施；

（三）依法给予行政处罚；

（四）经核查予以查封或者扣押的设备、设施、器材符合国家标准或者行业标准的，解除查封或者扣押。

实施查封、扣押，应当当场下达查封、扣押决定书和被查封、扣押的财物清单。在交通不便地区，或者不及时查封、扣押可能影响案件查处，或者存在事故隐患可能导致生产安全事故的，可以先行实施查封、扣押，并在 48 小时内补办查封、扣押决定书，送达当事人。

第十六条　生产经营单位被责令限期改正或者限期进行隐患排除治理的，应当在规定限期内完成。因不可抗力无法在规定限期内完成的，应当在进行整改或者治理的同时，于限期届满前 10 日内提出书面延期申请，安全监管监察部门应当在收到申请之日起 5 日内书面答复是否准予延期。

生产经营单位提出复查申请或者整改、治理限期届满的，安全监管监察部门应当自申请或者限期届满之日起 10 日内进行复查，填写复查意见书，由被复查单位和安全监管监察部门复查人员签名后存档。逾期未整改、未治理或者整改、治理不合格的，安全监管监察部门应当依法给予行政处罚。

第十七条　安全监管监察部门在作出行政处罚决定前，应当填写行政处罚告知书，告知当事人作出行政处罚决定的事实、理由、依据，以及当事人依法享有的权利，并送达当事人。当事人应当在收到行政处罚告知书之日起 3 日内进行陈述、申辩，或者依法提出听证要求，逾期视为放弃上述权利。

第十八条　安全监管监察部门应当充分听取当事人的陈述和申辩，对当事人提出的事实、理由和证据，应当进行复核；当事人提出的事实、理由和证据成立的，安全监管监察部门应当采纳。

安全监管监察部门不得因当事人陈述或者申辩而加重处罚。

第十九条　安全监管监察部门对安全生产违法行为实施行政处罚，应当符合法定程序，制作行政执法文书。

第一节　简　易　程　序

第二十条　违法事实确凿并有法定依据，对个人处以 50 元以下罚款、对生产经营单位处以 1 千元以下罚款或者警告的行政处罚的，安全生产行政执法人员可以当场作出行政处罚决定。

第二十一条　安全生产行政执法人员当场作出行政处罚决定，应当填写预定格式、编有号码的行政处罚决定书并当场交付当事人。

安全生产行政执法人员当场作出行政处罚决定后应当及时报告，并在5日内报所属安全监管监察部门备案。

第二节　一般程序

第二十二条　除依照简易程序当场作出的行政处罚外，安全监管监察部门发现生产经营单位及其有关人员有应当给予行政处罚的行为的，应当予以立案，填写立案审批表，并全面、客观、公正地进行调查，收集有关证据。对确需立即查处的安全生产违法行为，可以先行调查取证，并在5日内补办立案手续。

第二十三条　对已经立案的案件，由立案审批人指定两名或者两名以上安全生产行政执法人员进行调查。

有下列情形之一的，承办案件的安全生产行政执法人员应当回避：

（一）本人是本案的当事人或者当事人的近亲属的；

（二）本人或者其近亲属与本案有利害关系的；

（三）与本人有其他利害关系，可能影响案件的公正处理的。

安全生产行政执法人员的回避，由派出其进行调查的安全监管监察部门的负责人决定。进行调查的安全监管监察部门负责人的回避，由该部门负责人集体讨论决定。回避决定作出之前，承办案件的安全生产行政执法人员不得擅自停止对案件的调查。

第二十四条　进行案件调查时，安全生产行政执法人员不得少于两名。当事人或者有关人员应当如实回答安全生产行政执法人员的询问，并协助调查或者检查，不得拒绝、阻挠或者提供虚假情况。

询问或者检查应当制作笔录。笔录应当记载时间、地点、询问和检查情况，并由被询问人、被检查单位和安全生产行政执法人员签名或者盖章；被询问人、被检查单位要求补正的，应当允许。被询问人或者被检查单位拒绝签名或者盖章的，安全生产行政执法人员应当在笔录上注明原因并签名。

第二十五条　安全生产行政执法人员应当收集、调取与案件有关的原始凭证作为证据。调取原始凭证确有困难的，可以复制，复制件应当注明"经核对与原件无异"的字样和原始凭证存放的单位及其处所，并由出具证据的人员签名或者单位盖章。

第二十六条　安全生产行政执法人员在收集证据时，可以采取抽样取证的方法；在证据可能灭失或者以后难以取得的情况下，经本单位负责人批准，可以先行登记保存，并应当在7日内作出处理决定：

（一）违法事实成立依法应当没收的，作出行政处罚决定，予以没收；依法应当扣留或者封存的，予以扣留或者封存；

（二）违法事实不成立，或者依法不应当予以没收、扣留、封存的，解除登记保存。

第二十七条　安全生产行政执法人员对与案件有关的物品、场所进行勘验检查时，应当通知当事人到场，制作勘验笔录，并由当事人核对无误后签名或者盖章。当事人拒绝到场的，可以邀请在场的其他人员作证，并在勘验笔录中注明；也可以采用录音、录像等方式记录有关物品、场所的情况后，再进行勘验检查。

第二十八条　案件调查终结后，负责承办案件的安全生产行政执法人员应当填写案件处理呈批表，连同有关证据材料一并报本部门负责人审批。

安全监管监察部门负责人应当及时对案件调查结果进行审查，根据不同情况，分别作出以下决定：

（一）确有应受行政处罚的违法行为的，根据情节轻重及具体情况，作出行政处罚决定；

（二）违法行为轻微，依法可以不予行政处罚的，不予行政处罚；

（三）违法事实不能成立，不得给予行政处罚；

（四）违法行为涉嫌犯罪的，移送司法机关处理。

对严重安全生产违法行为给予责令停产停业整顿、责令停产停业、责令停止建设、责令停止施工、吊销有关许可证、撤销有关执业资格或者岗位证书、3万元以上罚款、没收违法所得、没收非法开采的煤炭产品或者采掘设备价值3万元以上的行政处罚的，应当由安全监管监察部门的负责人集体讨论决定。

第二十九条 安全监管监察部门依照本办法第二十八条的规定给予行政处罚，应当制作行政处罚决定书。行政处罚决定书应当载明下列事项：

（一）当事人的姓名或者名称、地址或者住址；

（二）违法事实和证据；

（三）行政处罚的种类和依据；

（四）行政处罚的履行方式和期限；

（五）不服行政处罚决定，申请行政复议或者提起行政诉讼的途径和期限；

（六）作出行政处罚决定的安全监管监察部门的名称和作出决定的日期。

行政处罚决定书必须盖有作出行政处罚决定的安全监管监察部门的印章。

第三十条 行政处罚决定书应当在宣告后当场交付当事人；当事人不在场的，安全监管监察部门应当在7日内依照民事诉讼法的有关规定，将行政处罚决定书送达当事人或者其他的法定受送达人：

（一）送达必须有送达回执，由受送达人在送达回执上注明收到日期，签名或者盖章；

（二）送达应当直接送交受送达人。受送达人是个人的，本人不在交他的同住成年家属签收，并在行政处罚决定书送达回执的备注栏内注明与受送达人的关系；

（三）受送达人是法人或者其他组织的，应当由法人的法定代表人、其他组织的主要负责人或者该法人、组织负责收件的人签收；

（四）受送达人指定代收人的，交代收人签收并注明受当事人委托的情况；

（五）直接送达确有困难的，可以挂号邮寄送达，也可以委托当地安全监管监察部门代为送达，代为送达的安全监管监察部门收到文书后，必须立即交受送达人签收；

（六）当事人或者他的同住成年家属拒绝接收的，送达人应当邀请有关基层组织的代表或者有关人员到场，注明情况，在行政处罚决定书送达回执上注明拒收的事由和日期，由送达人、见证人签名或者盖章，将文书留在当事人的收发部门或者住所，即视为送达；

（七）受送达人下落不明，或者用以上方式无法送达的，可以公告送达，自公告发布之日起经过60日，即视为送达。公告送达，应当在案卷中注明原因和经过。

安全监管监察部门送达其他行政处罚执法文书，按照前款规定办理。

第三十一条 行政处罚案件应当自立案之日起30日内办理完毕；由于客观原因不能完成的，经安全监管监察部门负责人同意，可以延长，但不得超过90日；特殊情况需进一步延长的，应当经上一级安全监管监察部门批准，可延长至180日。

第三节 听证程序

第三十二条 安全监管监察部门作出责令停产停业整顿、责令停产停业、吊销有关许可证、撤销有关执业资格、岗位证书或者较大数额罚款的行政处罚决定之前，应当告知当事人有要求举行听证的权利；当事人要求听证的，安全监管监察部门应当组织听证，不得向当事人收取听证费用。

前款所称较大数额罚款，为省、自治区、直辖市人大常委会或者人民政府规定的数额；没有规定数额的，其数额对个人罚款为1万元以上，对生产经营单位罚款为3万元以上。

第三十三条 当事人要求听证的，应当在安全监管监察部门依照本办法第十七条规定告知后3日内以书面方式提出。

第三十四条 当事人提出听证要求后，安全监管监察部门应当在举行听证会的7日前，通知当事人举行听证的时间、地点。

当事人应当按期参加听证。当事人有正当理由要求延期的，经组织听证的安全监管监察部门负责人批准可以延期1次；当事人未按期参加听证，并且未事先说明理由的，视为放弃听证权利。

第三十五条 听证参加人由听证主持人、听证员、案件调查人员、当事人及其委托代理人、书记员组成。

听证主持人、听证员、书记员应当由组织听证的安全监管监察部门负责人指定的非本案调查人员担任。

当事人可以委托1至2名代理人参加听证，并提交委托书。

第三十六条 除涉及国家秘密、商业秘密或者个人隐私外，听证应当公开举行。

第三十七条 当事人在听证中的权利和义务：

（一）有权对案件涉及的事实、适用法律及有关情况进行陈述和申辩；

（二）有权对案件调查人员提出的证据质证并提出新的证据；

（三）如实回答主持人的提问；

（四）遵守听证会场纪律，服从听证主持人指挥。

第三十八条 听证按照下列程序进行：

（一）书记员宣布听证会场纪律、当事人的权利和义务。听证主持人宣布案由，核实听证参加人名单，宣布听证开始；

（二）案件调查人员提出当事人的违法事实、出示证据，说明拟作出的行政处罚的内容及法律依据；

（三）当事人或者其委托代理人对案件的事实、证据、适用的法律等进行陈述和申辩，提交新的证据材料；

（四）听证主持人就案件的有关问题向当事人、案件调查人员、证人询问；

（五）案件调查人员、当事人或者其委托代理人相互辩论；

（六）当事人或者其委托代理人作最后陈述；

（七）听证主持人宣布听证结束。

听证笔录应当当场交当事人核对无误后签名或者盖章。

第三十九条 有下列情形之一的，应当中止听证：

（一）需要重新调查取证的；

（二）需要通知新证人到场作证的；

（三）因不可抗力无法继续进行听证的。

第四十条 有下列情形之一的，应当终止听证：

（一）当事人撤回听证要求的；

（二）当事人无正当理由不按时参加听证的；

（三）拟作出的行政处罚决定已经变更，不适用听证程序的。

第四十一条 听证结束后，听证主持人应当依据听证情况，填写听证会报告书，提出处理意见并附听证笔录报安全监管监察部门负责人审查。安全监管监察部门依照本办法第二十八条的规定作出决定。

第四章　行政处罚的适用

第四十二条 生产经营单位的决策机构、主要负责人、个人经营的投资人（包括实际控制人，下同）未依法保证下列安全生产所必需的资金投入，致使生产经营单位不具备安全生产条件的，责令限期改正，提供必需的资金，并可以对生产经营单位处1万元以上3万元以下罚款，对生产经营单位的主要负责人、个人经营的投资人处5千元以上1万元以下罚款；逾期未改正的，责令生产经营单位停产停业整顿：

（一）未按规定缴存和使用安全生产风险抵押金的；

（二）未按规定足额提取和使用安全生产费用的；

（三）国家规定的其他安全生产所必需的资金投入。

生产经营单位主要负责人、个人经营的投资人有前款违法行为，导致发生生产安全事故的，依照《生产安全事故报告和调查处理条例》的规定给予处罚。

第四十三条 生产经营单位的主要负责人未依法履行安全生产管理职责，导致生产安全事故发生的，依照《生产安全事故报告和调查处理条例》的规定给予处罚。

第四十四条 生产经营单位及其主要负责人或者其他人员有下列行为之一的，给予警告，并可以对生产经营单位处1万元以上3万元以下罚款，对其主要负责人、其他有关人员处1千元以上1万元以下的罚款：

（一）违反操作规程或者安全管理规定作业的；

（二）违章指挥从业人员或者强令从业人员违章、冒险作业的；

（三）发现从业人员违章作业不加制止的；

（四）超过核定的生产能力、强度或者定员进行生产的；

（五）对被查封或者扣押的设施、设备、器材，擅自启封或者使用的；

（六）故意提供虚假情况或者隐瞒存在的事故隐患以及其他安全问题的；

（七）对事故预兆或者已发现的事故隐患不及时采取措施的；

（八）拒绝、阻碍安全生产行政执法人员监督检查的；

（九）拒绝、阻碍安全监管监察部门聘请的专家进行现场检查的；

（十）拒不执行安全监管监察部门及其行政执法人员的安全监管监察指令的。

第四十五条 危险物品的生产、经营、储存单位以及矿山企业、建筑施工单位有下列行为之一的，责令改正，并可以处1万元以上3万元以下的罚款：

（一）未建立应急救援组织或者未按规定签订救护协议的；

（二）未配备必要的应急救援器材、设备，并进行经常性维护、保养，保证正常运转的。

第四十六条 生产经营单位与从业人员订立协议，免除或者减轻其对从业人员因生产安全事故伤亡依法应承担的责任的，该协议无效；对生产经营单位的主要负责人、个人经营的投资人按照下列规定处以罚款：

（一）在协议中减轻因生产安全事故伤亡对从业人员依法应承担的责任的，处2万元以上5万元以下的罚款；

（二）在协议中免除因生产安全事故伤亡对从业人员依法应承担的责任的，处5万元以上10

万元以下的罚款。

第四十七条 生产经营单位不具备法律、行政法规和国家标准、行业标准规定的安全生产条件，经责令停产停业整顿仍不具备安全生产条件的，安全监管监察部门应当提请有管辖权的人民政府予以关闭；人民政府决定关闭的，安全监管监察部门应当依法吊销其有关许可证。

第四十八条 生产经营单位转让安全生产许可证的，没收违法所得，吊销安全生产许可证，并按照下列规定处以罚款：

（一）接受转让的单位和个人未发生生产安全事故的，处 10 万元以上 30 万元以下的罚款；

（二）接受转让的单位和个人发生生产安全事故但没有造成人员死亡的，处 30 万元以上 40 万元以下的罚款；

（三）接受转让的单位和个人发生人员死亡生产安全事故的，处 40 万元以上 50 万元以下的罚款。

第四十九条 知道或者应当知道生产经营单位未取得安全生产许可证或者其他批准文件擅自从事生产经营活动，仍为其提供生产经营场所、运输、保管、仓储等条件的，责令立即停止违法行为，有违法所得的，没收违法所得，并处违法所得 1 倍以上 3 倍以下的罚款，但是最高不得超过 3 万元；没有违法所得的，并处 5 千元以上 1 万元以下的罚款。

第五十条 生产经营单位及其有关人员弄虚作假，骗取或者勾结、串通行政审批工作人员取得安全生产许可证书及其他批准文件的，撤销许可及批准文件，并按照下列规定处以罚款：

（一）生产经营单位有违法所得的，没收违法所得，并处违法所得 1 倍以上 3 倍以下的罚款，但是最高不得超过 3 万元；没有违法所得的，并处 5 千元以上 1 万元以下的罚款；

（二）对有关人员处 1 千元以上 1 万元以下的罚款。

有前款规定违法行为的生产经营单位及其有关人员在 3 年内不得再次申请该行政许可。

生产经营单位及其有关人员未依法办理安全生产许可证书变更手续的，责令限期改正，并对生产经营单位处 1 万元以上 3 万元以下的罚款，对有关人员处 1 千元以上 5 千元以下的罚款。

第五十一条 未取得相应资格、资质证书的机构及其有关人员从事安全评价、认证、检测、检验工作，责令停止违法行为，并按照下列规定处以罚款：

（一）机构有违法所得的，没收违法所得，并处违法所得 1 倍以上 3 倍以下的罚款，但是最高不得超过 3 万元；没有违法所得的，并处 5 千元以上 1 万元以下的罚款；

（二）有关人员处 5 千元以上 1 万元以下的罚款。

第五十二条 生产经营单位及其有关人员触犯不同的法律规定，有两个以上应当给予行政处罚的安全生产违法行为的，安全监管监察部门应当适用不同的法律规定，分别裁量，合并处罚。

第五十三条 对同一生产经营单位及其有关人员的同一安全生产违法行为，不得给予两次以上罚款的行政处罚。

第五十四条 生产经营单位及其有关人员有下列情形之一的，应当从重处罚：

（一）危及公共安全或者其他生产经营单位安全的，经责令限期改正，逾期未改正的；

（二）一年内因同一违法行为受到两次以上行政处罚的；

（三）拒不整改或者整改不力，其违法行为呈持续状态的；

（四）拒绝、阻碍或者以暴力威胁行政执法人员的。

第五十五条 生产经营单位及其有关人员有下列情形之一的，应当从轻或者减轻行政处罚：

（一）主动消除或者减轻安全生产违法行为危害后果的；

（二）受他人胁迫实施安全生产违法行为的；

（三）配合安全监管监察部门查处安全生产违法行为有立功表现的；

（四）其他依法应予从轻或者减轻行政处罚的。

安全生产违法行为轻微并及时纠正，没有造成危害后果的，不予行政处罚。

第五章　行政处罚的执行和备案

第五十六条　安全监管监察部门实施行政处罚时，应当同时责令生产经营单位及其有关人员停止、改正或者限期改正违法行为。

第五十七条　本办法所称的违法所得，按照下列规定计算：

（一）生产、加工产品的，以生产、加工产品的销售收入作为违法所得；

（二）销售商品的，以销售收入作为违法所得；

（三）提供安全生产中介、租赁等服务的，以服务收入或者报酬作为违法所得；

（四）销售收入无法计算的，按当地同类同等规模的生产经营单位的平均销售收入计算；

（五）服务收入、报酬无法计算的，按照当地同行业同种服务的平均收入或者报酬计算。

第五十八条　行政处罚决定依法作出后，当事人应当在行政处罚决定的期限内，予以履行；当事人逾期不履的，作出行政处罚决定的安全监管监察部门可以采取下列措施：

（一）到期不缴纳罚款的，每日按罚款数额的 3% 加处罚款；

（二）根据法律规定，将查封、扣押的设施、设备、器材拍卖所得价款抵缴罚款；

（三）申请人民法院强制执行。

当事人对行政处罚决定不服申请行政复议或者提起行政诉讼的，行政处罚不停止执行，法律另有规定的除外。

第五十九条　安全生产行政执法人员当场收缴罚款的，应当出具省、自治区、直辖市财政部门统一制发的罚款收据；当场收缴的罚款，应当自收缴罚款之日起 2 日内，交至所属安全监管监察部门；安全监管监察部门应当在 2 日内将罚款缴付指定的银行。

第六十条　除依法应当予以销毁的物品外，需要将查封、扣押的设施、设备、器材拍卖抵缴罚款的，依照法律或者国家有关规定处理。销毁物品，依照国家有关规定处理；没有规定的，经县级以上安全监管监察部门负责人批准，由两名以上安全生产行政执法人员监督销毁，并制作销毁记录。处理物品，应当制作清单。

第六十一条　罚款、没收违法所得的款项和没收非法开采的煤炭产品、采掘设备，必须按照有关规定上缴，任何单位和个人不得截留、私分或者变相私分。

第六十二条　县级安全生产监督管理部门处以 2 万元以上罚款、没收违法所得、没收非法生产的煤炭产品或者采掘设备价值 2 万元以上、责令停产停业、停止建设、停止施工、停产停业整顿、撤销有关资格、岗位证书或者吊销有关许可证的行政处罚的，应当自作出行政处罚决定之日起 10 日内报设区的市级安全生产监督管理部门备案。

第六十三条　设区的市级安全生产监督管理部门、煤矿安全监察分局处以 5 万元以上罚款、没收违法所得、没收非法生产的煤炭产品或者采掘设备价值 5 万元以上、责令停产停业、停止建设、停止施工、停产停业整顿、撤销有关资格、岗位证书或者吊销有关许可证的行政处罚的，应当自作出行政处罚决定之日起 10 日内报省级安全监管监察部门备案。

第六十四条　省级安全监管监察部门处以 10 万元以上罚款、没收违法所得、没收非法生产的煤炭产品或者采掘设备价值 10 万元以上、责令停产停业、停止建设、停止施工、停产停业整顿、撤销有关资格、岗位证书或者吊销有关许可证的行政处罚的，应当自作出行政处罚决定之日起 10 日内报国家安全生产监督管理总局或者国家煤矿安全监察局备案。

对上级安全监管监察部门交办案件给予行政处罚的，由决定行政处罚的安全监管监察部门自作出行政处罚决定之日起 10 日内报上级安全监管监察部门备案。

第六十五条　行政处罚执行完毕后，案件材料应当按照有关规定立卷归档。

案卷立案归档后，任何单位和个人不得擅自增加、抽取、涂改和销毁案卷材料。未经安全监管监察部门负责人批准，任何单位和个人不得借阅案卷。

第六章　附　　则

第六十六条　安全生产监督管理部门所用的行政处罚文书式样，由国家安全生产监督管理总局统一制定。

煤矿安全监察机构所用的行政处罚文书式样，由国家煤矿安全监察局统一制定。

第六十七条　本办法所称的生产经营单位，是指合法和非法从事生产或者经营活动的基本单元，包括企业法人、不具备企业法人资格的合伙组织、个体工商户和自然人等生产经营主体。

本办法所称的"以上"包括本数，所称的"以下"不包括本数。

第六十八条　本办法自 2008 年 1 月 1 日起施行。原国家安全生产监督管理局（国家煤矿安全监察局）2003 年 5 月 19 日公布的《安全生产违法行为行政处罚办法》、2001 年 4 月 27 日公布的《煤矿安全监察程序暂行规定》同时废止。

《生产安全事故报告和调查处理条例》
罚款处罚暂行规定
国家安全生产监督管理总局令
第 13 号

《〈生产安全事故报告和调查处罚条例〉罚款处罚暂行规定》已经 2007 年 7 月 3 日国家安全生产监督管理总局局长办公会议审议通过，现予公布，自公布之日起施行。

局长　李毅中

二〇〇七年七月十二日

第一条　为防止和减少生产安全事故，严格追究生产安全事故发生单位及其有关责任人员的法律责任，正确适用事故罚款的行政处罚，依照《生产安全事故报告和调查处理条例》（以下简称《条例》）的规定，制定本规定。

第二条　安全生产监督管理部门和煤矿安全监察机构对生产安全事故发生单位（以下简称事故发生单位）及其主要负责人、直接负责的主管人员和其他责任人员等有关责任人员实施罚款的行政处罚，适用本规定。

法律、行政法规对行政处罚的种类、幅度和决定机关另有规定的，依照其规定。

第三条　本规定所称事故发生单位是指对事故发生负有责任的生产经营单位。

本规定所称主要负责人是指有限责任公司、股份有限公司的董事长或者总经理或者个人经营的投资人，其他生产经营单位的厂长、经理、局长、矿长（含实际控制人、投资人）等人员。

第四条　本规定所称事故发生单位主要负责人、直接负责的主管人员和其他直接责任人员的上一年年收入，属于国有生产经营单位的，是指该单位上级主管部门所确定的上一年年收入总额；属于非国有生产经营单位的，是指经财务、税务部门核定的上一年年收入总额。

第五条 《条例》所称的迟报、漏报、谎报和瞒报，依照下列情形认定：

（一）报告事故的时间超过规定时限的，属于迟报；

（二）因过失对应当上报的事故或者事故发生的时间、地点、类别、伤亡人数、直接经济损失等内容遗漏未报的，属于漏报；

（三）故意不如实报告事故发生的时间、地点、类别、伤亡人数、直接经济损失等有关内容的，属于谎报；

（四）故意隐瞒已经发生的事故，并经有关部门查证属实的，属于瞒报。

第六条 对事故发生单位及其有关责任人员处以罚款的行政处罚，依照下列规定决定：

（一）对发生特别重大事故的单位及其有关责任人员罚款的行政处罚，由国家安全生产监督管理总局决定；

（二）对发生重大事故的单位及其有关责任人员罚款的行政处罚，由省级人民政府安全生产监督管理部门决定；

（三）对发生较大事故的单位及其有关责任人员罚款的行政处罚，由设区的市级人民政府安全生产监督管理部门决定；

（四）对发生一般事故的单位及其有关责任人员罚款的行政处罚，由县级人民政府安全生产监督管理部门决定。

上级安全生产监督管理部门可以指定下一级安全生产监督管理部门对事故发生单位及其有关责任人员实施行政处罚。

第七条 对煤矿事故发生单位及其有关责任人员处以罚款的行政处罚，依照下列规定执行：

（一）对发生特别重大事故的煤矿及其有关责任人员罚款的行政处罚，由国家煤矿安全监察局决定；

（二）对发生重大事故和较大事故的煤矿及其有关责任人员罚款的行政处罚，由省级煤矿安全监察机构决定；

（三）对发生一般事故的煤矿及其有关责任人员罚款的行政处罚，由省级煤矿安全监察机构所属分局决定。

上级煤矿安全监察机构可以指定下一级煤矿安全监察机构对事故发生单位及其有关责任人员实施行政处罚。

第八条 特别重大事故以下等级事故，事故发生地与事故发生单位所在地不在同一个县级以上行政区域的，由事故发生地的安全生产监督管理部门或者煤矿安全监察机构依照本规定第六条或者第七条规定的权限实施行政处罚。

第九条 安全生产监督管理部门和煤矿安全监察机构对事故发生单位及其有关责任人员实施罚款的行政处罚，依照《安全生产违法行为行政处罚办法》规定的程序执行。

第十条 事故发生单位及其有关责任人员对安全生产监督管理部门和煤矿安全监察机构给予的行政处罚，享有陈述、申辩的权利；对行政处罚不服的，有权依法申请行政复议或者提起行政诉讼。

第十一条 事故发生单位主要负责人有《条例》第三十五条规定的行为之一的，依照下列规定处以罚款：

（一）事故发生单位主要负责人在事故发生后不立即组织事故抢救的，处上一年年收入80％的罚款；

（二）事故发生单位主要负责人迟报或者漏报事故的，处上一年年收入40％至60％的罚款；

（三）事故发生单位主要负责人在事故调查处理期间擅离职守的，处上一年年收入60%至80%的罚款。

第十二条 事故发生单位有《条例》第三十六条规定的行为之一的，依照下列规定处以罚款：

（一）没有贻误事故抢救的，处100万元以上200万元以下的罚款；

（二）贻误事故抢救或者造成事故扩大或者影响事故调查的，处200万元以上300万元以下的罚款；

（三）贻误事故抢救或者造成事故扩大或者影响事故调查，手段恶劣，情节严重的，处300万元以上500万元以下的罚款。

第十三条 事故发生单位的主要负责人、直接负责的主管人员和其他直接责任人员有《条例》第三十六条规定的行为之一的，依照下列规定处以罚款：

（一）谎报、瞒报事故的，处上一年年收入60%至80%的罚款；

（二）伪造、故意破坏事故现场，或者转移、隐匿资金、财产、销毁有关证据、资料，或者拒绝接受调查，或者拒绝提供有关情况和资料，或者在事故调查中作伪证，或者指使他人作伪证的，处上一年年收入80%至90%的罚款；

（三）事故发生后逃匿的，处上一年年收入100%的罚款。

第十四条 事故发生单位对造成3人以下死亡，或者3人以上10人以下重伤（包括急性工业中毒），或者300万元以上1000万元以下直接经济损失的事故负有责任的，处10万元以上20万元以下的罚款。

第十五条 事故发生单位对较大事故发生负有责任的，依照下列规定处以罚款：

（一）造成3人以上6人以下死亡，或者10人以上30人以下重伤（包括急性工业中毒），或者1000万元以上3000万元以下直接经济损失的，处20万元以上30万元以下的罚款；

（二）造成6人以上10人以下死亡，或者30人以上50人以下重伤（包括急性工业中毒），或者3000万元以上5000万元以下直接经济损失的，处30万元以上50万元以下的罚款。

第十六条 事故发生单位对重大事故发生负有责任的，依照下列规定处以罚款：

（一）造成10人以上15人以下死亡，或者50人以上70人以下重伤（包括急性工业中毒），或者5000万元以上7000万元以下直接经济损失的，处50万元以上100万元以下的罚款；

（二）造成15人以上30人以下死亡，或者70人以上100人以下重伤（包括急性工业中毒），或者7000万元以上1亿元以下直接经济损失的，处100万元以上200万元以下的罚款。

第十七条 事故发生单位对特别重大事故发生负有责任的，处200万元以上500万元以下的罚款。

第十八条 事故发生单位主要负责人未依法履行安全生产管理职责，导致事故发生的，依照下列规定处以罚款：

（一）发生一般事故的，处上一年年收入30%的罚款；

（二）发生较大事故的，处上一年年收入40%的罚款；

（三）发生重大事故的，处上一年年收入60%的罚款；

（四）发生特别重大事故的，处上一年年收入80%的罚款。

第十九条 法律、行政法规对发生事故的单位及其有关责任人员规定的罚款幅度与本规定不同的，按照较高的幅度处以罚款，但对同一违法行为不得重复罚款。

第二十条 违反《条例》和本规定，事故发生单位及其有关责任人员有两种以上应当处以罚款的行为的，安全生产监督管理部门或者煤矿安全监察机构应当分别裁量，合并作出处罚决定。

第二十一条 对事故发生负有责任的其他单位及其有关责任人员处以罚款的行政处罚，依照相关法律、法规和规章的规定实施。

第二十二条 本规定所称的"以上"包括本数，所称的"以下"不包括本数。

第二十三条 本规定自公布之日起施行。

中华人民共和国行政复议法

第一章 总 则

第一条 为了防止和纠正违法的或者不当的具体行政行为，保护公民、法人和其他组织的合法权益，保障和监督行政机关依法行使职权，根据宪法，制定本法。

第二条 公民、法人或者其他组织认为具体行政行为侵犯其合法权益，向行政机关提出行政复议申请，行政机关受理行政复议申请、作出行政复议决定，适用本法。

第三条 依照本法履行行政复议职责的行政机关是行政复议机关。行政复议机关负责法制工作的机构具体办理行政复议事项，履行下列职责：

（一）受理行政复议申请；

（二）向有关组织和人员调查取证，查阅文件和资料；

（三）审查申请行政复议的具体行政行为是否合法与适当，拟订行政复议决定；

（四）处理或者转送对本法第七条所列有关规定的审查申请；

（五）对行政机关违反本法规定的行为依照规定的权限和程序提出处理建议；

（六）办理因不服行政复议决定提起行政诉讼的应诉事项；

（七）法律、法规规定的其他职责。

第四条 行政复议机关履行行政复议职责，应当遵循合法、公正、公开、及时、便民的原则，坚持有错必纠，保障法律、法规的正确实施。

第五条 公民、法人或者其他组织对行政复议决定不服的，可以依照行政诉讼法的规定向人民法院提起行政诉讼，但是法律规定行政复议决定为最终裁决的除外。

第二章 行政复议范围

第六条 有下列情形之一的，公民、法人或者其他组织可以依照本法申请行政复议：

（一）对行政机关作出的警告、罚款、没收违法所得、没收非法财物、责令停产停业、暂扣或者吊销许可证、暂扣或者吊销执照、行政拘留等行政处罚决定不服的；

（二）对行政机关作出的限制人身自由或者查封、扣押、冻结财产等行政强制措施决定不服的；

（三）对行政机关作出的有关许可证、执照、资质证、资格证等证书变更、中止、撤销的决定不服的；

（四）对行政机关作出的关于确认土地、矿藏、水流、森林、山岭、草原、荒地、滩涂、海域等自然资源的所有权或者使用权的决定不服的；

（五）认为行政机关侵犯合法的经营自主权的；

（六）认为行政机关变更或者废止农业承包合同，侵犯其合法权益的；

（七）认为行政机关违法集资、征收财物、摊派费用或者违法要求履行其他义务的；

（八）认为符合法定条件，申请行政机关颁发许可证、执照、资质证、资格证等证书，或者申请行政机关审批、登记有关事项，行政机关没有依法办理的；

（九）申请行政机关履行保护人身权利、财产权利、受教育权利的法定职责，行政机关没有依法履行的；

（十）申请行政机关依法发放抚恤金、社会保险金或者最低生活保障费，行政机关没有依法发放的；

（十一）认为行政机关的其他具体行政行为侵犯其合法权益的。

第七条 公民、法人或者其他组织认为行政机关的具体行政行为所依据的下列规定不合法，在对具体行政行为申请行政复议时，可以一并向行政复议机关提出对该规定的审查申请：

（一）国务院部门的规定；

（二）县级以上地方各级人民政府及其工作部门的规定；

（三）乡、镇人民政府的规定。

前款所列规定不含国务院部、委员会规章和地方人民政府规章。规章的审查依照法律、行政法规办理。

第八条 不服行政机关作出的行政处分或者其他人事处理决定的，依照有关法律、行政法规的规定提出申诉。

不服行政机关对民事纠纷作出的调解或者其他处理，依法申请仲裁或者向人民法院提起诉讼。

第三章 行政复议申请

第九条 公民、法人或者其他组织认为具体行政行为侵犯其合法权益的，可以自知道该具体行政行为之日起六十日内提出行政复议申请；但是法律规定的申请期限超过六十日的除外。

因不可抗力或者其他正当理由耽误法定申请期限的，申请期限自障碍消除之日起继续计算。

第十条 依照本法申请行政复议的公民、法人或者其他组织是申请人。

有权申请行政复议的公民死亡的，其近亲属可以申请行政复议。有权申请行政复议的公民为无民事行为能力人或者限制民事行为能力人的，其法定代理人可以代为申请行政复议。有权申请行政复议的法人或者其他组织终止的，承受其权利的法人或者其他组织可以申请行政复议。

同申请行政复议的具体行政行为有利害关系的其他公民、法人或者其他组织，可以作为第三人参加行政复议。

公民、法人或者其他组织对行政机关的具体行政行为不服申请行政复议的，作出具体行政行为的行政机关是被申请人。

申请人、第三人可以委托代理人代为参加行政复议。

第十一条 申请人申请行政复议，可以书面申请，也可以口头申请；口头申请的，行政复议机关应当当场记录申请人的基本情况、行政复议请求、申请行政复议的主要事实、理由和时间。

第十二条 对县级以上地方各级人民政府工作部门的具体行政行为不服的，由申请人选择，可以向该部门的本级人民政府申请行政复议，也可以向上一级主管部门申请行政复议。

对海关、金融、国税、外汇管理等实行垂直领导的行政机关和国家安全机关的具体行政行为不服的，向上一级主管部门申请行政复议。

第十三条 对地方各级人民政府的具体行政行为不服的，向上一级地方人民政府申请行政复议。

对省、自治区人民政府依法设立的派出机关所属的县级地方人民政府的具体行政行为不服的，向该派出机关申请行政复议。

第十四条 对国务院部门或者省、自治区、直辖市人民政府的具体行政行为不服的，向作出该具体行政行为的国务院部门或者省、自治区、直辖市人民政府申请行政复议。对行政复议决定不服的，可以向人民法院提起行政诉讼；也可以向国务院申请裁决，国务院依照本法的规定作出最终裁决。

第十五条 对本法第十二条、第十三条、第十四条规定以外的其他行政机关、组织的具体行政行为不服的，按照下列规定申请行政复议：

（一）对县级以上地方人民政府依法设立的派出机关的具体行政行为不服的，向设立该派出机关的人民政府申请行政复议；

（二）对政府工作部门依法设立的派出机构依照法律、法规或者规章规定，以自己的名义作出的具体行政行为不服的，向设立该派出机构的部门或者该部门的本级地方人民政府申请行政复议；

（三）对法律、法规授权的组织的具体行政行为不服的，分别向直接管理该组织的地方人民政府、地方人民政府工作部门或者国务院部门申请行政复议；

（四）对两个或者两个以上行政机关以共同的名义作出的具体行政行为不服的，向其共同上一级行政机关申请行政复议；

（五）对被撤销的行政机关在撤销前所作出的具体行政行为不服的，向继续行使其职权的行政机关的上一级行政机关申请行政复议。

有前款所列情形之一的，申请人也可以向具体行政行为发生地的县级地方人民政府提出行政复议申请，由接受申请的县级地方人民政府依照本法第十八条的规定办理。

第十六条 公民、法人或者其他组织申请行政复议，行政复议机关已经依法受理的，或者法律、法规规定应当先向行政复议机关申请行政复议、对行政复议决定不服再向人民法院提起行政诉讼的，在法定行政复议期限内不得向人民法院提起行政诉讼。

公民、法人或者其他组织向人民法院提起行政诉讼，人民法院已经依法受理的，不得申请行政复议。

第四章 行政复议受理

第十七条 行政复议机关收到行政复议申请后，应当在五日内进行审查，对不符合本法规定的行政复议申请，决定不予受理，并书面告知申请人；对符合本法规定，但是不属于本机关受理的行政复议申请，应当告知申请人向有关行政复议机关提出。

除前款规定外，行政复议申请自行政复议机关负责法制工作的机构收到之日起即为受理。

第十八条 依照本法第十五条第二款的规定接受行政复议申请的县级地方人民政府，对依照本法第十五条第一款的规定属于其他行政复议机关受理的行政复议申请，应当自接到该行政复议申请之日起七日内，转送有关行政复议机关，并告知申请人。接受转送的行政复议机关应当依照本法第十七条的规定办理。

第十九条 法律、法规规定应当先向行政复议机关申请行政复议、对行政复议决定不服再向人民法院提起行政诉讼的，行政复议机关决定不予受理或者受理后超过行政复议期限不作答复的，公民、法人或者其他组织可以自收到不予受理决定书之日起或者行政复议期满之日起十五日内，依法向人民法院提起行政诉讼。

第二十条 公民、法人或者其他组织依法提出行政复议申请，行政复议机关无正当理由不予受理的，上级行政机关应当责令其受理；必要时，上级行政机关也可以直接受理。

第二十一条 行政复议期间具体行政行为不停止执行；但是，有下列情形之一的，可以停止执行：

（一）被申请人认为需要停止执行的；

（二）行政复议机关认为需要停止执行的；

（三）申请人申请停止执行，行政复议机关认为其要求合理，决定停止执行的；

（四）法律规定停止执行的。

第五章　行政复议决定

第二十二条 行政复议原则上采取书面审查的办法，但是申请人提出要求或者行政复议机关负责法制工作的机构认为有必要时，可以向有关组织和人员调查情况，听取申请人、被申请人和第三人的意见。

第二十三条 行政复议机关负责法制工作的机构应当自行政复议申请受理之日起七日内，将行政复议申请书副本或者行政复议申请笔录复印件发送被申请人。被申请人应当自收到申请书副本或者申请笔录复印件之日起十日内，提出书面答复，并提交当初作出具体行政行为的证据、依据和其他有关材料。

申请人、第三人可以查阅被申请人提出的书面答复、作出具体行政行为的证据、依据和其他有关材料，除涉及国家秘密、商业秘密或者个人隐私外，行政复议机关不得拒绝。

第二十四条 在行政复议过程中，被申请人不得自行向申请人和其他有关组织或者个人收集证据。

第二十五条 行政复议决定作出前，申请人要求撤回行政复议申请的，经说明理由，可以撤回；撤回行政复议申请的，行政复议终止。

第二十六条 申请人在申行行政复议时，一并提出对本法第七条所列有关规定的审查申请的，行政复议机关对该规定有权处理的，应当在三十日内依法处理；无权处理的，应当在七日内按照法定程序转送有权处理的行政机关依法处理，有权处理的行政机关应当在六十日内依法处理。处理期间，中止对具体行政行为的审查。

第二十七条 行政复议机关在对被申请人作出的具体行政行为进行审查时，认为其依据不合法，本机关有权处理的，应当在三十日内依法处理；无权处理的，应当在七日内按照法定程序转送有权处理的国家机关依法处理。处理期间，中止对具体行政行为的审查。

第二十八条 行政复议机关负责法制工作的机构应当对被申请人作出的具体行政行为进行审查，提出意见，经行政复议机关的负责人同意或者集体讨论通过后，按照下列规定作出行政复议决定：

（一）具体行政行为认定事实清楚，证据确凿，适用依据正确，程序合法，内容适当的，决定维持；

（二）被申请人不履行法定职责的，决定其在一定期限内履行；

（三）具体行政行为有下列情形之一的，决定撤销、变更或者确认该具体行政行为违法；决定撤销或者确认该具体行政行为违法的，可以责令被申请人在一定期限内重新作出具体行政行为：

1. 主要事实不清、证据不足的；

2. 适用依据错误的；

3. 违反法定程序的；

4. 超越或者滥用职权的；

5. 具体行政行为明显不当的。

（四）被申请人不按照本法第二十三条的规定提出书面答复、提交当初作出具体行政行为的证据、依据和其他有关材料的，视为该具体行政行为没有证据、依据，决定撤销该具体行政行为。

行政复议机关责令被申请人重新作出具体行政行为的，被申请人不得以同一的事实和理由作出与原具体行政行为相同或者基本相同的具体行政行为。

第二十九条　申请人在申请行政复议时可以一并提出行政赔偿请求，行政复议机关对符合国家赔偿法的有关规定应当给予赔偿的，在决定撤销、变更具体行政行为或者确认具体行政行为违法时，应当同时决定被申请人依法给予赔偿。

申请人在申请行政复议时没有提出行政赔偿请求的，行政复议机关在依法决定撤销或者变更罚款、撤销违法集资、没收财物、征收财物、摊派费用以及对财产的查封、扣押、冻结等具体行政行为时，应当同时责令被申请人返还财产，解除对财产的查封、扣押、冻结措施，或者赔偿相应的价款。

第三十条　公民、法人或者其他组织认为行政机关的具体行政行为侵犯其已经依法取得的土地、矿藏、水流、森林、山岭、草原、荒地、滩涂、海域等自然资源的所有权或者使用权的，应当先申请行政复议；对行政复议决定不服的，可以依法向人民法院提起行政诉讼。

根据国务院或者省、自治区、直辖市人民政府对行政区划的勘定、调整或者征用土地的决定，省、自治区、直辖市人民政府确认土地、矿藏、水流、森林、山岭、草原、荒地、滩涂、海域等自然资源的所有权或者使用权的行政复议决定为最终裁决。

第三十一条　行政复议机关应当自受理申请之日起六十日内作出行政复议决定；但是法律规定的行政复议期限少于六十日的除外。情况复杂，不能在规定期限内作出行政复议决定的，经行政复议机关的负责人批准，可以适当延长，并告知申请人和被申请人；但是延长期限最多不超过三十日。

行政复议机关作出行政复议决定，应当制作行政复议决定书，并加盖印章。

行政复议决定书一经送达，即发生法律效力。

第三十二条　被申请人应当履行行政复议决定。

被申请人不履行或者无正当理由拖延履行行政复议决定的，行政复议机关或者有关上级行政机关应当责令其限期履行。

第三十三条　申请人逾期不起诉又不履行行政复议决定的，或者不履行最终裁决的行政复议决定的，按照下列规定分别处理：

（一）维持具体行政行为的行政复议决定，由作出具体行政行为的行政机关依法强制执行，或者申请人民法院强制执行；

（二）变更具体行政行为的行政复议决定，由行政复议机关依法强制执行，或者申请人民法院强制执行。

第六章　法　律　责　任

第三十四条　行政复议机关违反本法规定，无正当理由不予受理依法提出的行政复议申请或者不按照规定转送行政复议申请的，或者在法定期限内不作出行政复议决定的，对直接负责的主管人员和其他直接责任人员依法给予警告、记过、记大过的行政处分；经责令受理仍不受理或者不按照规定转送行政复议申请，造成严重后果的，依法给予降级、撤职、开除的行政处分。

第三十五条 行政复议机关工作人员在行政复议活动中，徇私舞弊或者有其他渎职、失职行为的，依法给予警告、记过、记大过的行政处分；情节严重的，依法给予降级、撤职、开除的行政处分；构成犯罪的，依法追究刑事责任。

第三十六条 被申请人违反本法规定，不提出书面答复或者不提交作出具体行政行为的证据、依据和其他有关材料，或者阻挠、变相阻挠公民、法人或者其他组织依法申请行政复议的，对直接负责的主管人员和其他直接责任人员依法给予警告、记过、记大过的行政处分；进行报复陷害的，依法给予降级、撤职、开除的行政处分；构成犯罪的，依法追究刑事责任。

第三十七条 被申请人不履行或者无正当理由拖延履行行政复议决定的，对直接负责的主管人员和其他直接责任人员依法给予警告、记过、记大过的行政处分；经责令履行仍拒不履行的，依法给予降级、撤职、开除的行政处分。

第三十八条 行政复议机关负责法制工作的机构发现有无正当理由不予受理行政复议申请、不按照规定期限作出行政复议决定、徇私舞弊、对申请人打击报复或者不履行行政复议决定等情形的，应当向有关行政机关提出建议，有关行政机关应当依照本法和有关法律、行政法规的规定作出处理。

第七章 附 则

第三十九条 行政复议机关受理行政复议申请，不得向申请人收取任何费用。行政复议活动所需经费，应当列入本机关的行政经费，由本级财政予以保障。

第四十条 行政复议期间的计算和行政复议文书的送达，依照民事诉讼法关于期间、送达的规定执行。

本法关于行政复议期间有关"五日"、"七日"的规定是指工作日，不含节假日。

第四十一条 外国人、无国籍人、外国组织在中华人民共和国境内申请行政复议，适用本法。

第四十二条 本法施行前公布的法律有关行政复议的规定与本法的规定不一致的，以本法的规定为准。

第四十三条 本法自1999年10月1日起施行。1990年12月24日国务院发布、1994年10月9日国务院修订发布的《行政复议条例》同时废止。

中华人民共和国行政诉讼法

第一章 总 则

第一条 为保证人民法院正确、及时审理行政案件，保护公民、法人和其他组织的合法权益，维护和监督行政机关依法行使行政职权，根据宪法制定本法。

第二条 公民、法人或者其他组织认为行政机关和行政机关工作人员的具体行政行为侵犯其合法权益，有权依照本法向人民法院提起诉讼。

第三条 人民法院依法对行政案件独立行使审判权，不受行政机关、社会团体和个人的干涉。

人民法院设行政审判庭，审理行政案件。

第四条 人民法院审理行政案件，以事实为根据，以法律为准绳。

第五条 人民法院审理行政案件，对具体行政行为是否合法进行审查。

第六条 人民法院审理行政案件，依法实行合议、回避、公开审判和两审终审制度。

第七条 当事人在行政诉讼中的法律地位平等。

第八条 各民族公民都有用本民族语言、文字进行行政诉讼的权利。

在少数民族聚居或者多民族共同居住的地区，人民法院应当用当地民族通用的语言、文字进行审理和发布法律文书。

人民法院应当对不通晓当地民族通用的语言、文字的诉讼参与人提供翻译。

第九条 当事人在行政诉讼中有权进行辩论。

第十条 人民检察院有权对行政诉讼实行法律监督。

第二章 受案范围

第十一条 人民法院受理公民、法人和其他组织对下列具体行政行为不服提起的诉讼：

（一）对拘留、罚款、吊销许可证和执照、责令停产停业、没收财物等行政处罚不服的；

（二）对限制人身自由或者对财产的查封、扣押、冻结等行政强制措施不服的；

（三）认为行政机关侵犯法律规定的经营自主权的；

（四）认为符合法定条件申请行政机关颁发许可证和执照，行政机关拒绝颁发或者不予答复的；

（五）申请行政机关履行保护人身权、财产权的法定职责，行政机关拒绝履行或者不予答复的；

（六）认为行政机关没有依法发给抚恤金的；

（七）认为行政机关违法要求履行义务的；

（八）认为行政机关侵犯其他人身权、财产权的。

除前款规定外，人民法院受理法律、法规规定可以提起诉讼的其他行政案件。

第十二条 人民法院不受理公民、法人或者其他组织对下列事项提起的诉讼：

（一）国防、外交等国家行为；

（二）行政法规、规章或者行政机关制定、发布的具有普遍约束力的决定、命令；

（三）行政机关对行政机关工作人员的奖惩、任免等决定；

（四）法律规定由行政机关最终裁决的具体行政行为。

第三章 管 辖

第十三条 基层人民法院管辖第一审行政案件。

第十四条 中级人民法院管辖下列第一审行政案件：

（一）确认发明专利权的案件、海关处理的案件；

（二）对国务院各部门或者省、自治区、直辖市人民政府所作的具体行政行为提起诉讼的案件；

（三）本辖区内重大、复杂的案件。

第十五条 高级人民法院管辖本辖区内重大、复杂的第一审行政案件。

第十六条 最高人民法院管辖全国范围内重大、复杂的第一审行政案件。

第十七条 行政案件由最初作出具体行政行为的行政机关所在地人民法院管辖。经复议的案件，复议机关改变原具体行政行为的，也可以由复议机关所在地人民法院管辖。

第十八条　对限制人身自由的行政强制措施不服提起的诉讼，由被告所在地或者原告所在地人民法院管辖。

第十九条　因不动产提起的行政诉讼，由不动产所在地人民法院管辖。

第二十条　两个以上人民法院都有管辖权的案件，原告可以选择其中一个人民法院提起诉讼。原告向两个以上有管辖权的人民法院提起诉讼的，由最先收到起诉状的人民法院管辖。

第二十一条　人民法院发现受理的案件不属于自己管辖时，应当移送有管辖权的人民法院。受移送的人民法院不得自行移送。

第二十二条　有管辖权的人民法院由于特殊原因不能行使管辖权的，由上级人民法院指定管辖。

人民法院对管辖权发生争议，由争议双方协商解决。协商不成的，报它们的共同上级人民法院指定管辖。

第二十三条　上级人民法院有权审判下级人民法院管辖的第一审行政案件，也可以把自己管辖的第一审行政案件移交下级人民法院审判。

下级人民法院对其管辖的第一审行政案件，认为需要由上级人民法院审判的，可以报请上级人民法院决定。

第四章　诉讼参加人

第二十四条　依照本法提起诉讼的公民、法人或者其他组织是原告。

有权提起诉讼的公民死亡，其近亲属可以提起诉讼。

有权提起诉讼的法人或者其他组织终止，承受其权利的法人或者其他组织可以提起诉讼。

第二十五条　公民、法人或者其他组织直接向人民法院提起诉讼的，作出具体行政行为的行政机关是被告。

经复议的案件，复议机关决定维持原具体行政行为的，作出原具体行政行为的行政机关是被告；复议机关改变原具体行政行为的，复议机关是被告。

两个以上行政机关作出同一具体行政行为的，共同作出具体行政行为的行政机关是共同被告。

由法律、法规授权的组织所作的具体行政行为，该组织是被告。由行政机关委托的组织所作的具体行政行为，委托的行政机关是被告。

行政机关被撤销的，继续行使其职权的行政机关是被告。

第二十六条　当事人一方或者双方为二人以上，因同一具体行政行为发生的行政案件，或者因同样的具体行政行为发生的行政案件、人民法院认为可以合并审理的，为共同诉讼。

第二十七条　同提起诉讼的具体行政行为有利害关系的其他公民、法人或者其他组织，可以作为第三人申请参加诉讼，或者由人民法院通知参加诉讼。

第二十八条　没有诉讼行为能力的公民，由其法定代理人代为诉讼。法定代理人互相推诿代理责任的，由人民法院指定其中一人代为诉讼。

第二十九条　当事人、法定代理人，可以委托一至二人代为诉讼。

律师、社会团体、提起诉讼的公民的近亲属或者所在单位推荐的人，以及经人民法院许可的其他公民，可以受委托为诉讼代理人。

第三十条　代理诉讼的律师，可以依照规定查阅本案有关材料，可以向有关组织和公民调查，收集证据。对涉及国家秘密和个人隐私的材料，应当依照法律规定保密。

经人民法院许可，当事人和其他诉讼代理人可以查阅本案庭审材料，但涉及国家秘密和个人隐私的除外。

第五章 证 据

第三十一条 证据有以下几种：

（一）书证；

（二）物证；

（三）视听资料；

（四）证人证言；

（五）当事人的陈述；

（六）鉴定结论；

（七）勘验笔录、现场笔录。

以上证据经法庭审查属实，才能作为定案的根据。

第三十二条 被告对作出的具体行政行为负有举证责任，应当提供作出该具体行政行为的证据和所依据的规范性文件。

第三十三条 在诉讼过程中，被告不得自行向原告和证人收集证据。

第三十四条 人民法院有权要求当事人提供或者补充证据。

人民法院有权向有关行政机关以及其他组织、公民调取证据。

第三十五条 在诉讼过程中，人民法院认为对专门性问题需要鉴定的，应当交由法定鉴定部门鉴定；没有法定鉴定部门的，由人民法院指定的鉴定部门鉴定。

第三十六条 在证据可能灭失或者以后难以取得的情况下，诉讼参加人可以向人民法院申请保全证据，人民法院也可以主动采取保全措施。

第六章 起诉和受理

第三十七条 对属于人民法院受案范围的行政案件，公民、法人或者其他组织可以先向上一级行政机关或者法律、法规规定的行政机关申请复议，对复议不服的，再向人民法院提起诉讼；也可以直接向人民法院提起诉讼。

法律、法规规定应当先向行政机关申请复议，对复议不服再向人民法院提起诉讼的，依照法律、法规的规定。

第三十八条 公民、法人或者其他组织向行政机关申请复议的，复议机关应当在收到申请书之日起两个月内作出决定。法律、法规另有规定的除外。

申请人不服复议决定的，可以在收到复议决定书之日起十五日内向人民法院提起诉讼。复议机关逾期不作决定的，申请人可以在复议期满之日起十五日内向人民法院提起诉讼。法律另有规定的除外。

第三十九条 公民、法人或者其他组织直接向人民法院提起诉讼的，应当在知道作出具体行政行为之日起三个月内提出。法律另有规定的除外。

第四十条 公民、法人或者其他组织因不可抗力或者其他特殊情况耽误法定期限的，在障碍消除后的十日内，可以申请延长期限，由人民法院决定。

第四十一条 提起诉讼应当符合下列条件：

（一）原告是认为具体行政行为侵犯其合法权益的公民、法人或者其他组织；

（二）有明确的被告；

（三）有具体的诉讼请求和事实根据；

（四）属于人民法院受案范围和受诉人民法院管辖。

第四十二条 人民法院接到起诉状，经审查，应当在七日内立案或者作出裁定不予受理。原告对裁定不服的，可以提起上诉。

第七章 审理和判决

第四十三条 人民法院应当在立案之日起五日内，将起诉状副本发送被告。被告应当在收到起诉状副本之日起十日内向人民法院提交作出具体行政行为的有关材料，并提出答辩状。人民法院应当在收到答辩状之日起五日内，将答辩状副本发送原告。

被告不提出答辩状的，不影响人民法院审理。

第四十四条 诉讼期间，不停止具体行政行为的执行。但有下列情形之一的，停止具体行政行为的执行：

（一）被告认为需要停止执行的；

（二）原告申请停止执行，人民法院认为该具体行政行为的执行会造成难以弥补的损失，并且停止执行不损害社会公共利益，裁定停止执行的；

（三）法律、法规规定停止执行的。

第四十五条 人民法院公开审理行政案件，但涉及国家秘密、个人隐私和法律另有规定的除外。

第四十六条 人民法院审理行政案件，由审判员组成合议庭，或者由审判员、陪审员组成合议庭。合议庭的成员，应当是三人以上的单数。

第四十七条 当事人认为审判人员与本案有利害关系或者有其他关系可能影响公正审判，有权申请审判人员回避。

审判人员认为自己与本案有利害关系或者有其他关系，应当申请回避。

前两款规定，适用于书记员、翻译人员、鉴定人、勘验人。

院长担任审判长时的回避，由审判委员会决定；审判人员的回避，由院长决定；其他人员的回避，由审判长决定。当事人对决定不服的，可以申请复议。

第四十八条 经人民法院两次合法传唤，原告无正当理由拒不到庭的，视为申请撤诉；被告无正当理由拒不到庭的，可以缺席判决。

第四十九条 诉讼参与人或者其他人有下列行为之一的，人民法院可以根据情节轻重，予以训诫、责令具结悔过或者处一千元以下的罚款、十五日以下的拘留；构成犯罪的，依法追究刑事责任：

（一）有义务协助执行的人，对人民法院的协助执行通知书，无故推拖、拒绝或者妨碍执行的；

（二）伪造、隐藏、毁灭证据的；

（三）指使、贿买、胁迫他人作伪证或者威胁、阻止证人作证的；

（四）隐藏、转移、变卖、毁损已被查封、扣押、冻结的财产的；

（五）以暴力、威胁或者其他方法阻碍人民法院工作人员执行职务或者扰乱人民法院工作秩序的；

（六）对人民法院工作人员、诉讼参与人、协助执行人侮辱、诽谤、诬陷、殴打或者打击报复的。

罚款、拘留须经人民法院院长批准。当事人不服的，可以申请复议。

第五十条 人民法院审理行政案件，不适用调解。

第五十一条 人民法院对行政案件宣告判决或者裁定前，原告申请撤诉的，或者被告改变其所作的具体行政行为，原告同意并申请撤诉的，是否准许，由人民法院裁定。

第五十二条 人民法院审理行政案件，以法律和行政法规、地方性法规为依据。地方性法规适用于本行政区域内发生的行政案件。

人民法院审理民族自治地方的行政案件，并以该民族自治地方的自治条例和单行条例为依据。

第五十三条 人民法院审理行政案件，参照国务院部、委根据法律和国务院的行政法规、决定、命令制定、发布的规章以及省、自治区、直辖市和省、自治区的人民政府所在地的市和经国务院批准的较大的市的人民政府根据法律和国务院的行政法规制定、发布的规章。

人民法院认为地方人民政府制定、发布的规章与国务院部、委制定、发布的规章不一致的，以及国务院部、委制定、发布的规章之间不一致的，由最高人民法院送请国务院作出解释或者裁决。

第五十四条 人民法院经过审理，根据不同情况，分别作出以下判决：

（一）具体行政行为证据确凿，适用法律、法规正确，符合法定程序的，判决维持。

（二）具体行政行为有下列情形之一的，判决撤销或者部分撤销，并可以判决被告重新作出具体行政行为：

1. 主要证据不足的；

2. 适用法律、法规错误的；

3. 违反法定程序的；

4. 超越职权的；

5. 滥用职权的。

（三）被告不履行或者拖延履行法定职责的，判决其在一定期限内履行。

（四）行政处罚显失公正的，可以判决变更。

第五十五条 人民法院判决被告重新作出具体行政行为的，被告不得以同一的事实和理由作出与原具体行政行为基本相同的具体行政行为。

第五十六条 人民法院在审理行政案件中，认为行政机关的主管人员、直接责任人员违反政纪的，应当将有关材料移送该行政机关或者其上一级行政机关或者监察、人事机关；认为有犯罪行为的，应当将有关材料移送公安、检察机关。

第五十七条 人民法院应当在立案之日起三个月内作出第一审判决。有特殊情况需要延长的，由高级人民法院批准，高级人民法院审理第一审案件需要延长的，由最高人民法院批准。

第五十八条 当事人不服人民法院第一审判决的，有权在判决书送达之日起十五日内向上一级人民法院提起上诉。当事人不服人民法院第一审裁定的，有权在裁定书送达之日起十日内向上一级人民法院提起上诉。逾期不提起上诉的，人民法院的第一审判决或者裁定发生法律效力。

第五十九条 人民法院对上诉案件，认为事实清楚的，可以实行书面审理。

第六十条 人民法院审理上诉案件，应当在收到上诉状之日起两个月内作出终审判决。有特殊情况需要延长的，由高级人民法院批准，高级人民法院审理上诉案件需要延长的，由最高人民法院批准。

第六十一条 人民法院审理上诉案件，按照下列情形，分别处理：

（一）原判决认定事实清楚，适用法律、法规正确的，判决驳回上诉，维持原判；

（二）原判决认定事实清楚，但适用法律、法规错误的，依法改判；

（三）原判决认定事实不清，证据不足，或者由于违反法定程序可能影响案件正确判决的，裁定撤销原判，发回原审人民法院重审，也可以查清事实后改判。当事人对重审案件的判决、裁定，可以上诉。

第六十二条 当事人对已经发生法律效力的判决、裁定，认为确有错误的，可以向原审人民法院或者上一级人民法院提出申诉，但判决、裁定不停止执行。

第六十三条 人民法院院长对本院已经发生法律效力的判决、裁定，发现违反法律、法规规定认为需要再审的，应当提交审判委员会决定是否再审。

上级人民法院对下级人民法院已经发生法律效力的判决、裁定，发现违反法律、法规规定的，有权提审或者指令下级人民法院再审。

第六十四条 人民检察院对人民法院已经发生法律效力的判决、裁定，发现违反法律、法规规定的，有权按照审判监督程序提出抗诉。

第八章 执 行

第六十五条 当事人必须履行人民法院发生法律效力的判决、裁定。

公民、法人或者其他组织拒绝履行判决、裁定的，行政机关可以向第一审人民法院申请强制执行，或者依法强制执行。

行政机关拒绝履行判决、裁定的，第一审人民法院可以采取以下措施：

（一）对应当归还的罚款或者应当给付的赔偿金，通知银行从该行政机关的账户内划拨；

（二）在规定期限内不履行的，从期满之日起，对该行政机关按日处五十元至一百元的罚款；

（三）向该行政机关的上一级行政机关或者监察、人事机关提出司法建议。接受司法建议的机关，根据有关规定进行处理，并将处理情况告知人民法院；

（四）拒不履行判决、裁定，情节严重构成犯罪的，依法追究主管人员和直接责任人员的刑事责任。

第六十六条 公民、法人或者其他组织对具体行政行为在法定期限内不提起诉讼又不履行的，行政机关可以申请人民法院强制执行，或者依法强制执行。

第九章 侵权赔偿责任

第六十七条 公民、法人或者其他组织的合法权益受到行政机关或者行政机关工作人员作出的具体行政行为侵犯造成损害的，有权请求赔偿。

公民、法人或者其他组织单独就损害赔偿提出请求，应当先由行政机关解决。对行政机关的处理不服，可以向人民法院提起诉讼。

赔偿诉讼可以适用调解。

第六十八条 行政机关或者行政机关工作人员作出的具体行政行为侵犯公民、法人或者其他组织的合法权益造成损害的，由该行政机关或者该行政机关工作人员所在的行政机关负责赔偿。

行政机关赔偿损失后，应当责令有故意或者重大过失的行政机关工作人员承担部分或者全部赔偿费用。

第六十九条 赔偿费用，从各级财政列支。各级人民政府可以责令有责任的行政机关支付部分或者全部赔偿费用。具体办法由国务院规定。

第十章 涉外行政诉讼

第七十条 外国人、无国籍人、外国组织在中华人民共和国进行行政诉讼，适用本法。法律另有规定的除外。

第七十一条 外国人、无国籍人、外国组织在中华人民共和国进行行政诉讼，同中华人民共和国公民、组织有同等的诉讼权利和义务。

外国法院对中华人民共和国公民、组织的行政诉讼权利加以限制的，人民法院对该国公民、组织的行政诉讼权利，实行对等原则。

第七十二条 中华人民共和国缔结或者参加的国际条约同本法有不同规定的，适用该国际条约的规定。中华人民共和国声明保留的条款除外。

第七十三条 外国人、无国籍人、外国组织在中华人民共和国进行行政诉讼，委托律师代理诉讼的，应当委托中华人民共和国律师机构的律师。

第十一章 附 则

第七十四条 人民法院审理行政案件，应当收取诉讼费用。诉讼费用由败诉方承担，双方都有责任的由双方分担。收取诉讼费用的具体办法另行规定。

第七十五条 本法自一九九〇年十月一日起施行。

安全生产行政复议规定

第一章 总 则

第一条 为了规范安全生产行政复议工作，解决行政争议，根据《中华人民共和国行政复议法》和《中华人民共和国行政复议法实施条例》，制定本规定。

第二条 公民、法人或者其他组织认为安全生产监督管理部门、煤矿安全监察机构（以下统称安全监管监察部门）的具体行政行为侵犯其合法权益，向安全生产行政复议机关申请行政复议，安全生产行政复议机关受理行政复议申请，作出行政复议决定，适用本规定。

第三条 依法履行行政复议职责的安全监管监察部门是安全生产行政复议机关。安全生产行政复议机关负责法制工作的机构是本机关的行政复议机构（以下简称安全生产行政复议机构）。

安全生产行政复议机关应当领导、支持本机关行政复议机构依法办理行政复议事项，并依照有关规定充实、配备专职行政复议人员，保证行政复议机构的办案能力与工作任务相适应。

第四条 国家安全生产监督管理总局办理行政复议案件按照下列程序，统一受理，分工负责：

（一）政策法规司按照本规定规定的期限，对行政复议申请进行初步审查，做出受理或者不予受理的决定。对决定受理的，将案卷材料转送相关业务司局分口承办；

（二）相关业务司局收到案卷材料后，应当在30日内了解核实有关情况，提出处理意见；

（三）政策法规司根据处理意见，在20日内拟定行政复议决定书，提交本局负责人集体讨论或者主管负责人审定；

（四）本局负责人集体讨论通过或者主管负责人同意后，政策法规司制作行政复议决定书，并送达申请人、被申请人和第三人。

国家煤矿安全监察局和省级及省级以下安全监管监察部门办理行政复议案件参照上述程序执行。

第二章　行政复议范围与管辖

第五条　公民、法人或者其他组织对安全监管监察部门作出的下列具体行政行为不服，可以申请行政复议：

（一）行政处罚决定；

（二）行政强制措施；

（三）行政许可的变更、中止、撤销、撤回等决定；

（四）认为符合法定条件，申请安全监管监察部门办理许可证、资格证等行政许可手续，安全监管监察部门没有依法办理的；

（五）认为安全监管监察部门违法收费或者违法要求履行义务的；

（六）认为安全监管监察部门其他具体行政行为侵犯其合法权益的。

第六条　公民、法人或者其他组织认为安全监管监察部门的具体行政行为所依据的规定不合法，在对具体行政行为申请行政复议时，可以依据行政复议法第七条的规定一并提出审查申请。

第七条　安全监管监察部门作出的下列行政行为，不属于安全生产行政复议范围：

（一）生产安全事故调查报告；

（二）不具有强制力的行政指导行为和信访答复行为；

（三）生产安全事故隐患认定；

（四）公告信息发布；

（五）法律、行政法规规定的非具体行政行为。

第八条　对县级以上地方人民政府安全生产监督管理部门作出的具体行政行为不服的，可以向上一级安全生产监督管理部门申请行政复议，也可以向同级人民政府申请行政复议。已向同级人民政府提出行政复议申请，且同级人民政府已经受理的，上一级安全生产监督管理部门不再受理。

对国家安全生产监督管理总局作出的具体行政行为不服的，向国家安全生产监督管理总局申请行政复议。

第九条　对煤矿安全监察分局作出的具体行政行为不服的，向该分局所隶属的省级煤矿安全监察局申请行政复议。

对省级煤矿安全监察机构作出的具体行政行为不服的，向国家安全生产监督管理总局申请行政复议。

对国家煤矿安全监察局作出的具体行政行为不服的，向国家煤矿安全监察局申请行政复议。

第十条　安全监管监察部门设立的派出机构、内设机构或者其他组织，未经法律、行政法规授权，对外以自己名义作出具体行政行为的，该安全监管监察部门为被申请人。

第十一条　对安全监管监察部门依法委托的机构，以委托的安全监管监察部门名义作出的具体行政行为不服的，依照本规定第八条和第九条的规定申请行政复议。

第十二条　对安全监管监察部门与有关部门共同作出的具体行政行为不服的，可以向其共同的上一级行政机关申请行政复议。共同作出具体行政行为的安全监管监察部门与有关部门为共同被申请人。

对国家安全生产监督管理总局与国务院其他部门共同作出的具体行政行为不服的，可以向国家安全生产监督管理总局或者共同作出具体行政行为的其他任何一个部门提起行政复议申请，由作出具体行政行为的部门共同作出行政复议决定。

第十三条 下级安全监管监察部门依照法律、行政法规、规章规定，经上级安全监管监察部门批准作出具体行政行为的，批准机关为被申请人。

第三章　行政复议的申请与受理

第十四条 安全监管监察部门作出具体行政行为，依法应当向有关公民、法人或者其他组织送达法律文书而未送达的，视为该公民、法人或者其他组织不知道该具体行政行为。

安全监管监察部门作出的具体行政行为对公民、法人或者其他组织的权利、义务可能产生不利影响的，应当告知其申请行政复议的权利、行政复议机关和行政复议申请期限。

第十五条 行政复议可以书面申请，也可以当场口头申请。书面申请可以采取当面递交、邮寄或者传真等方式提出，并在行政复议申请书中载明《行政复议法实施条例》第十九条规定的事项。

当场口头申请的，安全生产行政复议机构应当按照第一款规定的事项，当场制作行政复议申请笔录交申请人核对或者向申请人宣读，并由申请人签字确认。

第十六条 安全生产行政复议机构应当自收到行政复议申请之日起3日内对复议申请是否符合下列条件进行初步审查：

（一）有明确的申请人和被申请人；

（二）申请人与具体行政行为有利害关系；

（三）有具体的行政复议请求和事实依据；

（四）在法定申请期限内提出；

（五）属于本规定第五条规定的行政复议范围；

（六）属于收到行政复议申请的行政复议机关的职责范围；

（七）其他行政复议机关尚未受理同一行政复议申请，人民法院尚未受理同一主体就同一事实提起的行政诉讼。

第十七条 行政复议申请错列被申请人的，安全生产行政复议机构应当告知申请人变更被申请人。

第十八条 行政复议申请材料不齐全或者表述不清楚的，安全生产行政复议机构可以自收到该行政复议申请之日起5日内书面通知申请人补正。补正通知应当载明需要补正的事项和合理的补正期限。无正当理由逾期不补正的，视为申请人放弃行政复议申请。补正申请材料所用时间不计入行政复议审理期限。

第十九条 经初步审查后，安全生产行政复议机构应当自收到行政复议申请之日起5日内按下列规定作出处理：

（一）符合本规定第十六条规定的，予以受理，并制发行政复议受理决定书；

（二）不符合本规定第十六条规定的，决定不予受理，并制发行政复议申请不予受理决定书；

（三）不属于本机关职责范围的，应当告知申请人向有权受理的行政复议机关提出。

第二十条 行政复议期间，安全生产行政复议机构认为申请人以外的公民、法人或者其他组织与被审查的具体行政行为有利害关系的，可以通知其作为第三人参加行政复议。

行政复议期间，申请人以外的公民、法人或者其他组织与被审查的具体行政行为有利害关

系的,可以向安全生产行政复议机构申请作为第三人参加行政复议。[law-lib.com]

第四章 行政复议的审理和决定

第二十一条 安全生产行政复议机构审理行政复议案件,应当由 2 名以上行政复议人员参加。

第二十二条 安全生产行政复议机构应当自行政复议申请受理之日起 7 日内,将行政复议申请书副本或者行政复议申请笔录复印件发送被申请人。

被申请人应当自收到申请书副本或者行政复议申请笔录复印件之日起 10 日内,按照复议机构要求的份数提出书面答复,并提交当初作出具体行政行为的证据、依据和其他有关材料。

被申请人书面答复应当载明下列事项,并加盖单位公章:

(一)作出具体行政行为的基本过程和情况;

(二)作出具体行政行为的事实依据和有关证据材料;

(三)作出具体行政行为所依据的法律、行政法规、规章和规范性文件的文号、具体条款和内容;

(四)对申请人复议请求的意见和理由;

(五)答复的年月日。

第二十三条 有下列情形之一的,被申请人经安全生产行政复议机构允许可以补充相关证据:

(一)在作出具体行政行为时已经收集证据,但因不可抗力等正当理由不能提供的;

(二)申请人或者第三人在行政复议过程中,提出了其在安全监管监察部门实施具体行政行为过程中没有提出的申辩理由或者证据的。

第二十四条 有下列情形之一的,申请人应当提供证明材料:

(一)认为被申请人不履行法定职责的,提供曾经要求被申请人履行法定职责而被申请人未履行的证明材料,但被申请人依法应当主动履行的除外;

(二)申请行政复议时一并提出行政赔偿请求的,提供受具体行政行为侵害而造成损害的证明材料;

(三)申请人自己主张的事实;

(四)法律、行政法规规定由申请人提供证据材料的其他情形。

第二十五条 申请人、被申请人、第三人应当对其提交的证据材料分类编号,对证据材料的来源、证明对象和内容作简要说明,并在证据材料上签字或者盖章,注明提交日期。

证据材料是复印件的,应当经复议机构核对无误,并注明原件存放的单位和处所。

第二十六条 行政复议原则上采取书面审理的方式,但对重大、复杂的案件,申请人提出要求或者安全生产行政复议机构认为必要时,可以采取听证的方式审理。

听证应当保障当事人平等的陈述、质证和辩论的权利。

第二十七条 安全生产行政复议机构采取听证的方式审理复议案件,应当制作听证笔录并载明下列事项:

(一)案由,听证的时间、地点;

(二)申请人、被申请人、第三人及其代理人的基本情况;

(三)听证主持人、听证员、书记员的姓名、职务等;

(四)申请人、被申请人、第三人争议的焦点问题,有关事实、证据和依据;

(五)其他应当记载的事项。

申请人、被申请人、第三人应当核对听证笔录并签字或者盖章。

第二十八条　安全生产行政复议机构认为必要时，可以实地调查核实证据。调查核实时，行政复议人员不得少于 2 人，并应当向当事人或者有关人员出示证件。

需要现场勘验的，现场勘验所用时间不计入行政复议审理期限。

第二十九条　安全生产行政复议期间涉及专门事项需要鉴定的，当事人可以自行委托鉴定机构进行鉴定，也可以申请行政复议机构委托鉴定机构进行鉴定。鉴定费用由当事人承担。鉴定所用时间不计入行政复议审理期限。

第三十条　申请人在行政复议决定作出前自愿撤回行政复议申请的，经行政复议机构同意，可以撤回。

申请人撤回行政复议申请的，不得以同一事实和理由再次提出行政复议申请。但是，申请人能够证明撤回行政复议申请违背其真实意思表示的除外。

第三十一条　行政复议申请由两个以上申请人共同提出，在行政复议决定作出前，部分申请人撤回行政复议申请的，安全生产行政复议机关应当就其他申请人未撤回的行政复议申请作出行政复议决定。

第三十二条　被申请人在复议期间改变原具体行政行为的，应当书面告知复议机构。

被申请人改变原具体行政行为，申请人撤回复议申请的，行政复议终止；申请人不撤回复议申请的，安全生产行政复议机关经审查认为原具体行政行为违法的，应当作出确认其违法的复议决定；认为原具体行政行为合法的，应当作出维持的复议决定。

第三十三条　公民、法人或者其他组织对安全监管监察部门行使法律、行政法规规定的自由裁量权作出的具体行政行为不服申请行政复议，申请人与被申请人在行政复议决定作出前自愿达成和解的，应当向安全生产行政复议机构提交书面和解协议；和解内容不损害社会公共利益和他人合法权益的，安全生产行政复议机构应当准许。

第三十四条　有下列情形之一的，安全生产行政复议机构可以按照自愿、合法的原则进行调解：

（一）公民、法人或者其他组织对安全监管监察部门行使法律、行政法规规定的自由裁量权作出的具体行政行为不服申请行政复议的；

（二）当事人之间的行政赔偿或者行政补偿的纠纷。

当事人经调解达成协议的，安全生产行政复议机关应当制作行政复议调解书。调解书应当载明行政复议请求、事实、理由和调解结果，并加盖安全生产行政复议机关印章。行政复议调解书经双方当事人签字，即具有法律效力。

调解未达成协议或者调解书生效前一方反悔的，安全生产行政复议机关应当及时作出行政复议决定。

第三十五条　安全生产行政复议机构应当对被申请人作出的具体行政行为进行审查，提出意见，经安全生产行政复议机关集体讨论通过或者负责人同意后，依法作出行政复议决定。

第三十六条　被申请人被责令重新作出具体行政行为的，应当在法律、行政法规、规章规定的期限内重新作出具体行政行为；法律、行政法规、规章未规定期限的，重新作出具体行政行为的期限为 60 日。

被申请人不得以同一事实和理由作出与原具体行政行为相同或者基本相同的具体行政行为。但因违反法定程序被责令重新作出具体行政行为的除外。

第三十七条　申请人在申请行政复议时一并提出行政赔偿请求，安全生产行政复议机关对符合国家赔偿法有关规定应当给予赔偿的，在决定撤销、变更具体行政行为或者确认具体行行为违法时，应当同时决定被申请人依法给予赔偿。

申请人在申请行政复议时没有提出行政赔偿请求的，安全生产行政复议机关在依法决定撤销或者变更原具体行政行为确定的罚款以及对设备、设施、器材的扣押、查封等强制措施时，应当同时责令被申请人返还罚款，解除对设备、设施、器材的扣押、查封等强制措施。

第三十八条 安全生产行政复议机关在申请人的行政复议请求范围内，不得作出对申请人更为不利的行政复议决定。

第五章 附 则

第三十九条 安全生产行政复议机关及其工作人员和被申请人在安全生产行政复议工作中违反本规定的，依照行政复议法及其实施条例的规定，追究法律责任。

第四十条 行政复议期间的计算和行政复议文书的送达，依照民事诉讼法关于期间、送达的规定执行。

本规定关于行政复议期间有关"3 日""5 日"、"7 日"的规定是指工作日，不含节假日。

第四十一条 安全生产行政复议案件审理完毕，案件承办人应当将案件材料在 10 日内立卷、归档。

下一级安全生产行政复议机关应当在作出行政复议决定之日起 15 日内将行政复议决定书报上一级安全生产行政复议机构备案。

第四十二条 安全监管行政复议机关办理行政复议案件，使用国家安全生产监督管理总局统一制定的文书式样。

煤矿安全监察行政复议机关办理行政复议案件，使用国家煤矿安全监察局统一制定的文书式样。

第四十三条 本规定自 2007 年 11 月 1 日起施行。原国家经济贸易委员会 2003 年 2 月 18 日公布的《安全生产行政复议暂行办法》和原国家安全生产监督管理局（国家煤矿安全监察局）2003 年 6 月 20 日公布的《煤矿安全监察行政复议规定》同时废止。

中华人民共和国行政复议法实施条例

第一章 总 则

第一条 为了进一步发挥行政复议制度在解决行政争议、建设法治政府、构建社会主义和谐社会中的作用，根据《中华人民共和国行政复议法》（以下简称行政复议法），制定本条例。

第二条 各级行政复议机关应当认真履行行政复议职责，领导并支持本机关负责法制工作的机构（以下简称行政复议机构）依法办理行政复议事项，并依照有关规定配备、充实、调剂专职行政复议人员，保证行政复议机构的办案能力与工作任务相适应。

第三条 行政复议机构除应当依照行政复议法第三条的规定履行职责外，还应当履行下列职责：

（一）依照行政复议法第十八条的规定转送有关行政复议申请；

（二）办理行政复议法第二十九条规定的行政赔偿等事项；

（三）按照职责权限，督促行政复议申请的受理和行政复议决定的履行；

（四）办理行政复议、行政应诉案件统计和重大行政复议决定备案事项；

（五）办理或者组织办理未经行政复议直接提起行政诉讼的行政应诉事项；

（六）研究行政复议工作中发现的问题，及时向有关机关提出改进建议，重大问题及时向行政复议机关报告。

第四条 专职行政复议人员应当具备与履行行政复议职责相适应的品行、专业知识和业务能力，并取得相应资格。具体办法由国务院法制机构会同国务院有关部门规定。

第二章 行政复议申请

第一节 申请人

第五条 依照行政复议法和本条例的规定申请行政复议的公民、法人或者其他组织为申请人。

第六条 合伙企业申请行政复议的，应当以核准登记的企业为申请人，由执行合伙事务的合伙人代表该企业参加行政复议；其他合伙组织申请行政复议的，由合伙人共同申请行政复议。

前款规定以外的不具备法人资格的其他组织申请行政复议的，由该组织的主要负责人代表该组织参加行政复议；没有主要负责人的，由共同推选的其他成员代表该组织参加行政复议。

第七条 股份制企业的股东大会、股东代表大会、董事会认为行政机关作出的具体行政行为侵犯企业合法权益的，可以以企业的名义申请行政复议。

第八条 同一行政复议案件申请人超过5人的，推选1至5名代表参加行政复议。

第九条 行政复议期间，行政复议机构认为申请人以外的公民、法人或者其他组织与被审查的具体行政行为有利害关系的，可以通知其作为第三人参加行政复议。

行政复议期间，申请人以外的公民、法人或者其他组织与被审查的具体行政行为有利害关系的，可以向行政复议机构申请作为第三人参加行政复议。

第三人不参加行政复议，不影响行政复议案件的审理。

第十条 申请人、第三人可以委托1至2名代理人参加行政复议。申请人、第三人委托代理人的，应当向行政复议机构提交授权委托书。授权委托书应当载明委托事项、权限和期限。公民在特殊情况下无法书面委托的，可以口头委托。口头委托的，行政复议机构应当核实并记录在卷。申请人、第三人解除或者变更委托的，应当书面报告行政复议机构。

第二节 被申请人

第十一条 公民、法人或者其他组织对行政机关的具体行政行为不服，依照行政复议法和本条例的规定申请行政复议的，作出该具体行政行为的行政机关为被申请人。

第十二条 行政机关与法律、法规授权的组织以共同的名义作出具体行政行为的，行政机关和法律、法规授权的组织为共同被申请人。

行政机关与其他组织以共同名义作出具体行政行为的，行政机关为被申请人。

第十三条 下级行政机关依照法律、法规、规章规定，经上级行政机关批准作出具体行政行为的，批准机关为被申请人。

第十四条 行政机关设立的派出机构、内设机构或者其他组织，未经法律、法规授权，对外以自己名义作出具体行政行为的，该行政机关为被申请人。

第三节 行政复议申请期限

第十五条 行政复议法第九条第一款规定的行政复议申请期限的计算，依照下列规定办理：

（一）当场作出具体行政行为的，自具体行政行为作出之日起计算；

（二）载明具体行政行为的法律文书直接送达的，自受送达人签收之日起计算；

（三）载明具体行政行为的法律文书邮寄送达的，自受送达人在邮件签收单上签收之日起计算；没有邮件签收单的，自受送达人在送达回执上签名之日起计算；

（四）具体行政行为依法通过公告形式告知受送达人的，自公告规定的期限届满之日起计算；

（五）行政机关作出具体行政行为时未告知公民、法人或者其他组织，事后补充告知的，自该公民、法人或者其他组织收到行政机关补充告知的通知之日起计算；

（六）被申请人能够证明公民、法人或者其他组织知道具体行政行为的，自证据材料证明其知道具体行政行为之日起计算。

行政机关作出具体行政行为，依法应当向有关公民、法人或者其他组织送达法律文书而未送达的，视为该公民、法人或者其他组织不知道该具体行政行为。

第十六条 公民、法人或者其他组织依照行政复议法第六条第（八）项、第（九）项、第（十）项的规定申请行政机关履行法定职责，行政机关未履行的，行政复议申请期限依照下列规定计算：

（一）有履行期限规定的，自履行期限届满之日起计算；

（二）没有履行期限规定的，自行政机关收到申请满60日起计算。

公民、法人或者其他组织在紧急情况下请求行政机关履行保护人身权、财产权的法定职责，行政机关不履行的，行政复议申请期限不受前款规定的限制。

第十七条 行政机关作出的具体行政行为对公民、法人或者其他组织的权利、义务可能产生不利影响的，应当告知其申请行政复议的权利、行政复议机关和行政复议申请期限。

第四节 行政复议申请的提出

第十八条 申请人书面申请行政复议的，可以采取当面递交、邮寄或者传真等方式提出行政复议申请。

有条件的行政复议机构可以接受以电子邮件形式提出的行政复议申请。

第十九条 申请人书面申请行政复议的，应当在行政复议申请书中载明下列事项：

（一）申请人的基本情况，包括：公民的姓名、性别、年龄、身份证号码、工作单位、住所、邮政编码；法人或者其他组织的名称、住所、邮政编码和法定代表人或者主要负责人的姓名、职务；

（二）被申请人的名称；

（三）行政复议请求、申请行政复议的主要事实和理由；

（四）申请人的签名或者盖章；

（五）申请行政复议的日期。

第二十条 申请人口头申请行政复议的，行政复议机构应当依照本条例第十九条规定的事项，当场制作行政复议申请笔录交申请人核对或者向申请人宣读，并由申请人签字确认。

第二十一条 有下列情形之一的，申请人应当提供证明材料：

（一）认为被申请人不履行法定职责的，提供曾经要求被申请人履行法定职责而被申请人未履行的证明材料；

（二）申请行政复议时一并提出行政赔偿请求的，提供受具体行政行为侵害而造成损害的证明材料；

（三）法律、法规规定需要申请人提供证据材料的其他情形。

第二十二条 申请人提出行政复议申请时错列被申请人的，行政复议机构应当告知申请人变更被申请人。

第二十三条 申请人对两个以上国务院部门共同作出的具体行政行为不服的，依照行政复议法第十四条的规定，可以向其中任何一个国务院部门提出行政复议申请，由作出具体行政行为的国务院部门共同作出行政复议决定。

第二十四条　申请人对经国务院批准实行省以下垂直领导的部门作出的具体行政行为不服的，可以选择向该部门的本级人民政府或者上一级主管部门申请行政复议；省、自治区、直辖市另有规定的，依照省、自治区、直辖市的规定办理。

第二十五条　申请人依照行政复议法第三十条第二款的规定申请行政复议的，应当向省、自治区、直辖市人民政府提出行政复议申请。

第二十六条　依照行政复议法第七条的规定，申请人认为具体行政行为所依据的规定不合法的，可以在对具体行政行为申请行政复议的同时一并提出对该规定的审查申请；申请人在对具体行政行为提出行政复议申请时尚不知道该具体行政行为所依据的规定的，可以在行政复议机关作出行政复议决定前向行政复议机关提出对该规定的审查申请。

第三章　行政复议受理

第二十七条　公民、法人或者其他组织认为行政机关的具体行政行为侵犯其合法权益提出行政复议申请，除不符合行政复议法和本条例规定的申请条件的，行政复议机关必须受理。

第二十八条　行政复议申请符合下列规定的，应当予以受理：

（一）有明确的申请人和符合规定的被申请人；

（二）申请人与具体行政行为有利害关系；

（三）有具体的行政复议请求和理由；

（四）在法定申请期限内提出；

（五）属于行政复议法规定的行政复议范围；

（六）属于收到行政复议申请的行政复议机构的职责范围；

（七）其他行政复议机关尚未受理同一行政复议申请，人民法院尚未受理同一主体就同一事实提起的行政诉讼。

第二十九条　行政复议申请材料不齐全或者表述不清楚的，行政复议机构可以自收到该行政复议申请之日起5日内书面通知申请人补正。补正通知应当载明需要补正的事项和合理的补正期限。无正当理由逾期不补正的，视为申请人放弃行政复议申请。补正申请材料所用时间不计入行政复议审理期限。

第三十条　申请人就同一事项向两个或者两个以上有权受理的行政机关申请行政复议的，由最先收到行政复议申请的行政机关受理；同时收到行政复议申请的，由收到行政复议申请的行政机关在10日内协商确定；协商不成的，由其共同上一级行政机关在10日内指定受理机关。协商确定或者指定受理机关所用时间不计入行政复议审理期限。

第三十一条　依照行政复议法第二十条的规定，上级行政机关认为行政复议机关不予受理行政复议申请的理由不成立的，可以先行督促其受理；经督促仍不受理的，应当责令其限期受理，必要时也可以直接受理；认为行政复议申请不符合法定受理条件的，应当告知申请人。

第四章　行政复议决定

第三十二条　行政复议机构审理行政复议案件，应当由2名以上行政复议人员参加。

第三十三条　行政复议机构认为必要时，可以实地调查核实证据；对重大、复杂的案件，申请人提出要求或者行政复议机构认为必要时，可以采取听证的方式审理。

第三十四条　行政复议人员向有关组织和人员调查取证时，可以查阅、复制、调取有关文件和资料，向有关人员进行询问。

调查取证时，行政复议人员不得少于 2 人，并应当向当事人或者有关人员出示证件。被调查单位和人员应当配合行政复议人员的工作，不得拒绝或者阻挠。

需要现场勘验的，现场勘验所用时间不计入行政复议审理期限。

第三十五条 行政复议机关应当为申请人、第三人查阅有关材料提供必要条件。

第三十六条 依照行政复议法第十四条的规定申请原级行政复议的案件，由原承办具体行政行为有关事项的部门或者机构提出书面答复，并提交作出具体行政行为的证据、依据和其他有关材料。

第三十七条 行政复议期间涉及专门事项需要鉴定的，当事人可以自行委托鉴定机构进行鉴定，也可以申请行政复议机构委托鉴定机构进行鉴定。鉴定费用由当事人承担。鉴定所用时间不计入行政复议审理期限。

第三十八条 申请人在行政复议决定作出前自愿撤回行政复议申请的，经行政复议机构同意，可以撤回。

申请人撤回行政复议申请的，不得再以同一事实和理由提出行政复议申请。但是，申请人能够证明撤回行政复议申请违背其真实意思表示的除外。

第三十九条 行政复议期间被申请人改变原具体行政行为的，不影响行政复议案件的审理。但是，申请人依法撤回行政复议申请的除外。

第四十条 公民、法人或者其他组织对行政机关行使法律、法规规定的自由裁量权作出的具体行政行为不服申请行政复议，申请人与被申请人在行政复议决定作出前自愿达成和解的，应当向行政复议机构提交书面和解协议；和解内容不损害社会公共利益和他人合法权益的，行政复议机构应当准许。

第四十一条 行政复议期间有下列情形之一，影响行政复议案件审理的，行政复议中止：

（一）作为申请人的自然人死亡，其近亲属尚未确定是否参加行政复议的；

（二）作为申请人的自然人丧失参加行政复议的能力，尚未确定法定代理人参加行政复议的；

（三）作为申请人的法人或者其他组织终止，尚未确定权利义务承受人的；

（四）作为申请人的自然人下落不明或者被宣告失踪的；

（五）申请人、被申请人因不可抗力，不能参加行政复议的；

（六）案件涉及法律适用问题，需要有权机关作出解释或者确认的；

（七）案件审理需要以其他案件的审理结果为依据，而其他案件尚未审结的；

（八）其他需要中止行政复议的情形。

行政复议中止的原因消除后，应当及时恢复行政复议案件的审理。

行政复议机构中止、恢复行政复议案件的审理，应当告知有关当事人。

第四十二条 行政复议期间有下列情形之一的，行政复议终止：

（一）申请人要求撤回行政复议申请，行政复议机构准予撤回的；

（二）作为申请人的自然人死亡，没有近亲属或者其近亲属放弃行政复议权利的；

（三）作为申请人的法人或者其他组织终止，其权利义务的承受人放弃行政复议权利的；

（四）申请人与被申请人依照本条例第四十条的规定，经行政复议机构准许达成和解的；

（五）申请人对行政拘留或者限制人身自由的行政强制措施不服申请行政复议后，因申请人同一违法行为涉嫌犯罪，该行政拘留或者限制人身自由的行政强制措施变更为刑事拘留。

依照本条例第四十一条第一款第（一）项、第（二）项、第（三）项规定中止行政复议，满 60 日行政复议中止的原因仍未消除的，行政复议终止。

第四十三条 依照行政复议法第二十八条第一款第（一）项规定，具体行政行为认定事实清楚，证据确凿，适用依据正确，程序合法，内容适当的，行政复议机关应当决定维持。

第四十四条 依照行政复议法第二十八条第一款第（二）项规定，被申请人不履行法定职责的，行政复议机关应当决定其在一定期限内履行法定职责。

第四十五条 具体行政行为有行政复议法第二十八条第一款第（三）项规定情形之一的，行政复议机关应当决定撤销、变更该具体行政行为或者确认该具体行政行为违法；决定撤销该具体行政行为或者确认该具体行政行为违法的，可以责令被申请人在一定期限内重新作出具体行政行为。

第四十六条 被申请人未依照行政复议法第二十三条的规定提出书面答复、提交当初作出具体行政行为的证据、依据和其他有关材料的，视为该具体行政行为没有证据、依据，行政复议机关应当决定撤销该具体行政行为。

第四十七条 具体行政行为有下列情形之一，行政复议机关可以决定变更：

（一）认定事实清楚，证据确凿，程序合法，但是明显不当或者适用依据错误的；

（二）认定事实不清，证据不足，但是经行政复议机关审理查明事实清楚，证据确凿的。

第四十八条 有下列情形之一的，行政复议机关应当决定驳回行政复议申请：

（一）申请人认为行政机关不履行法定职责申请行政复议，行政复议机关受理后发现该行政机关没有相应法定职责或者在受理前已经履行法定职责的；

（二）受理行政复议申请后，发现该行政复议申请不符合行政复议法和本条例规定的受理条件的。

上级行政机关认为行政复议机关驳回行政复议申请的理由不成立的，应当责令其恢复审理。

第四十九条 行政复议机关依照行政复议法第二十八条的规定责令被申请人重新作出具体行政行为的，被申请人应当在法律、法规、规章规定的期限内重新作出具体行政行为；法律、法规、规章未规定期限的，重新作出具体行政行为的期限为 60 日。

公民、法人或者其他组织对被申请人重新作出的具体行政行为不服，可以依法申请行政复议或者提起行政诉讼。

第五十条 有下列情形之一的，行政复议机关可以按照自愿、合法的原则进行调解：

（一）公民、法人或者其他组织对行政机关行使法律、法规规定的自由裁量权作出的具体行政行为不服申请行政复议的；

（二）当事人之间的行政赔偿或者行政补偿纠纷。

当事人经调解达成协议的，行政复议机关应当制作行政复议调解书。调解书应当载明行政复议请求、事实、理由和调解结果，并加盖行政复议机关印章。行政复议调解书经双方当事人签字，即具有法律效力。

调解未达成协议或者调解书生效前一方反悔的，行政复议机关应当及时作出行政复议决定。

第五十一条 行政复议机关在申请人的行政复议请求范围内，不得作出对申请人更为不利的行政复议决定。

第五十二条 第三人逾期不起诉又不履行行政复议决定的，依照行政复议法第三十三条的规定处理。

第五章　行政复议指导和监督

第五十三条 行政复议机关应当加强对行政复议工作的领导。

行政复议机构在本级行政复议机关的领导下，按照职责权限对行政复议工作进行督促、指导。

第五十四条 县级以上各级人民政府应当加强对所属工作部门和下级人民政府履行行政复议职责的监督。

行政复议机关应当加强对其行政复议机构履行行政复议职责的监督。

第五十五条 县级以上地方各级人民政府应当建立健全行政复议工作责任制，将行政复议工作纳入本级政府目标责任制。

第五十六条 县级以上地方各级人民政府应当按照职责权限，通过定期组织检查、抽查等方式，对所属工作部门和下级人民政府行政复议工作进行检查，并及时向有关方面反馈检查结果。

第五十七条 行政复议期间行政复议机关发现被申请人或者其他下级行政机关的相关行政行为违法或者需要做好善后工作的，可以制作行政复议意见书。有关机关应当自收到行政复议意见书之日起 60 日内将纠正相关行政违法行为或者做好善后工作的情况通报行政复议机构。

行政复议期间行政复议机构发现法律、法规、规章实施中带有普遍性的问题，可以制作行政复议建议书，向有关机关提出完善制度和改进行政执法的建议。

第五十八条 县级以上各级人民政府行政复议机构应当定期向本级人民政府提交行政复议工作状况分析报告。

第五十九条 下级行政复议机关应当及时将重大行政复议决定报上级行政复议机关备案。

第六十条 各级行政复议机构应当定期组织对行政复议人员进行业务培训，提高行政复议人员的专业素质。

第六十一条 各级行政复议机关应当定期总结行政复议工作，对在行政复议工作中做出显著成绩的单位和个人，依照有关规定给予表彰和奖励。

第六章 法 律 责 任

第六十二条 被申请人在规定期限内未按行政复议决定的要求重新作出具体行政行为，或者违反规定重新作出具体行政行为的，依照行政复议法第三十七条的规定追究法律责任。

第六十三条 拒绝或者阻挠行政复议人员调查取证、查阅、复制、调取有关文件和资料的，对有关责任人员依法给予处分或者治安处罚；构成犯罪的，依法追究刑事责任。

第六十四条 行政复议机关或者行政复议机构不履行行政复议法和本条例规定的行政复议职责，经有权监督的行政机关督促仍不改正的，对直接负责的主管人员和其他直接责任人员依法给予警告、记过、记大过的处分；造成严重后果的，依法给予降级、撤职、开除的处分。

第六十五条 行政机关及其工作人员违反行政复议法和本条例规定的，行政复议机构可以向人事、监察部门提出对有关责任人员的处分建议，也可以将有关人员违法的事实材料直接转送人事、监察部门处理；接受转送的人事、监察部门应当依法处理，并将处理结果通报转送的行政复议机构。

第七章 附 则

第六十六条 本条例自 2007 年 8 月 1 日起施行。

安全生产监管监察和行政执法
责任追究暂行规定

（2008 年 6 月 18 日征求意见稿）

第一章 总 则

第一条 【立法目的和依据】为落实行政执法责任，促进安全生产监督管理部门、煤矿安全监察机构及其行政执法人员依法履行职责，保障公民、法人和其他组织合法权益，根据公务员法等有关法律、行政法规，制定本规定。

第二条 【适用范围】县级以上人民政府安全生产监督管理部门、煤矿安全监察机构（以下统称安全监管监察部门）及其行政执法人员履行安全生产监管监察和行政执法职责及行政违法行为的责任追究，适用本规定。省、自治区、直辖市人民代表大会及其常务委员会或者人民政府对地方安全生产监督管理部门及其行政执法人员的行政执法职责及行政违法行为的责任追究另有规定的，依照其规定。

本规定所称行政执法责任追究（以下简称责任追究），是指对安全监管监察部门及其行政执法人员违反法定职责所作出的违法、不当的安全监管监察和行政执法行为，或者不履行法定职责的行政违法行为予以行政责任追究。

第三条 【追究原则】责任追究应当遵循实事求是、违法必究、错责相当、惩教结合的原则，做到事实清楚、证据确凿、客观公正。

第四条 【回避制度】责任追究实行回避制度。与行政执法过错行为或者责任人有利害关系、可能影响公正处理的人员，应当回避。

第二章 安全监管监察部门的行政执法职责

第五条 【履职原则】安全监管监察部门应当坚持合法、适当的原则，按法定程序履行法律、行政法规和规章规定的行政执法职责，做到职权法定、权责一致、公平公正。

第六条 【行政许可职责】安全监管监察部门应当按照各自的权限，依照法定的条件和程序履行下列行政许可职责：

（一）矿山建设项目和用于生产、储存危险物品的建设项目的安全设施设计的审查；

（二）在矿山建设项目和用于生产、储存危险物品的建设项目竣工投入生产或者使用前，对其安全设施进行验收；

（三）矿山、危险化学品和烟花爆竹生产企业安全许可证的核发；

（四）危险化学品经营许可证的核发；

（五）设立危险化学品生产、储存企业安全事项的审批；

（六）非药品类易制毒化学品生产经营的许可；

（七）烟花爆竹经营（批发、零售）许可证的核发；

（八）危险物品的生产、经营、储存单位以及矿山企业的主要负责人和安全生产管理人员的安全生产知识和管理能力的考核；

（九）生产经营单位的特种作业人员操作资格的认定；

（十）安全评价、认证、检测、检验机构资质的认可；

（十一）矿山救护队资质的认定；

（十二）安全培训机构资格的认可；

（十三）职业安全卫生许可证的核发；

（十四）注册安全工程师资格的认定；

（十五）法律、法规和国务院规定的其他安全事项的行政许可。

第七条 【监督检查职责】安全监管监察部门应当按照各自的权限，对生产经营单位依法履行下列监督检查职责：

（一）依法取得有关安全生产的行政许可证的情况；

（二）生产经营场所和安全生产设施、设备是否具备有关法律、行政法规和国家标准或者行业标准规定的安全生产条件，以及作业场所职业卫生的情况；

（三）新建、改建、扩建工程项目的安全设施，与主体工程同时设计、同时施工、同时投入生产和使用的情况；

（四）矿山建设项目和用于生产、储存危险物品的建设项目，按照国家有关规定进行安全条件论证和安全评价的情况；

（五）建立和落实安全生产责任制、安全生产规章制度和操作规程的情况；

（六）提取和使用安全生产费用、安全生产风险抵押金和安全生产投入的情况；

（七）组织检查安全生产工作，及时消除生产安全事故隐患的情况；

（八）制定并实施生产安全事故应急预案的情况；

（九）及时、如实报告生产安全事故的情况；

（十）依法设置安全生产管理机构或者配备安全生产管理人员的情况；

（十一）从业人员受到安全生产教育、培训和考核，取得有关安全生产资格证书的情况；

（十二）在有较大危险因素的生产经营场所和有关设施、设备上，设置明显的安全警示标志的情况；

（十三）重大危险源的登记建档、定期检测、评估、监控、制定应急预案情况，告知从业人员和相关人员在紧急情况下应当采取的应急措施的情况；

（十四）安全设备的维护、保养、定期检测和正常运转的情况；

（十五）教育和督促从业人员严格执行本单位的安全生产规章制度和安全操作规程，并向从业人员如实告知作业场所和工作岗位存在的危险因素、防范措施以及事故应急措施的情况；

（十六）对在同一作业区域内进行生产经营活动，可能危及对方生产安全的生产经营单位，签订安全生产管理协议，明确各自的安全生产管理职责和应当采取的安全措施，并指定专职安全生产管理人员进行安全检查与协调的情况；

（十七）对承包单位、承租单位的安全生产工作统一协调、管理的情况；

（十八）从业人员配备劳动防护用品和佩戴使用情况；

（十九）法律、法规和规章规定的其他监督检查职责。

第八条 【现场处理职责】安全监管监察部门及其行政执法人员在监督检查中，发现生产经营单位存在安全生产违法行为的，应当依照法律、法规和规章的规定采取以下现场处理措施：

（一）当场予以纠正；

（二）责令限期改正、责令限期达到要求；

（三）责令立即停止作业（施工）、责令立即停止使用、责令立即排除事故隐患；

（四）责令从危险区域撤出作业人员；

（五）责令暂时停产停业、停止建设、停止施工或者停止使用；

（六）法律、法规、规章规定的其他现场处理措施。

第九条 【复查职责】被责令限期改正，限期达到要求，暂时停产停业、停止建设、停止施工或者停止使用的生产经营单位提出复查申请或者整改、治理限期届满的，安全监管监察部门应当自申请或者限期届满之日起10日内进行复查，并填写复查意见书，由被复查单位和安全监管监察部门复查人员签名后存档。

第十条 【行政强制措施】安全监管监察部门及其行政执法人员在监督检查中，发现生产经营单位存在安全生产违法行为的，有权依照法律、行政法规的规定采取下列行政强制措施：

（一）对有根据认为不符合安全生产的国家标准或者行业标准的在用设施、设备、器材，予以查封或者扣押，并应当在15日内作出处理决定；

（二）扣押相关的证据材料和违法物品，临时查封有关场所；

（三）对到期不缴纳行政处罚罚款的，每日按罚款数额的百分之三加处罚款；

（四）法律、行政法规规定的其他行政强制措施。

实施查封、扣押，应当当场下达查封、扣押决定书和被查封、扣押的财物清单。在交通不便地区，或者不及时查封、扣押可能影响案件查处，或者存在事故隐患可能造成生产安全事故的，可以先行实施查封、扣押，并在48小时内补办查封、扣押决定书，送达当事人。

第十一条 【建议、报告职责】安全监管监察部门在监督检查中，发现生产经营单位存在的安全问题涉及有关地方人民政府或其有关部门的，应当向有关地方人民政府或其有关部门提出建议，并向上级人民政府或其有关部门报告。

第十二条 【行政处罚职责】安全监管监察部门应当严格依照法律、法规和规章规定的行政处罚的行为、种类、幅度，按照各自的管辖权，对生产经营单位及有关人员的安全生产违法行为实施行政处罚。

安全监管监察部门实施行政处罚应当严格按照法律、法规和规章规定的程序，依法制作有关行政处罚法律文书，并送达给当事人和其他法定受送达人。

第十三条 【告知及说明理由的义务】安全监管监察部门作出不利于生产经营单位及其从业人员的现场处理措施、行政强制措施和行政处罚决定等行政执法行为前，应当充分听取当事人的陈述、申辩，并在作出行政执法行为的同时，书面告知当事人申请行政复议或者提起行政诉讼的途径和期限。行使自由裁量权的，应当在有关行政执法文书中说明理由。

第十四条 【事故报告和调查处理职责】安全监管监察部门应当依照《生产安全事故报告和调查处理条例》的规定，履行下列职责：

（一）按照法定的时间、内容和程序逐级上报和补报事故；

（二）事故发生地的安全监管监察部门接到事故报告后，其负责人应当立即赶赴事故现场，组织事故救援；

（三）建立值班制度，并向社会公布值班电话，受理事故报告和举报；

（四）根据同级人民政府的授权或者委托，组织事故调查组，对事故调查报告进行批复；

（五）对事故发生单位及其有关责任人员，以及对事故的发生负有责任的其他生产经营单位和人员实施行政处罚；

（六）法律、法规、规章规定的其他职责。

第十五条 【行政复议职责】安全监管监察部门应当依法受理行政复议、行政赔偿申请，审理行政复议、行政赔偿案件，并作出处理或者决定。

第三章　责任追究的范围与责任主体

第十六条　【责任追究范围】安全监管监察部门及其行政执法人员不依法履行本规定第二章规定的行政执法职责，有下列情形之一的，造成行政执法行为无效、被确认违法、撤销、变更或者造成严重后果的，应当实施责任追究：

（一）无法定依据、法定职权的；

（二）超越、滥用法定职权的；

（三）主要事实不清、证据不足的；

（四）适用依据错误或者明显不当的；

（五）违反法定程序的；

（六）不履行法定职责的；

（七）其他违法或者不当行使行政执法职责的。

第十七条　【免予、不承担责任的范围】有下列情形之一的，不承担或者可以免予责任追究：

（一）因行政管理相对人弄虚作假，致使行政执法部门及其执法人员无法作出正确决定的；

（二）因有关行政执法依据不明确或者有关规定不一致，造成执法人员适用法律、法规、规章依据不当的；

（三）因不可抗力因素引发的行政执法行为或者无法履行法定职责的；

（四）行政违法行为情节轻微并及时纠正，没有造成不良后果或者及时消除不良后果的；

（五）法律、行政法规规定的其他情形。

第十八条　【承办人责任】承办人直接作出违法、不当行政执法行为或者不履行法定职责的，由承办人承担全部责任。

第十九条　【共同责任】两人以上共同作出违法或者不当行政执法行为的，由主办人员承担主要责任，其他人员承担次要责任；不能区分主、次要责任人的，共同承担责任。

违法、不当行政执法行为或者不履行法定职责的行为，由一个行政执法部门单独决定而产生的，由行政执法部门承担全部责任；由两个以上行政执法部门共同决定而产生的，由主办部门承担主要责任，其他部门承担次要责任。

第二十条　【不作为责任】不履行法定职责的责任的，依照行政执法部门职责和执法人员岗位职责分工，确定行政执法责任人。

第二十一条　【审核、审批责任】应当经审核、批准作出的行政执法行为，按照下列规定划分与承担责任：

（一）承办人未经审核人、批准人审批，直接作出行政执法行为的，由承办人承担责任；

（二）虽经审核人审核、批准人批准，但承办人不按审核、批准的内容实施的，由承办人承担责任；

（三）承办人弄虚作假、徇私舞弊，致使审核人、批准人作出错误决定的，由承办人承担责任；

（四）承办人提出错误意见，审核人、批准人没有发现或者发现后未予以纠正的，承办人承担主要责任，审核人、批准人承担次要责任；

（五）审核人改变或者不采纳承办人的正确意见，批准人批准该审核意见，造成行政执法行为违法或者不当的，审核人为主要责任人，批准人为次要责任人，承办人不承担责任；

（六）审核人未报请批准人批准而直接作出决定的，由审核人承担；

（七）审核人弄虚作假、徇私舞弊，直接造成批准人作出错误决定的，由审核人承担责任；

（八）批准人改变或者不采纳承办人、审核人的正确意见，造成行政执法行为违法或者不当的，由批准人承担责任；

（九）未经承办人拟办、审核人审核，批准人直接作出决定的，由批准人承担。

第二十二条 【执行责任】安全监管监察部门及其行政执法人员认为上级的决定或者命令明显违法的，可以向上级提出改正或者撤销该决定或者命令的意见；上级不改变该决定或者命令，或者要求立即执行的，应当执行该决定或者命令，其责任由上级承担。

第二十三条 【会签责任】经其他部门会签作出决定的，主办部门应当对作出决定所依据的事实、证据的真实性、准确性和完整性负责，会签部门应当承担书面审查的责任。

因主办部门提供的有关事实、证据不真实、不准确或者不完整造成违法或者不当行政执法行为的，由主办部门承担责任；会签部门通过书面审查能够提出正确意见但没有提出的，会签部门应当承担相应的责任；会签部门提出正确意见但主办部门没有采纳的，会签部门不承担责任。

第二十四条 【批复责任】执行上级安全监管监察部门的指示、批复造成行政执法行为违法或者不当的，作出指示、批复的安全监管监察部门的承办人、审核人和批准人分别承担相应的责任。

因请示单位隐瞒事实或者未完整提供真实情况等原因造成上级安全监管监察部门作出错误指示、批复的，由请示单位承担责任。

第二十五条 上级安全监管监察部门改变、撤销下级安全监管监察部门作出的行政执法行为，造成行政执法行为违法或者不当的，上级安全监管监察部门的承办人、审核人、批准人依照本规定第二十一条分别承担相应责任。

第二十六条 【任用责任】由于任用或者指派不具有行政执法资格的人员，造成行政执法行为违法或者不当的，由任用单位或者指派人承担责任。

第二十七条 【领导责任】安全监管监察部门负责人集体研究决定，造成行政执法行为违法或者不当的，参与作出决定的负责人应当分别承担相应的责任。

第四章 责任追究的方式与适用

第二十八条 【责任方式】责任追究包括下列方式：

（一）责令作出书面检查；

（二）限期改正；

（三）通报批评；

（四）取消当年评比先进资格；

（五）暂停或者取消行政执法资格；

（六）辞退；

（七）给予行政处分；

（八）依法追偿部分或者全部行政赔偿费用；

（九）法律、法规和规章规定的其他责任追究方式。

前款规定的责任追究方式，可以单独或者合并适用。

第二十九条 【具体适用1】对安全监管监察部门及其行政执法人员实施责任追究，应当视情节轻重予以追究：

（一）情节轻微，损害和影响较小的，责令书面检查、限期改正或者通报批评；

（二）情节较重，损害和影响较大的，予以通报批评，同时取消其当年评比先进资格。

第三十条 【具体适用2】对行政执法行为在行政复议和行政诉讼中被认定违法或者变更、撤销比例较高的，对外部评议中群众满意程度较低的，可以责令有关安全监管监察部门限期整改；情节严重的，可以给予通报批评或者取消当年评比先进资格。

安全监管监察部门在年度行政执法评议考核中被确定为基本合格或者不合格的，应当限期整改、通报批评和取消当年评比先进资格。

第三十一条 【具体适用3】安全生产行政执法人员作出违法、不当的行政执法行为或者不履行法定职责，依法应当采取组织处理措施的，按照干部管理权限和规定程序办理；依法依纪应当追究政纪责任的，由任免机关、监察机关依法作出处理。

安全生产行政执法人员被给予组织处理或者行政处分的，可以同时暂停或者取消其行政执法资格。

暂停行政执法资格应当暂扣有关行政执法人员的执法证件；取消行政执法资格应当收回并注销有关行政执法人员的执法证件。

第三十二条 【辞退处理】受到行政处分的安全生产行政执法人员不胜任现职工作，又不接受其他工作安排的，依照公务员法的规定予以辞退。

第三十三条 【行政赔偿】安全监管监察部门承担行政赔偿责任后，对有故意或者重大过失的责任人员，应当依照国家赔偿法第十四条的规定追偿部分或者全部行政赔偿费用。

第三十四条 【刑事责任】安全生产行政执法人员的行政执法行为涉嫌犯罪，移送司法机关依法处理。

第三十五条 【从轻、减轻追究】有下列情形之一的，可以从轻或者减轻追究责任：

（一）情节轻微，未造成不良后果的；

（二）主动采取措施或者积极配合有关部门采取措施，未造成重大损失或者恶劣影响的；

（三）法律、法规、规章规定的其他情形。

第三十六条 【从重追究】有下列情形之一的，应当从重追究责任：

（一）贪赃枉法、徇私舞弊，故意造成行政执法行为违法、不当或者不履行法定职责的；

（二）弄虚作假、故意隐瞒，干扰、阻碍责任追究的；

（三）因违法、不当行政执法行为或者不履行法定职责，直接引发群众集体上访、产生严重负面社会影响，或者造成国家和人民生命财产重大损失的；

（四）对检举人、控告人、申诉人和责任追究工作人员进行打击报复的；

（五）一年内出现两次以上应当追究责任的情形的；

（六）法律、法规、规章规定的其他情形。

第五章　责任追究的机关与程序

第三十七条 【责任追究机关】安全生产监督管理部门的责任，由其上级安全生产监督管理部门或者同级人民政府进行追究。

煤矿安全监察机构的责任，由其上级煤矿安全监察机构实施追究。

安全监管监察部门负责对本部门所属行政执法机构及其行政执法人员的责任追究。

第三十八条 【责任追究程序】安全监管监察部门追究责任，按照下列程序办理：

（一）负责法制工作的机构应当在行政执法行为被确认为违法、不当或者不履行法定职责之日起30日内，将有关人员及其情况书面通报本部门负责监察工作的机构，并提出责任追究的初步意见；

（二）负责监察工作的机构应当在收到通报之日起 90 日内核实有关情况，会同法制工作机构提出责任追究的意见，在报本部门负责人集体讨论通过或者分管负责人同意后，作出责任追究的决定；

（三）负责人事工作的机构应当在责任追究决定作出之日起 30 日内落实决定事项。

法律、行政法规对组织处理和行政处分的程序另有规定的，依照其规定。

第三十九条　【告知程序】安全监管监察部门作出责任追究决定前，应当将有关事实、理由和依据告知有关责任人员，并听取其陈述和申辩。

安全监管监察部门作出责任追究决定应当书面通知有关责任人员，并告知其享有的复核和申诉权利。

第四十条　【复核申诉】有关责任人员对责任追究不服的，可以在收到决定书之日起 30 日内以书面形式向责任追究机关申请复核，也可以向同级人民政府监察机关、公务员主管机关或者向上级安全监管监察部门提出申诉。

复核和申诉期间，不停止原决定的执行。但复核、申诉机关认为需要暂停执行的除外。

第四十一条　【追究结果使用】对责任人员的处理情况应当作为其考核、定级、奖惩、任免的重要依据，受到行政处分的情况应当记入档案。

第六章　附　　则

第四十二条　本规定所称的安全监管监察部门包括法律、法规授权，或者依照法律、法规、规章委托的行使安全生产行政执法职责的组织。

第四十三条　本规定自　　年　　月　　日起施行。

参考文献

[1] 杨海坤主编. 中国行政法实用通典. 北京：人民出版社，2006.6.

[2] 沈福俊、邹荣主编. 行政法与行政诉讼法学. 北京：北京大学出版社，2007.3.

[3] 胡锦光主编. 行政法专题研究. 北京：中国人民大学出版社，2006.10.

[4] 赵瑞华主编. 安全生产依法行政指南. 北京：中国物价出版社，2003.8.

[5] 《安全生产监察》编写组编. 安全生产监察. 北京：化学工业出版社，2006.4.

[6] 浙江省人民政府法制办公室编. 行政执法教程. 杭州：浙江省人民出版社，2006.7.

[7] 胡锦光主编. 行政法案例分析（第二版）. 北京：中国人民大学出版社，2006.6.

[8] 国家安全生产监督管理局安全科学技术研究中心编. 安全生产监察员行政执法讲义.

[9] 何建贵著. 行政处罚法律问题研究. 北京：中国法律出版社，1996.2.

[10] 国家安全生产监督管理总局政法司编. 安全生产行政处罚实例及手册. 北京：方志出版社，2007.5.

[11] 何家弘主编. 新编证据法学. 北京：中国法律出版社，2006.12.

[12] 赫成刚、唐燕编著. 行政处罚相关法律解释链接. 北京：中国计量出版社，2007.5.

[13] 谢松、陈锋著. 行政处罚. 北京：中国海关出版社，2005.5.

[14] 徐继敏著. 行政证据通论. 北京：中国法律出版社，2004.7.